热闹的孤独

RE NAO DE
GU DU

曾令琪 著

中国出版集团
现代出版社

图书在版编目（CIP）数据

热闹的孤独/曾令琪著. --北京：现代出版社，2017.7（2024.1重印）

ISBN 978-7-5143-6352-4

Ⅰ．①热⋯ Ⅱ．①曾⋯ Ⅲ．①散文集－中国－当代

Ⅳ．①I267

中国版本图书馆CIP数据核字（2017）第195109号

热闹的孤独

作　　者	曾令琪	
责任编辑	李　鹏	
出版发行	现代出版社	
地　　址	北京市安定门外安华里504号	
邮政编码	100011	
电　　话	010-64267325 010-64245264（兼传真）	
网　　址	www.1980xd.com	
电子邮箱	xiandai@vip.sina.com	
印　　刷	三河市京兰印务有限公司	
开　　本	710×1000　1/16	
印　　张	22	
版　　次	2017年7月第1版　2024年1月第3次印刷	
书　　号	ISBN 978-7-5143-6352-4	
定　　价	59.80元	

散文世界的追梦人

（代序）

◎ 顾建德

四川资中，自古以来就人杰地灵、文风鼎盛。在这片古老而充满希望的热土上，不仅诞生了孔子之师苌弘、西汉辞赋家王褒、唐代《易经》学家李鼎祚、宋代状元赵逵、清代状元骆成骧，而且养育出了近代著名作家林如稷、李薰风、郑拾风、国画大师张大千、辛亥革命大将军喻培伦等贤人雅士。今天，资中籍的名儒学者更是如珍珠一般遍布海内外，现客居成都的作家曾令琪就是其中闪亮的一颗。

2012 年 12 月，由中国作家记者协会主办的《文学月刊》专门为令琪出版了一期特刊《曾令琪散文专辑》，发表了其 36 篇散文，共计 13 万字。认真拜读令琪的专辑，重温他过去出版的《破碎的星空》《梦游历史》等文集，阅览其发表在报纸杂志中的数百篇作品，不难发现令琪的散文确实有如散文大家林非先生和井瑞先生所强调的那种"大气"、"纵横捭阖，有视野的长度和宽度"。

一、曾令琪散文创作的美学特点

令琪是我二十多年的老朋友、小兄弟。大学时代他就喜爱文学并时有佳作见诸报端。其文章常成为我阅读搜寻的目标之一。我尤为钟情于他的散文，因其总是从天地万物中取材，以长短皆宜的篇幅、自由灵活的手法、文情并茂的语言，把情感美、哲理美、自然美、意境美熔于一炉，来抒写心态性灵，表现内心情感和思想体验，给读者带来别具一格的审美愉悦和畅快淋漓的精神享受。

（一）厚重的题材、深邃的寓意、自由的体式

散文是文学沃土中的自由之花。她与诗、小说、戏剧在选材上迥异，大至神秘莫测的太空宇宙，小至生动活泼的花鸟虫鱼世界，凡能启迪人们性灵，给人以审美享受的素材，均可以进入散文的画幅。但是要写出深邃的寓意、构建唯美的意境并非易事。令琪是一个深受古典文学浸润的读书人，也是一个痴迷于历史的学者、作家。他的许多散文从历史入手，从古老的诗词典章中见微知著，道出自己独特的见解。《铜雀台》一文，令琪从历史对曹操褒贬不一的评价中，以一句"任何一个能结束分裂，力促统一的铁腕人物，无不为历史所肯定"而振聋发聩。《玄武门》一文，他从执政者对史官的态度中，从李世民对待儒家与法家理论的前后不一致中，敏锐地洞悉玄武门事变的真实。令琪对历史题材的痴迷集中体现在他过去的《梦游历史》一书中。这是一本知识性趣味性很强的史趣散文集，它借人借事发表的颇有见地的议论是其最靓丽的地方。如对孔子、屈原、司马迁等历史上早有定论的伟人，作者却浮想联翩，独辟蹊径，见解非凡，寓意深刻。

令琪为文，篇幅见长，也不乏小家碧玉式的短文。其长短完全根据行文的需要，恣意泼洒，收放自如，侃侃而谈。同样是山水记忆，他既能洋洋洒洒写下几千字的《康定，永远的梦中情人》，令人回味无穷；又可以精雕细琢烘焙几百字的《瑞金怀想》，浓缩出盆景似的精巧、别致。

（二）浓郁的抒情意味和真情实感的艺术品格

散文是感情树的产物。缺少深邃意蕴和真挚感情的散文，即使通篇铺叠华丽的辞藻，也难给予读者深刻的感受，更谈不上艺术美的感染力。古往今来的名篇，之所以有历久不衰的美感魅力，词章之美固然不可或缺，然其字里行间

激荡着意境深远、真挚淳朴的感情才是成功之本。如鲁迅的《风筝》《秋夜》、朱自清的《背影》《给亡妇》、巴金的《怀念萧珊》等名篇，都可以说是用血泪写出来的佳作，有特殊凝重的情感分量。散文的抒情性又是与作者真情实感的艺术品格分不开的。巴金告诫我们："对人对事我有真诚的感情，我把它们倾注在我的文章里面，读者们看得出来我在讲真话还是撒谎。"他还说：写散文要"把心交给读者"，要"把它当作我的遗嘱写"。可见真情实感是散文成为美文的艺术品格。

真情实感和深邃意蕴从何而来呢？它来自"独到的发现"和"独特的体验"。令琪在其散文中，总是如影随形地陪伴在历史人物身边，以一个理性的智者形象，"指点江山，激扬文字"，为人们展示历史的真实。可是，如果没有一份对英雄人物的崇敬，没有一份对祖国山川河流的热爱，没有一份对历史真实的执着追求之情，是断然不能悟前人之未所悟的。《淮阴叹》中，当人们普遍赞叹韩信能忍得胯下之辱时，令琪却从"信熟视之"的笃定中看出韩信的深思熟虑，以及"将欲取之，必先予之"的迂回之术，从而断定韩信拥有天生的军事智慧。令琪的真情实感还体现在对风景名胜深层次的挖掘之中。《烟花三月下扬州》撇开对扬州美景的水墨画渲染，却把眼光瞅向了诗仙李白与扬州的不解之缘上，从李白诗词中探寻扬州对历代文人的影响。在《壮哉，红旗渠》中，令琪说道："红旗渠既是那段特定历史的悲壮之歌，更是一首劳动者与大自然拼搏抗争的壮丽史诗。"唤起人们对那段艰苦岁月的回忆，赞叹之情溢于言表。

（三）行文的自然之势与"散而有序"的统一

在文学王国里，散文是最自由的公民。冰心认为"散文是短小自由，拈得起放得下"的样式，"真是从心所欲"。不少散文大家很有见地地认为，散文"只是不经意的抒写着个人所感受的一切"，"兴之所至，随笔写去"。散文泰斗林非先生认为，散文的主观性和个性化特别鲜明，其表现手法具有很大的自由性，所谓"形散而神不散"的提法，20多年前就已经被散文学术界所否定。所以，散文的行文和结构、谋篇布局，崇尚的是"随物赋形"的自然美、自由美的艺术本色，任何人为的模式、写作套式，无异于画地为牢、作茧自缚。我们读萧红的《回忆鲁迅先生》，她从鲁迅的笑到走路姿势、生活习惯等，前后写了近四十件事，然而在随便、自然中，"散而有序"，一个血肉丰满的鲁迅如在目前，真可谓运笔自如，甚得其妙。

　　一般而言，文思的"随便"如信手拈来，行文的"自然"如游缰纵去，结构"散而有序"如纲举目张，这在散文最为难得，而这正是作家有真情、有实感、有神思、有境界的不期而然的艺术表现。阅读令琪的散文，你会发现其正体现了这一美学要求。他在散文"散"的尺度上把握得很好，看似兴之所至，率性而为，实则散而有序，开合统一。比如《烟花三月下扬州》，这是一首赏析诗歌的散文，以李白的《送孟浩然之广陵》为行文主题，把李白对扬州的神往作为行文感情基调，把李白的成长历程、在扬州的生活、扬州的人文景观娓娓道来，其中又泼墨写了扬州琼花之美，与琼花相关联的隋朝史事，黄鹤楼对历代文人的影响，使读者眼界顿开。就"历史余晖"一辑来看，广泛涉笔，旁征博引，大开大阖，读来兴味盎然。短篇散文虽然相对较少，但也随物赋形，开拓出深刻的文思和情感，再如"山水记忆"一辑中的《仰望布达拉宫》，用饱含激情的笔调，将布达拉宫这本厚重的书拂开来，让我们看到了一个"菩提本无树，明镜亦非台"的朝圣者虔诚的心态。《冼太庙怀古》则对巾帼英雄冼太夫人"明识远图，贞心峻节，志不可夺"大为称赞。总之，无论是几千字的长篇散文还是几百字的短篇散文，令琪都注意行文的自然之势，强调章法结构和组合材料的"随物赋形"的特点，做到了"散而有序"，让我们不得不赞叹他高超的行文技巧。

（四）语言的形象优美，自然亲切，富有时代感

　　散文是语言的艺术。她讲究文采，需要雕饰，但讲究和雕饰的着力点主要放在如何自然地、逼真地写人叙事绘景上，以使语言具有形象优美、自然亲切之风。所谓语言的"形象优美"，即描绘事物栩栩如生，历历在目；传达声音

摹声拟响，惟妙惟肖；抒发感情情真词切，意在境中；议论说理亦庄亦谐，妙趣横生。所谓语言的"自然亲切"，就是要潇洒活脱，富有"谈话风"。李广田很得其精妙："写散文很近于自己心里说自家事，或者对着自己人说人家的事情一样，常是随随便便，并不怎么装模作样。"

走进令琪的散文，我们也能时时处处感受到这种语言风格。你看他的"人物剪影"中的一篇篇作品，如叙家常，亲情、友情、师情随笔而至，感人至深。《吾家有女初长成》一文，令琪细细地描绘了女儿的成长与母亲的衰老过程，母子、父女、祖孙之间爱的和弦，让人感动不已。在《张运涵伯伯》中，作者朴实地写道："毕业以后，只要我回到老家，即使再忙，每次都少不了和张伯伯手谈几局。"忘年交的深情厚谊呼之即出。令琪在写人物时语言每显质朴动人，而在刻画山水时，摹形状意又是那样情辞生香，绘色绘声。在《仰望井冈》中，他写道："看，瓦屋泥舍，其貌不扬；干净敞亮，落落大方；林木蓊郁，竹林疏朗。看，溪瀑湍急，巨石偃仰。阴云蔽日，岚气流淌；精神焕发，斗志昂扬……"语言干净利落，准确生动，读来上口，听来入耳。

说到令琪散文的语言美，不得不提的一点是诙谐、时代感强。他在《烟花三月下扬州》中写道："你看，西汉的司马相如、扬雄，一到京城，'北漂'没几天，就震惊文坛，成为'大腕'。"再比如，在《爱资病患者铁波乐》中，他幽默地说铁波乐对资中的一往情深："对资中文化爱得来就像老鼠爱大米。"将时下流行语信手拈来，表达出一种独特的诙谐味道，如此诙谐的语言，体现在他的多篇散文之中，显得恰到好处，美不胜收，让读者读罢不禁会心一笑。正是这种形象、自然、亲切，时代感强的语言，才使他的散文极易走进人们的内心，达到一种炉火纯青的境界，充分体现其语言艺术的美学境界。

总之，令琪是一个极有文心的作家，他散文厚重的题材、深邃的寓意，自由的体式，优美的意境，真情实感的品格，虚实相融而又美妙的构思，"随物赋形"而又自由灵活的行文结构，形象生动而又文情并茂的语言，以及通过这些所体现出来深刻而富于哲理的思想境界和真实坦诚的艺术人格，就构成了他自成系统的散文美学风格。

二、曾令琪散文美学特点的成因

令琪是一个视文学为生命的作家，也是一个勤于笔耕、视野开阔的学者。其散文之所以佳作不断、并独具美学特点，主要在于不懈学习、深入思考、敏锐发现以及勤奋笔耕，赋予了他成为散文家所必须的扎实素养。

（一）向读者"掏心"的诚实人格和执着追求光明与真理的精神个性

散文的美学品格在于抒发真情实感，必然要求作者是一个能够向读者"掏心"的人、追求真善美的人。令琪并不是时代的宠儿，他先后做过教师、记者，担任过编辑部主任、总编辑，后来成为自由作家。不管在哪个阶段，不管是生活、工作还是为文，他都是一个有着执着追求光明与真理的精神个性的人，一个向朋友和读者"掏心"的人。《曾令琪散文专辑》中"人物剪影"一辑里所写的文字，那种对亲情、友情的痴守与眷恋，无不让人感动。在"历史余晖"一辑中，对英雄既不歪曲诋毁，亦不溢美隐恶，抱着对读者和自己人格的负责，一切全凭自己对历史真实的研究和感悟而出发。阅读令琪的散文，我们不禁为他的人格魅力所感动，为他的精神个性而欢呼。

（二）多情善感的审美心理气质和灵敏的艺术感染力

散文作品要激发人们感动，唤醒人们回忆或向往某种社会生活和自然风光、人文景观，引起人们深邃的思考，在语言和艺术方面满足人们的审美趣味，首先作者就要有多情善感的审美心理气质和灵敏的艺术感染力。令琪的母校南充师院（现西华师范大学）环境优美，读书风气甚浓，在那样的环境里，令琪发奋读书，浸淫于古典文化之中，真知灼见即陆续出炉，后又经受了生活的艰苦磨砺，逐渐形成了比常人更为多情善感的审美心理气质和灵敏的艺术感染力。他不断发掘出散文题材的"新大陆"，并写出一篇篇引人深思的散文，出版一部部让人瞩目的书籍。在写作过程中，他敏锐地看到，朱德元帅的诗词格调高古却研究者甚少，于是精心挑选，潜心研究，出版了《朱德诗词曲赏析》一书，受到国内外广泛关注，众多报刊纷纷予以评论；他感叹资中先贤骆成骧，身为状元，诗歌造诣精深，却生不逢时，其诗流传不广，鲜为人知，于是发奋而作《骆状元诗歌赏析》，并公开出版发行，受到资中、内江圈子内朋友的大力称赞。灵敏的艺术感染力为他在散文领域争得了一席之地，得到了散文泰斗林非先生和《散文世界》杂志主编苏伟先生的肯定。

（三）独特的生活经验、文化构成以及对文学的执着追求

一个作家，在积淀了一生中最深刻、最丰富的人生经验、智慧和修养后，都会构成自己的艺术表现领域，寻找到适合自己的一方园地。令琪对古典文学兴趣浓厚，仅《史记》和《红楼梦》，就阅读近五十遍，并对美学有较深的研究。1997年，他的第一部专著《周恩来诗歌赏析》，就是其美学理论与文学鉴赏知识相结合的产物。一年后，散文集《梦游历史》，让大学恩师何承桂教授甚为惊喜。1998年加入四川省作家协会后，令琪更是一发而不可收，先后出版了文艺鉴赏集《名句、名篇背后的故事》、评论集《曾言无忌》、诗歌研究专著《朱德诗词曲赏析》《骆状元诗歌赏析》、文史杂著《巴蜀明珠资中》等。在严格的意义上说，这些文集既是学术性著作，也是议论性散文合集。在20年文学创作的道路上，令琪从未停止过对文学的追求和前进的步伐，就像夸父逐日一样，向着光明和理想披荆斩棘，且行且歌，在全国有名刊物上发表散文数百篇。为了把握全国散文的创作现状，提高创作水平，令琪还于2012年11月25日至29日应"当代中国散文创作与发展研讨会"组委会之邀，参加了相关会议与研讨，与林非老先生和苏伟、雷达、井瑞、宁肯等全国一流的散文大家与批评家进行了亲切的交流。此次研讨会，共收集作品近五百件，经散文泰斗林非老先生逐一阅读，《散文世界》杂志编委和特邀评委认真讨论，令琪拜谒庞统的四千多字的散文《白马关》被评为三等奖（一等奖1名，二等奖2名，三等奖4名，优秀奖32名）。目前，他应邀为中国名寺——成都大慈寺创作一部长篇宗教历史题材的小说《大慈无相》刚刚杀青。硕果连连，让人艳羡。

三、曾令琪未来散文创作的建议

当前，令琪的散文创作可谓妙思泉涌、劲头正猛，获得了圈内人士的充分认同，在散文界有了一定的影响，但并不意味着就是完美无瑕，再无拓展与升华的空间。在此，笔者不揣鄙陋，冒昧地给他未来的创作提两点建议。

（一）走出书斋，深入社会，拓展散文的创作视域

近年来，令琪作为体制外作家、自由撰稿人，在自己的"览星楼"、"退省斋"中心无旁骛、执着为文。虽然书斋生活让令琪的精神世界变得异常强大，但"躲进小楼成一统"的常年书斋生活，又使得他的生活面、交际圈变得较为狭窄，这无疑桎梏了其散文的进一步提升。而要杜绝辛稼轩"掉书袋"之陋习，那就要多萃取"源头活水"——丰富多彩、五彩斑斓的社会生活。"谈古"不"论今"，终觉与现实有"隔"；"谈古"又"论今"，才让人感觉酣畅淋漓、大快朵颐。因此，我希望，令琪走出书斋，在更广阔的天地里，发现更多的写作素材。2012 年，我欣喜地看到令琪已经开始"走出去"了——应邀到北京参加了中国当代散文创作与发展研讨会，和国内一流名家有过"亲密接触"；应邀到西安，参加陕西作家孙海鑫长篇小说首发式，并宣读重要学术性评论；其散文还在国家级、省级刊物发表近 40 篇，一部分散文还入选全国 6 个著名选本……凡此种种，都是我们乐于看到的。希望令琪的步子迈得更稳更大，眼光看得更高更远，散文的创作视域更新更广！

（二）关注民生，把握民情，再添散文的厚重内蕴

世间之人，无论你高贵如王胄，抑或卑贱似草芥，都是"生活"大舞台上的演员，不是心若铁石的冷眼旁观者。作为一个正直、善良的作家，对社会生活的方方面面，绝不应视而不见，更不容绕而过之。在强烈的阳光之下，任何高楼大厦的背后，一定会有阴影；《隋书·炀帝纪》曰："十步之内，必有芳草；四海之中，岂无奇秀！"丰富多彩的社会多层生活，形形色色的百态人生，就是写作的天然素材。而由于人生经历与创作理念与众不同，令琪的散文较少关注社会苦难、关注社会下层的生活状况。为此，我们真诚地希望令琪进一步

增强社会责任感和使命感，不仅要做一个追求真理的学者、作家，还有做一个人类思想的启蒙者，一个当代社会的批判者和引领者，更加关注民生、把握民情、抑恶扬善，以增添散文的厚重内蕴。

值得庆幸的是，《曾令琪散文专辑》的最后一部分，收录了令琪写亲人、写朋友的一组作品，特别是《文学小妹李赛男》一篇，已初步表现出令琪关注现实、关注民生、关注草根的倾向。希望令琪以后在这方面再努一把力，更上一层楼！

令琪知识渊博，善于思考，正当盛年，只要勤奋努力，走出书斋，开阔视野，拓宽题材，以恢宏的视野纵览古今，将浪漫的诗心于生活万象中激荡，让深邃的思考与历史、现实更紧密结合，我想假以时日，令琪的散文必将跃上一个更高的台阶，为散文百花园奉献出更多风味独特、奇香四溢的千红万紫！

（顾建德，中学语文特级教师、四川省中学语文教学名师，著名文艺评论家）

CONTENTS
目录

第二辑　山水记忆

第三辑 性灵乐章

第四辑　人物剪影

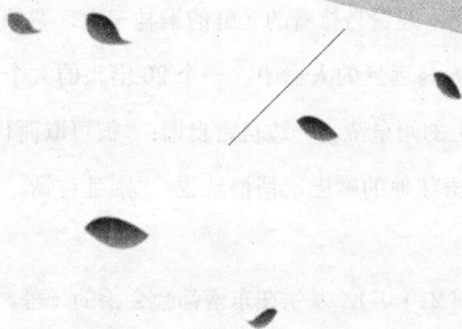

历史

史

余晖

DI YI JI
LI SHI YU HUI

第一辑

乌江渡

一

先是一队威武整肃、全副武装的士兵清道，然后是迈着整齐步履、执着鲜明仪仗的士兵引导，中间是一队整齐漂亮的驷马车驾，后面是一队披挂肃肃的骑兵压阵。驷马车队中，一辆六匹白马拉着的光鲜的铜马车上，秦始皇目不斜视，威严地坐着。离这一队人马远远的人群中，一个20出头的大个男子，一边看着坐在高高的青铜马车上的始皇帝，一边自言自语："彼可取而代也！"他身边的中年男子急忙伸手，捂住他的嘴巴，悄悄地说："别乱说话，小心灭族之灾！"

这是秦始皇三十七年（前210年），发生在东南都会会稽的一幕。

时值秦始皇最后一次出巡。一生酷爱出巡的秦始皇，此前已巡游四次。这一次，据术士说，"东南有天子气"。对术士之言从来就坚信不疑的秦始皇，为了"镇住"一切可能危及自己江山社稷的苗头，都不惜全力出击。他到了湖北、湖南，去湖南的九嶷山遥祭虞舜，再乘船顺长江而下，观览籍柯，渡过安徽江渚，经过浙江丹阳，接着到达钱塘。到浙江边上的时候，因那一段江面靠近大海，江面宽，风浪大，秦始皇一行就向西往回行走了一百二十里，从余杭一处江面较窄的地方渡过去。他登上会稽山，祭祀大禹，遥望南海，并刻石立碑……在会稽郡的时候，万民空巷，争睹天子的威仪。而人群边上那个自言自语的大个男子，就是以后威名赫赫的项羽；项羽身边那个中年人，乃其叔父项梁。项梁之父项燕，在先前抵抗秦国灭楚的大战中阵亡。项氏叔侄为了避祸，逃离了家园，流落到会稽。

走笔至此，我不由得想起《史记·高祖本纪》里记载的这之前 10 年的一件相似的事来："高祖（刘邦）常繇咸阳，纵观，观秦皇帝，喟然太息曰：'嗟乎，大丈夫当如此也！'"

当时 36 岁的刘邦，作为泗水亭长，为地方上送人到京师咸阳服徭役，在京师咸阳大街上见到外出的秦始皇，生出的是对皇帝威严与风光无比羡慕的情感；而同样是观始皇帝出巡，项羽的感慨则是"取而代之"。从中也可以看出刘、项二人的性格差异；这如同书法上的外拓和内偃，一个含蓄、内向，一个外向、张扬。他们以后的功业，不能说与其性格没有很大的关系。

秦始皇每一次出巡，都规模宏大，既让天下"黔首"得以观皇帝的"龙颜"，扬皇帝威德；又伸张秦朝律法，给六国贵族残余以应有的震慑。"天子以四海为家"，秦始皇巡游倒是巡游了，风光倒也风光了；可惜，他的风光，他的尊严，却引起鲁迅谓之"出身无赖"的楚国遗民、秦的下层小吏刘邦的艳羡，引发了楚国遗民、出身贵族的项羽对童年繁华的追思和对巍巍帝位的觊觎。俯伏在地的"黔首"，在高高在上的大秦皇帝眼里，如同秋风中的两茎草，或者是两只碌碌无为的蚂蚁。然而，在不可一世的始皇帝驾崩不久，就是刘邦这样的小草，燃成了燎原之火；就是项羽这样的蚂蚁，撼动了参天的大树。——恐怕，这有违"千古一帝"秦始皇的初衷吧？

二

项羽观始皇帝的当年，一生征战不休的秦始皇病死于沙丘；少子胡亥即位，是为二世皇帝。胡亥靠赵高的阴谋，篡改诏书，杀姊屠兄，不光彩地登上皇帝的宝座。也许，因为"宝座"得来不正，便要时刻提防别人"依样画葫芦"。为了巩固自己的统治，二世皇帝不知不觉地坚持了"两个凡是"：凡是始皇帝的做法，都是正确的；凡是始皇帝的尊严，都竭力维护。总之，继承始皇帝的一切，仿佛就能够真正地长治久安。因此，庞大而无用的阿房宫，得继续修建，以显示帝国的强大；工程浩大的骊山始皇陵，得继续施工（并用数万人殉葬），以表现自己的"孝道"；搜刮天下、残民以逞，得继续进行，以维护自己"唯我独尊"、至高无上的地位……

平心而论，作为一国之君，秦始皇和秦二世都没有处理好大秦王朝和六国旧贵族的关系，没有处理好大秦国君与天下百姓的关系，没有处理好大秦统治集团内部的关系；要想高枕无忧，无异于水中捞月，镜里看花。正因为如此，二世继位刚刚几个月，为人佣耕的陈胜、吴广振臂一呼，便应者云集，天下响应；"黔首"一怒，竟致最终亡秦。

项梁、项羽叔侄，在陈胜、吴广起义的大幕拉开两个月之后，乘时而起，很轰轰烈烈了一番。

据史料记载，项姓源于芈姓。芈是楚国王室的姓氏。春秋时楚国的公子熊燕，本是王族的后裔，因功被封于项地，并以封地之名为国名，建立了项国。公元前647年，这个小国被齐桓公所灭，从此以后，居住在项国的贵族就以国为氏而姓了项。项氏世为楚将，有功于国，在楚国是赫赫有名的武将世家。

战国时代，大国中有实力统一中国的，第一推楚国，第二是齐国，第三才是秦国。可惜，楚国和齐国都因为统治者自身的原因，战略上出现一系列重大的失误，过早地呈现出衰败之相，这也就让其国内的部分贵族，失去了"向上"的机会。如果按照常规，项燕之后，项梁、项羽必将以子孙而承继父祖之业，成为一代战将；只是，大秦的铁骑踏碎了项家两代人的梦想：项燕战败自杀，项氏一门流亡各地，靠了朋友们的支持与维护，勉强逃过了一些劫难。项梁年轻时候曾经杀人，带着项羽逃到吴中。吴中所属的会稽郡，治所在今苏州市。项梁很热心参与地方上大的徭役和丧事，经常被推举为"总办"。而每一次事件中，他也总是用兵法的道理约束宾客、子弟，取得最佳的效果，因而深受地方的尊敬。而项羽的另一个叔父项伯，年轻时候也曾经杀人，跟随韩公子张良，逃亡到下邳（今江苏睢宁北）躲避。——现在看来，项羽以后经常胜而屠城、坑杀俘虏，其杀人之性，显然有其叔父项梁、项伯的影子。而爱护自己的士兵，甘与士兵同甘共苦，又有乃祖项燕之遗风。

当时，秦的会稽守殷通，准备和项梁、桓楚一同起兵反秦。殷通叫项梁派人去寻找逃亡于水泽的吴中奇士桓楚，项梁借机将项羽引荐给殷通。项羽按照项梁的安排，于殷通召见之时斩杀殷通，并以武力胁迫众人。就这样，项梁自任会稽郡守，从此掌握了一支真正属于自己的队伍。然后安定郡县，招兵买马，聚集江东 8000 子弟兵，成为以后推翻秦朝、与汉王刘邦争夺天下的骨干力量。

三

太史公司马迁说："秦取天下多暴。"僻处西陲的秦国，建国较晚，封爵较低，向来同中原国家有隔阂。在统一全国的进程中，秦国不仅仅战场上竭尽所能，在外交上，还耍尽无赖的手段。

《史记·项羽本纪》曰："夫秦灭六国，楚最无罪。自怀王入秦不反，楚人怜之至今。故楚南公曰：楚虽三户，亡秦必楚也。"

秦国不仅将别国的国相骗到秦国，还将别国的国君也骗到秦国。骗来的目的，一是削弱别国的力量，二是以此要挟别国割让土地。如"战国四公子"之一的孟尝君田文，就被骗到秦国；只是因了门下"鸡鸣狗盗"之徒的帮助，才好不容易逃回了齐国。而楚国的怀王，被秦相张仪骗到秦国以后，就没有孟尝君那么好的运气了；他不仅没能回到自己的国家，而且辗转流离，最后病死于秦国。楚国地大物博，民性强悍；楚怀王入秦，客死秦地不得归国，楚人都非常痛恨秦国，所以民间有所谓"楚虽三户，亡秦必楚"的说法。

这句产生于反抗暴秦统治时代的名言，除其代表了一种情绪化了的坚定信念之外，又不可思议地与历史演进的过程吻合。它先验而无比正确地预言了亡秦的真谛：即亡秦这一事业乃起于楚，又终成于楚。而仅就亡秦这一事实，这句名言还有着双重应验。首先，亡秦大业虽成于天下民众，但真正起决定性作用的确实当首推三个楚人——陈胜、项羽、刘邦。其次，亡秦的决定性战役就是在三户水（今河北临漳县西）一带展开，楚将项羽率军战胜秦军主力，并接受其投降。从此，秦亡便成了不可逆转之大趋势。

在陈胜败走陈地、反秦大业陷于低谷之时，项梁接受张楚政权的特使召平的调遣，接受"楚王上柱国"的封爵，号为武信君，率军渡江，项梁、项羽叔侄正式踏上了义无反顾的反秦之路。得到陈胜确实的死讯之后，项梁在薛地（今山东滕县南）大会众将，接受范增的建议，果断地立楚怀王之孙熊心为王，仍然号为楚怀王；建都盱眙，重建楚国政权，在反秦低潮中，重新高高竖起反秦的大旗。

不久，项梁在定陶之战中，因麻痹大意而被秦将章邯偷袭身故。怀王乃兵分两路，一路由沛公刘邦率领西去，从武关入秦；一路由卿子冠军宋义率领，北上救赵。项羽归属宋义。一路之上，叔父项梁的牺牲，无不激起项羽对暴秦的仇恨。宋义驻军无盐（今山东东平县东南），观望不前、饮酒高会，身为次将的项羽多次劝谏无效，便矫怀王之诏，杀死宋义，当众宣称"宋义与齐谋反楚，楚王阴令羽诛之！"（《史记·项羽本纪》）项羽杀掉宋义，诸将皆慑服，莫敢支吾。他先遣当阳君、蒲将军将卒二万渡河，继而自己亲率大军渡过黄河，破釜沉舟，以一当十，击败章邯统率的秦军，取得钜鹿大捷。项羽由此威震楚国，名闻诸侯，当然地成为诸侯上将军，各路诸侯都自觉地隶属于他。巨鹿之战，充分展示了项羽的战术艺术，奠定了项羽在诸侯中的地位。稍后，项羽令楚军夜击，坑杀秦卒二十余万人于新安城南，继而一路西进，打破由刘邦军队戍守的函谷关，进入关中。听说刘邦准备称王关中，项羽大怒，意欲次日对刘邦发起毁灭性的攻击。当时，项羽兵四十万，在新丰鸿门；刘邦兵十万，在霸上。由于项羽军队的空前强大，刘邦不得已，乃采纳张良的计策，卑辞厚礼，结交项羽的叔父项伯。次日，刘、项在咸阳郊外的鸿门相会，演出了一幕让后人扼腕而叹的"鸿门宴"！

四

西方兵家泰斗克劳塞维茨在《战争论》中说，战争是政治的延续。同样，我们可以说，政治是没有硝烟的战争。鸿门宴，就是一场火药味十足、但没有硝烟的宴会。

"鸿门宴"一段史实，向来为历代史家所重，公认为楚汉相争的开端。然而，人们着眼于事件本身者多，置于大背景之下考虑者少。认为沛公刘邦脱逃乃侥幸者多，看到"鸿门宴"结局的必然性者少。所以，自古以来，似乎人们有这样一个成见：如果当时项羽杀掉刘邦，历史恐怕就得改写了。——显然，这是一种天大的误解。

《史记·高祖本纪》里有一段高起、王陵二人对汉高祖的言论："陛下慢而侮人，项羽仁而爱人。然陛下使人攻城略地，所降下者因以予之，与天下同利也。项羽妒贤嫉能，有功者害之，贤者疑之，战胜而不予人功，得地而不予人利，此所以失天下也。"

《史记·陈丞相世家》也记载了一段类似的话。陈平对汉高祖说："项王为人，恭敬爱人，世之廉节好礼者多归之；至于行功爵邑，重之，士亦以此不附。今大王慢而少礼，士廉节者不来；然大王能饶人以爵邑，士之顽钝、嗜利、无耻者，亦多归汉。"

司马迁通过高起、王陵、陈平三人之口，明白无遗地分析了刘、项二人处事作风的优劣长短。

回过头看，中国历史上有两个最有名的涌现英雄的时代，一个是楚、汉逐鹿天下之时，一个是三国纷争鼎立之际。在这两个时期，一大批屠狗贩缯、引车卖浆之徒，都乘风云之际会，附骥尾而闪光，真是轰轰烈烈，群英荟萃！试想，在"天下熙熙，皆为利来；天下攘攘，皆为利往"那个天下大乱的时代，有志之士谁不渴望凭己之才建功立业、显身荣名？刘邦虽然无赖傲慢，好侮辱别人，视左右如儿女子，甚至朝读书人的儒冠里撒尿，但他分人以利的作风最易得士众之心；项羽虽然孔武有力，仁而爱人，但他矜自功伐的结果最易失人之望。

诸侯入关以前，楚怀王熊心与诸将约，"先入定关中者王之"，怀王诸老将均以为项羽为人剽悍猾贼，所过之处无不屠杀殆尽；而刘邦乃宽大长者，如能前往关中，则关中自定。看来，"得民心者得天下"已成为当时义军上下的共识。于是，楚怀王遣刘邦西入秦。这也说明，当时义军集团的人心已基本倾向于以"忠厚长者"的面目出现在人们面前的刘邦了。刘邦入关后，在樊哙、张良二人的劝阻之下，"籍吏民，封府库"；废秦苛法，与关中父老约法三章："杀人者死，伤人及盗抵罪。"秦人大喜，唯恐刘邦不为秦王。而项羽入关前就以残暴著称；在章邯等人率军投降以后，项羽恐秦军未能心服，于是在新安城南趁夜坑杀秦兵二十余万人，遭到关中百姓的普遍谴责。古人认为："人已服降，又杀之，不祥。""祸莫大于杀已降。"因此，从古至今，都把"杀降"看作是招致祸灾的罪行。项羽阬杀秦兵之举，使天下人闻之皆大失所望；避之唯恐不及，还有谁会箪食壶浆以迎之？这样，鸿门宴之前，当时的社会舆论气氛就已经基本形成：刘邦仁慈，项羽残暴。而刘、项尚处于同一条战线之中，他们面临的，是秦亡后天下经济崩溃、民生空前凋敝的破烂不堪的局面。在这充满杀机的鸿门宴上，项羽可能明知杀掉刘邦即除去一个强有力的对手，但也深知刘邦乃民心所系，杀掉他必将失掉最后这一点尚可依赖的民心。出身贵族的项羽肯定知道孟子的名言："民犹水也，水可载舟，亦可覆舟。"更何况，已经与刘邦结为"儿女亲家"的项伯以长辈的身份"教诲"项羽一阵，历来优柔寡断的项羽又一次表现出"妇人之仁"的严重弱点，气得亚父范增当着项羽的面，就将张良以刘邦名义献给他的一双玉斗置之于地，拔剑撞而破之，并发出一声无可奈何的悠悠哀叹："唉！竖子不足以谋。"并且准确地预言："夺项王天下者，必沛公也，吾属今为之虏矣。"因此，项羽虽率四十万之众（号称一百万），而刘邦只有区区十万之兵（号称二十万），但是，在鸿门宴上，"力拔山兮气盖世"的项羽，最终却奈何不得只有几名随从的刘邦。

在"鸿门宴"这场没有硝烟的战争中，项羽开局即以0∶1败北。开局失利，导致自汉元年（前206年）八月初至高帝五年（前202年）十二月历时四年多的楚汉战争，项羽在战略上陷入全面被动。

<h2 style="text-align:center">五</h2>

鸿门宴以后，项羽以"诸侯上将军"的身份，按一己之好恶，分封18个诸侯王，并自封西楚霸王，都彭城（今江苏徐州）。可是当分封刚毕，田荣、彭越即反。项羽率主力北上，扫荡齐地。刘邦即用韩信之策，"明修栈道，暗度陈仓"，项羽分封的雍王章邯（都废丘，今陕西兴平东南）、塞王司马欣（都栎阳，今陕西临潼东北）、翟王董翳（都高奴，今陕西延安东北），望风披靡，非死即降。刘邦率五十六万人马，攻入楚都彭城；项羽回师，击破刘邦军，追至荥阳，俘获刘邦的父亲和妻子。荥阳相持，刘邦因部将纪信"李代桃僵"，乃得脱身。由于刘邦用人得当，让大将韩信开辟了第二战场，使得项羽疲于奔命。因此，虽然项羽战术上战无不胜，战场上一直占据上风，但最终被刘邦兵围垓下，陷入绝境。

项羽是个"叱咤则风云兴起，鼓动则嵩华倒拔"的人物，可是，为什么会落得"卒亡其国，身死东城"的悲剧结局？

一是学而不精，力有余而智不足。项羽少年时代，读书不成，便放弃了；去学击剑，又不成。叔父项梁很生气。项羽说："书，足以记名姓而已；剑，一人敌，不足学，学万人敌。"万人敌，乃是兵法的代称。于是项梁就教项羽兵法，项羽大喜，略知皮毛，又不肯深入，还是不能学精。项羽高八尺余，力能扛鼎，才气过人。按汉尺，项羽的身高相当于现在1.85米左右。可以说，项羽的身体先天很好。按理，"良冶之子，必学为裘；良弓之子，必学为箕"。生于将门，项羽多多少少从父祖辈那里学习到一些带兵打仗的道理。但"兵，死地也"，谁如果小觑它，必将遭致祸殃。可以说，项羽的最终失败，和他读书甚少、目光短浅有很大的关系。

二是强调私仇，并置之公仇之上。亡国之痛，必然给年幼的项羽造成心灵的伤害，必然激起他对秦王朝的仇恨。但楚国灭亡，自有其主客观各方面的原因，而秦国以一国之力，面对六个诸侯国，出于统一天下的需要，对被征服者的屠戮也就在所难免。反秦大旗树起以后，项羽亲历叔父项梁的败亡，更加激发了他心底的深仇大恨。因此，每每攻下一地，项羽便要狠狠地屠杀一通，以泄心头之愤。但怨恨虽然发泄了，民心也几乎丢尽了。

三是秦灭以后，分不清战略对手。项羽以诸侯上将军的身份分封诸侯王，这是当时的政治、军事态势使然。因为除了项羽，没有人有魄力主宰天下。但在具体的分封上，项羽凭一己之好恶，将深得民望的刘邦分封到巴蜀（后来刘邦贿赂项伯，才改封到汉中），将一些与自己关系密切的将领，分封到善地，与自己关系疏远的将领，即使有功，也分封到恶地。一些未跟从他入关的将领，则基本不分封。"宰天下而不平"的结果，很快造成田荣、彭越的反叛。一开始，可能项羽连自己的战略对手是谁，都没有真正明白。直到汉王的军队还定三秦，项羽可能才弄明白自己的真正对手是谁。加之爱恋故乡，以彭城（今江苏徐州）为都，放弃关中这块"天府"之地，也是一个大的失误。有人劝谏其都关中，项羽反而以"富贵不归故乡，如衣绣夜行，谁知之者"自解。对故乡的留恋，本来是人之常情，但作为政治人物，过分依恋故乡，忽视对潜在的战略对手的估价，最终只能自食其果。

四是善于作战，不善于使用人才。按说，项羽军营中有很多人才：一部分是张楚政权留下的，一部分是项梁时期招集的，一部分是项羽历次大战中招徕、招降的。比如：张良，精通谋略，本是项梁和怀王所封的韩王成的司徒，而韩王成长期在项羽身边，项伯与张良的交情也非同一般；韩信，在项羽手下官不过郎中，位不过执戟（帐下卫士）；陈平，其智慧几乎可与张良相提并论，但在项羽那里仅仅是个都尉……可惜，这些人项羽都不善用。而他们一到刘邦那里，都如鲤鱼跳了龙门，顿时身价百倍：张良运筹帷幄，成了刘邦与项羽争胜的灵魂人物；韩信成为独当一面、为刘邦开辟第二战场的统帅，最后指挥了垓下之战；陈平多次在关键之时为刘邦谋划，使刘邦渡过了数不清的劫难。而项羽的叔父项伯，简直可以用"吃里扒外"来形容；堂弟项庄，也是一个头脑简单的莽大汉；有一个年纪70多岁的老将兼谋士范增，最后都因项羽的猜忌而恨恨离去，发病而死。

难怪，项羽经常在战场上东奔西跑，如同一个消防队员。但按下葫芦起来瓢，事必躬亲的结果，是哪一头都没有抓好。结果，至死项羽都没有觉悟，还以为是"天亡我，非用兵之罪也"。

我常常想，古人说："将门出将，相门出相。"生于将门的项羽，很可能对带兵打仗有着特殊的兴趣；甚至，他对使用武力可能已经非常地迷信。不过，战略上的重重失误，早已抵消了他战术上的成绩。决策一误，满盘皆输，这是毫不含糊的道理。

六

阅读历代典籍的时候，我发现，项羽好像是失败之后不仅不被人诟病、反而被后人代代称颂的唯一的"腕级"英雄。

司马迁就非常地佩服项羽。在《史记》中，他将项羽纳入"本纪"；而按照《史记》的体例，"本纪"是用来记叙帝王事迹的传记作品。项羽没有称过帝，而且最终自刎乌江，是个政治、军事上的悲剧人物。但太史公不以成败论英雄，而是将项羽视为秦亡后的天下共主。"羽非有尺寸，乘势起陇亩之中，三年，遂将五诸侯灭秦，分裂天下，而封王侯，政由羽出，号为'霸王'。位虽不终，近古以来未尝有也。"现在阅读《史记·项羽本纪》的时候，通过司马迁的文字，我总感到失败的项羽光彩照人，而一统天下的刘邦反而是猥琐之极。可以说，项羽的形象因司马迁的笔墨而彰显，司马迁也因真实、客观、公正地记叙和评价项羽，而显现出其人格的光辉。

从项羽乌江自刎以来，对他的评价就不绝如缕，而且基本上是"好评如潮"。汉代的就不必说了，到魏晋时期，当时的名士阮籍，登临广武山，观楚汉古战场遗址，看到一座古城的断壁残垣，耳边仿佛萦绕着一段苍凉的悲歌，眼前凝结着摄人心魄的血色的风云。在高压政治下生活多年的阮籍，不由得直抒胸臆："时无英雄，使竖子成名！"对刘、项的结局唏嘘不已。到了唐代，精研《孙子兵法》的大诗人杜牧，《题乌江亭》曰："胜败兵家事不期，包羞忍耻是男儿。江东子弟多才俊，卷土重来未可知。"对项羽的自刎寄予很大的同情，对其不知"卷土重来"委婉地提出批评。到北宋灭亡，宋室南渡，遭遇亡国灭家之痛的李清照，徘徊于乌江畔，愤而写下"生当作人杰，死亦为鬼雄。至今思项羽，不肯过江东"的诗句，对项羽"宁为玉碎，不为瓦全"的气节表示由衷的敬佩。

沙漠中没有路，驼铃依旧在响；天上没有路，苍鹰依旧在飞。这也许会让我们感到意外，但其中蕴涵着它们的不屈与斗志、顽强与刚毅。项羽生逢乱世，相机而起；勇冠三军，叱咤风云；引兵北上，逐鹿中原；问鼎咸阳，裂土封王；霸王别姬，催人泪下。他曾一度左右过历史的进程，最终却因他自身难以克服的性格弱点，酿就了他的人生悲剧。随着乌江渡口那一道长剑血光，项羽的悲剧命运画上了一个令人遗憾的句号。但是，他那种不畏强敌的顽强坚韧，那种疾风暴雨式的猛烈扫荡，那种顶天立地的英雄气概，那种宁折不弯的磊落人格，就如同悦耳的驼铃，如同矫健的苍鹰，给我们以美的享受，给我们以力的律动。西方哲学史上大名鼎鼎的德国哲学家叔本华曾经说过："事物本身是不变的，变的只是人的感觉。"一千个人读项羽，可能会有一千种不同的感受。不过，我们大多愿意在自己的心中塑造自己理想中的英雄，并且让他跨越久远的时空！

七

项王自刎的乌江，在今安徽和县东北，靠近长江。长江在这里是南北向的，从南往北流，因此便有了江东、江西之称，也有江左、江右之谓。古代，乌江曾经是一条很大的河流，但因为时代的推移，环境的变迁，楚汉相争时代那条曾经阻断项王和他的乌骓宝马回归江东的河流，如今竟成了一段窄窄的、浅浅的水流。是不是因为历史，乌江才这样浓缩？如今的乌江，再也不可能成为项王的对手；乌骓马只需要一迈蹄子，就能跨过去。

"滚滚长江东逝水，浪花淘尽英雄。"长江水在涌，乌江水在流，它们每一天都是新的。但江东的土地长存，江西的山丘长在；它们见证过2200年前的烽火，见证过2200年来的狼烟。历史如同明珠，镶嵌在它们那每一道褶皱里，镶嵌在它们那每一条罅隙中。

徘徊于乌江渡口，我的耳畔传来项王的慷慨悲歌："力拔山兮气盖世，时不利兮骓不逝。骓不逝兮可奈何，虞兮虞兮奈若何！"而项王心爱的妃子虞姬在轻轻地和唱："汉兵已略地，四方楚歌声。大王意气尽，贱妾何聊生！"

他们反复咏唱，低沉而雄浑的楚声便穿透历史的天空；夕阳西下，大地一片血红。面对云端若隐若现的项王和虞姬，我不禁潸然泣下，不能仰视……

淮阴叹

刘邦夺得天下以后，在与群臣的一次聚会上，曾经问大家："吾所以有天下者何？"群臣纷纷进行分析，但刘邦都认为不对。他自己说："夫运筹帷幄之中，决胜千里之外，吾不如子房；镇国家，抚百姓，给馈饷，不绝粮道，吾不如萧何；连百万之众，战必胜，攻必取，吾不如韩信。三者皆人杰，吾能用之，此吾所以取天下者也。"张良擅长运筹帷幄，萧何擅长治理国家，韩信擅长带兵打仗。刘邦不过秦末泗水亭长，也就相当于什么保长甲长之类，鲁迅说他是无赖出身，却因"汉初三杰"张良、萧何、韩信而击败力拔山兮气盖世的西楚霸王项羽，从而建立汉朝。刘邦倒是认识到了"三杰"的重要性，可惜，"三杰"的命运，从本质上而言，都差不多：张良最后不问世事，去寻仙访道，远离了政治的旋涡；萧何，曾被刘邦逮捕入狱，因为实在没有什么过错，才不得不放了出来；韩信可就没有那么幸运了——惨遭杀戮，夷其三族。

韩信如此悲惨的结局，难道是前世注定的宿命？

秦末汉初，既是一个天下大乱的时代，也是一个英雄辈出的时代。而不少叱咤风云的英雄，他们的出身，和你我一样，并不是多么地高贵无比。所谓"时势造英雄"，是那个时代，将他们推向了英雄的星空。

与秦末大乱中一些出身贵族官僚的时代弄潮儿们相比，韩信的出身是那么卑微。《史记》《汉书》这样的正史，对草莽英雄陈胜、吴广都有详细的记载，唯独对韩信，没有关于他的谱系的只言片语。在我的印象中，韩信一出场，就是一个穿着破烂却身带长剑、四处漂泊的浪子。——就像鲁迅笔下的孔乙己，家徒四壁却身穿长衫站在柜台前喝酒，那样不合时宜。——当然，由于交通的不便，经济的贫瘠，韩信还只能在家乡淮阴一带流浪。就这样，活到二十多岁，韩信从未体会过被人尊重的滋味。韩信所处的时代，人们往往以貌取人。由于五官平平，在那个时代，韩信无法从第一感官上得到有身份、有地位的人们的器重。加之出身卑微，家境凄凉，身材瘦高，面有菜色，韩信因此常常受到街头恶少的侮辱。更要命的是，韩信缺乏在那个小生产盛行的时代的谋生的一技之能，不懂得如何谋生。如果没有天赐的良机，和那个时代的大多数庸碌的流浪者一样，韩信将如同一只蝼蚁，自生自灭，绝不会在历史的长河中卷起任何漩涡，更不可能对历史的进程产生任何实质的影响。

不过，从韩信早年的两件事，我们可以看出他卑微的表面之下潜藏的智慧与抱负。

一是胯下之辱。司马迁《史记·淮阴侯列传》记载："淮阴屠中少年有侮信者，曰：'若虽长大，好带刀剑，中情怯耳。'众辱之曰：'信能死，刺我；不能死，出我袴下。'于是，信熟视之，俛出袴下，蒲伏。一市人皆笑信，以为怯。"韩信在淮阴屠宰市场闲荡，受几个年轻的屠夫逼迫，被迫从他们的胯下爬过。满街上的人都耻笑韩信，认为他是个怯懦之人。但韩信心中自有分寸。从"（韩）信熟视之"这几个字，显然可以看出韩信的深思熟虑。太史公含着血泪而写的这个片断，印证了"忍得大辱，成得大事"的道理。从这里，我们也可以看到韩信"将欲取之，必先予之"的骄兵之计与迂回之术，这显然是其天生的军事智慧在生活中的初步运用。

二是淮阴葬母。太史公说：我曾经到过淮阴县，那里的人告诉我，韩信即使在一介平民时，志气也是和平常人不一样的。那时，他的母亲过世，家里贫穷，韩信无办法按照当时的礼节安葬母亲。但是，他却寻找到一个风水宝地——地势高并且宽敞平坦，可以容纳上万户人家居住的地方作为母亲的墓地。我到过他母亲的墓地，果然如淮阴父老说的那样。

太史公所说的淮阴侯母亲的坟墓，在淮阴故城东南高庄。如今，只要我们去到那里，就能看见一座高大的古墓，名曰"青墩"。韩信将母亲葬在地势高敞、视野开阔的地方，就是为了以后在这里容纳众多的人居住——在韩信的时代，只有诸侯和帝王的陵墓周围，可以迁人来居，形成城邑。韩信虽未明言，但其建功立业、报答母亲的抱负，自然流露了出来。

二

在流浪的时候，韩信有时候不得不去江边钓鱼，希冀钓上一两条鱼，饱一饱辘辘的饥肠。

说来有趣，中国古代的一些著名的人物，似乎都喜欢钓鱼。比如那个兴周八百年之姜子牙，比如那个坚拒汉光武帝出仕邀请的严子陵。姜太公垂钓于渭水之滨，严子陵垂钓于富春江上。结果，太公"钓"来了周文王，成为周朝的开国元勋；而严子陵"钓"出了巨大的名声，成为超酷的散淡贤人、有气节的隐士。看来，日出日落，平心静气，一蓑烟雨，足慰平生，真是"此中大有佳处"。不过，我想，一个有抱负的人，就算是周吴郑王、装模作样地钓鱼，恐怕其心思也不在鱼上，而是"眼观六路，耳听八方"，随时密切地关注着世间局势的些微变化。可谓醉翁之意不在酒，钓鱼之人不在鱼。

我想，恐怕韩信也有姜太公一样的"非分之想"吧？只可惜，那时候还是秦的天下，江山一统的时候，对人才的需求就不是那么地突出。所以韩信的运气也就没有姜太公那么好。不过，在淮阴城下钓鱼的时候，韩信还是遇见了一个对他有恩的好人。那时节，有许多老妇在冲洗丝絮，其中一人见韩信饿得实在是可怜，就将自己带的饭，分了一些给韩信吃。看来，一个人的一生，就算要遇见很多小人，但总有机会遇见一些善良的人。韩信的确是个不通世事的人，居然一连几十天都到同一地点钓鱼，一连几十天都那样安享老妇的接济，还喜滋滋地对老妇说："吾必有以重报母。"说是我将来必定会重重报答您的。老妇听了很生气，立即斥责韩信：大丈夫不能自食其力，我只是可怜你才给你吃食，难道是希图你什么报答吗？

老妇对韩信的斥责，用鲁迅先生评价阿Q的话说，叫作"哀其不幸，怒其不争"，是一个善良的女人发自肺腑的真心话。要知道，韩信在下乡南昌亭长家吃闲饭、被亭长的老婆借故赶出来。估计听了此话，联想到前不久的遭遇，韩信肯定是面红耳赤，嗫嗫嚅嚅，不敢吱声。

多年以后，韩信对淮阴城下河边洗絮的老妇，还心存感激。在从齐王徙为楚王后，韩信将老妇请来，赐给千金。对那个有点"惧内"的下乡南昌亭长，则赐给百钱，说："你是一个小人，做好事却不能做到底！"对曾经逼迫自己从胯下爬过去的那个"屠中少年"，则提拔其为楚国的中尉，并对自己属国的将相说："这是壮士。当他羞辱我的时候，我难道不能杀掉他吗？细思杀了他也不能成就我的功名，故而忍辱负重，才有今日。"

人谓"人以文传"。由于太史公的记载，如今，在淮安，胯下桥和漂母祠成了当地的名胜，与韩侯祠齐名。人们在怀念韩信的功业的时候，也没有忘记那个善良的老妇，也没有忘记那个曾让韩信"修炼忍功"的"屠中少年"。真可谓生活给你关闭了一扇门，可同时也为你打开了一扇窗。这大概是那个老妇和"屠中少年"始料不及的吧？

三

记得以前我的老岳母曾说过："三穷三富不到老。"经历了人生的坎坎坷坷以后，我对此的理解是很深的。人生如同在蜿蜒的小路上迤逦而行，有时候是上坡，有时候是平路，有时候是下坡。年纪轻轻而身怀谋略的韩信，绝不可能就一直那样沉溺于贩夫走卒之间；只要有机会，他一定会像春天的野草，在煦暖的春阳下疯长。现在看来，韩信命运的转机，主要得益于滕公夏侯婴临危施救，更重要的还得益于萧何的赏识。

陈胜、吴广起义后，项梁也渡过淮河北上，韩信带着宝剑投奔了项梁，留在部队，默默无闻。项梁败死后，又归属项羽，项羽让他做郎中，一天到晚执着一把长戟，为我们威武的楚霸王把门站岗。韩信多次给项羽献计，项羽不予采纳。刘邦入蜀后，韩信离楚归汉，做管理仓库的小官，依然不被人所知。后来，估计是工作中出了纰漏，军粮出现了差错（这在战争年代是大事），韩信坐法当斩。同案的十三人都已处斩，马上就要轮到韩信了，韩信举目仰视，看到了监斩官滕公夏侯婴，便说："上不欲就天下乎？何为斩壮士！"汉王难道不想成就统一天下的大业吗？为什么要斩才能超群的壮士啊！——在生死存亡的关键时刻，韩信的话，犹如石破天惊，让夏侯婴很是吃惊。

夏侯婴本是沛县人，开始在沛县县府的马房里掌管养马驾车。后来，找到一个机会担任了试用的县吏，成为吃皇粮的公务员，与刘邦结成铁杆哥们儿。有一次，刘邦因为开玩笑而误伤了夏侯婴，被别人告发到官府。当时刘邦身为亭长，也是公务员，伤了人要从严惩罚。为了保住刘邦的铁饭碗，夏侯婴对官府说是自己不小心摔伤的。为此，夏侯婴被关押了一年多，挨了几百板子，但终归让刘邦免于刑罚。刘邦起兵以后，夏侯婴一直鞍前马后，跟着刘邦。项羽入关，灭掉了秦朝，沛公被封为汉王。汉王赐予夏侯婴列侯的爵位，号为昭平侯。彭城大战中，刘邦被项羽打败而逃，夏侯婴为其驾车，半路上遇到了刘邦的一双儿女，就把他们收上车来。马本已跑得十分疲乏，敌人又紧追在后，为了逃命，刘邦几次将儿女踢下车去，但每次都是夏侯婴下车把他们抱上车，弄得刘邦火冒三丈，差点跟夏侯婴动武。后来，吕后生的这个儿子做了汉朝的第二代皇帝（惠帝），女儿成了鲁元公主。吕后一家对夏侯婴非常感激。汉朝建立以后，刘邦封夏侯婴为汝阴侯，任职太仆。——顺便说一句，夏侯婴可能是个没有多大能力的老好人，这个老好人不仅救过韩信，救过刘邦的儿女，还救过项羽部下、猛将季布。——夏侯婴一生与马结下了不解之缘，死后也不例外。《博物志》载："夏侯婴死，送葬至东都门外，马踏地悲鸣。掘之，得石椁，铭曰：佳城郁郁，三千年见白日。吁嗟，滕公居此室！"于是，夏侯婴的灵柩就在那里下葬。这是后话。

且说滕公夏侯婴觉得韩信的话不同凡响，就放了他；同他一交谈，感觉其有真才实学，马上推荐给萧何。萧何多次同韩信交谈，也十分赏识他，认为他是一个不可多得的人才，转而推荐给刘邦。刘邦不知道韩信与众不同的地方，看在萧何的面子，敷衍应付，封韩信一个管理粮饷的官职。韩信以为刘邦不重用自己，"此处不留爷，自有留爷处"，就使性子逃亡。深知韩信是个大才的萧何听说韩信逃走，慌了手脚，来不及向刘邦报告便去追赶。萧何说了一大堆劝韩信回去的话，韩信仍不吭声。这时候，韩信的救命恩人滕公夏侯婴也策马赶到；两个人苦苦相求，非要韩信回去不可。他们说："要是大王再不听我们的劝告，那我们三个人一起走，好不好？"韩信只好跟着他们回去。就是这么一"追"，中国文化里多了一个传诵千古的佳话——萧何月下追韩信。刘邦听萧何说韩信举世无双，才拜韩信为大将。从此，韩信正式踏上了楚汉相争的历史大舞台，轰轰烈烈地参与了空前壮观的历史大剧的演出。

四

历史告诉我们，一个人虽然腹有良谋，但由于重视实干，而不重视为谁干，那么，"埋头拉车不看路"的结果，难免被别人玩弄于股掌之上，最终，在残酷的官场争战中迷失了自己。

在我看来，韩信这个人就是这样的典型。

被汉王刘邦拜为大将（其实就是统兵元帅）之后，韩信给刘邦详细地分析了楚汉两家的态势，并精确地预言：虽然汉王一方目前处于下风，但很快就会扭转被动局面，最终消灭项羽。韩信的这番议论，实际上为刘邦从宏观上制定了东征以夺天下的战略。刘邦听后大喜，自以为得信晚，于是乎对韩信言听计从，部署诸将准备出击。

此后，韩信"明修栈道，暗度陈仓"，率军迅速占领关中大部，平定三秦之地，取得对楚的初战胜利，汉二年（前205年），汉军出关，收服魏王豹、河南王申阳、韩王郑昌，殷王司马印降汉。联合齐王田荣、赵王歇共同击楚。四月至彭城，汉军大败而还。韩信复收溃败之军与汉王在荥阳会师，阻击楚追兵，大败楚军于京、索之间，使汉军得以重整旗鼓。汉王兵败彭城之时，塞王司马欣、翟王董翳叛汉降楚，齐王田荣和赵王歇也反叛并与楚媾和。六月魏王豹以探母病为由回到封国后，就封锁了河关，切断汉军退路，叛汉与楚约和。汉王派郦生说服魏王豹不成，八月任命韩信为左丞相率兵击魏。魏王把重兵布守在蒲坂，封锁河关（黄河渡口临晋关，后改名蒲津关）。韩信故意多设疑兵，陈列船只假意要渡河关，而伏兵却从夏阳以木盆、木桶代船渡河，袭击魏都安邑。魏王豹大惊，引兵迎击韩信，韩信大胜，俘虏魏王豹，平定了魏国，改魏为河东郡。

刘邦采纳韩信"北举燕、赵，东击齐，南绝楚之粮道，西与大王会于荥阳"，对楚实施战略包围的建议，在坚持对楚正面作战的同时，给韩信增兵3万，命其率军东进，开辟北方战场。汉王派张耳与韩信一起引兵东击赵王歇，北击代王陈余，活捉代相夏说，破代。即以俘获之精兵，补充在荥阳对楚作战的刘邦军，支援正面战场作战。汉四年（前203年）齐地全部平定。韩信一连灭魏、徇赵、胁燕、定齐，在北面战场取得了辉煌的胜利。

齐国平定之后，韩信派人向刘邦送信说："齐国狡诈多变，是个反复无常的国家，南边又与楚国相邻，如不设立一个代理王来统治，局势将不会安定。我希望做代理齐王，这样对形势有利。"当时，刘邦正被项羽紧紧围困在荥阳，危如累卵，看了韩信的信，刘邦十分震怒，大骂韩信不救荥阳之急竟想自立为王。张良、陈平暗中蹋刘邦的脚，凑近他的耳朵说："汉军处境不利，怎么能禁止韩信称王呢？不如就此机会立他为王，好好善待他，使他自守一方，否则可能发生变乱。"刘邦顿时明白过来，立即改口，骂道："大丈夫定诸侯，即为真王耳，何以假为！"于是派张良前去立韩信为齐王，征调他的部队攻打楚军。

唉，韩信哪里知道，刘邦之所以仍立他为齐王，是当时楚强汉弱的态势下不得已采取的权宜之计。一旦刘邦腾出手来，韩信便注定只有悲剧的下场。所以，清代著名史学家王鸣盛在其名著《十七史商榷》的"信自立为假王"条指出，韩信自立为假齐王，已经种下了异日被杀的祸根。可惜的是，韩信沉醉于建功立业的兴奋之中，丝毫没有感觉到危险在悄悄地逼近。

五

在大将龙且被韩信杀掉之后，项羽非常恐慌。派盱台人武涉前去游说韩信反汉与楚联合，三分天下称王齐地。韩信谢绝说："我奉事项王多年，官不过是个郎中，位不过执戟之士。我的话没人听，我的计谋没人用，所以才离楚归汉。汉王授我上将军印，让我率数万之众，脱衣给我穿，分饮食给我吃，而且对我言听计从，所以我才有今天的成就。汉王如此亲近、信任我，我背叛他不会有好结果的。我至死不叛汉，请替我谢谢项王的美意。"

不久，齐人蒯通借相人术规劝韩信，说："仆尝受相人之术。相君之面，不过封侯，又危而不安；相君之背，贵而不可言。"认为他虽居臣子之位，却有震主之功，名高天下，所以很危险。这套说词虽然说动了韩信，但韩信不忍背叛刘邦，加之自以为功劳大，刘邦不会来夺取自己的齐国，于是没有听从蒯通的计谋。蒯通游说韩信不成，只得佯狂而去。后来，韩信被捕，事牵蒯通，蒯通因为装疯卖傻，逃过一劫，捡得一条性命。

汉五年（前202年），刘邦趁项羽无备，楚军饥疲，突然对楚军发动战略追击。约韩信从齐地（今山东），彭越从梁地（今河南东北部）南下合围楚军。五年十月（汉初承秦制，十月为岁首），韩信、彭越未能如期南下。刘邦追击楚军至固陵（今淮阳西北），楚军反击，刘邦大败而归。

为调动韩信、彭越，刘邦听从张良之谋，划陈（今淮阳）以东至海广大地区为齐王韩信封地；封彭越为梁王，划睢阳（今商丘）以北至谷城（今东阿南），为其封地。由韩信指挥此战。韩、彭遂率兵攻楚；韩信从齐地南下，占领楚都彭城（今徐州）和今苏北、皖北、豫东等广大地区，兵锋直指楚军侧背，彭越亦从梁地西进。汉将刘贾会同九江王英布自下城父（今亳县城父集）北上；刘邦则率部出固陵东进，汉军形成从南、北、西二面合围楚军之势，项羽被迫向垓下（今灵璧南）退兵。

五年十二月，刘邦、韩信、刘贾、彭越、英布等各路汉军约计70万人与10万久战疲劳的楚军于垓下展开决战。楚军大败，退入壁垒坚守，被汉军包围。韩信命汉军士卒夜唱楚歌；"四面楚歌"让项羽部下斗志全失，军心瓦解。项羽率800人突围，韩信遣灌婴追之至东城，项羽自刭而死。刘邦于是还至定陶，驰入韩信军中，夺其兵权。不久，改封韩信为楚王，都下邳（今邳县东）。

项羽兵败后，其部将钟离眜因从前与韩信关系很好，就投奔了韩信。刘邦记恨钟离眜，听说他在楚国，就下令韩信逮捕他。那时韩信初到楚国，到各县乡邑巡察进出都派军队戒严。汉六年（前201年），有人告韩信谋反。为了解决韩信的问题，刘邦用陈平之计，伪游云梦，要各路诸侯到陈地相会。韩信起初不知是计，当刘邦将到楚国时，韩信才意识到危险，打算起兵对抗，但又认为自己无罪；想去谒见刘邦，又怕被擒。这时有人向韩信建议："杀了钟离眜去谒见汉高祖，高祖必定高兴，也就不用担心祸患了。"于是韩信把此事与钟离眜商议，钟离眜说："刘邦之所以不攻打楚国，是因为我在你这里，如果想逮捕我去讨好刘邦，我今天死，随后亡的定是你韩信。"钟离眜被逼自杀，韩信持其首去陈谒见刘邦。刘邦令武士把韩信捆绑起来，放在随从皇帝的副车上。韩信这才意识到，钟离眜的存在就是自己的一把保护伞。于是气愤地说："果若人言，'狡兔死，走狗亨；高鸟尽，良弓藏；敌国破，谋臣亡。'天下已定，我固当亨！"亨，就是"烹"，一种"煮"刑。刘邦说："有人告你谋反。"将韩信戴上械具。回到洛阳，刘邦赦免了韩信的罪过，改封他为淮阴侯。

韩信被贬为淮阴侯之后，深知刘邦畏惧他的才能，从此常常装病，不参加朝见或跟随出行。在被软禁的日子里，韩信与张良一起，整理了先秦以来的兵书，共得一百八十二家。这是中国历史上第一次大规模兵书整理，为中国军事学术研究奠定了科学的基础。同时还收集、补订了军中律法。韩信本人也著有兵法三篇，可惜已佚，我们现在已无法看见韩信自己的军事理论了。

六

汉十年（前197年），陈豨谋反。刘邦亲自率兵前去征讨，韩信称病不随高祖出征。这时，韩信的一位门客得罪了韩信，韩信囚禁并准备杀掉他。那位门客的弟弟为了救其兄长，就向吕后密告，说韩信要谋反。吕后与相国萧何商议，骗韩信入朝祝贺，被吕后派人在长乐宫的"悬钟之室"里将其斩杀，并灭其三族。韩信临死时无比悔恨地说："吾不用蒯通计，反为女子所诈，岂非天哉！"

韩信熟谙兵法，自言用兵"多多益善"，为后世留下了大量的军事典故：明修栈道、暗度陈仓，背水为营，拔帜易帜，半渡而击，四面楚歌，十面埋伏等。其用兵之道，为历代兵家所推崇。作为军事家，韩信是继孙武、白起之后，最为卓越的将领，是中国战争史上最善于灵活用兵的将领，其指挥的井陉之战、潍水之战都是战争史上的杰作；作为战略家，他在拜将时的言论，成为楚汉战争胜利的根本方略；作为统帅，他一人之下，万人之上，率军出陈仓、定三秦、破代、灭赵、降燕、伐齐，直至垓下全歼楚军，无一败绩；作为军事理论家，他与张良整理兵书，并著有兵法。称韩信为"战神"，实不为过。

但金无足赤，人无完人，韩信在政治上是很幼稚的，几次关键时刻都优柔寡断，最终死于妇人之手。这，恐怕得从韩信自身方面找寻原因了。

想当初，韩信下魏破代而汉王收其兵，与张耳破赵而汉王又夺其兵。这两件事，本应引起韩信的高度警惕。在攻下齐国之前，汉王明明将战场的临机处置之权授予韩信，结果又让说客郦生去说服齐王田广。韩信用蒯通之计，打败楚将龙且，杀死齐王田广，收服齐地。这样，天下的大局基本已定。此时，摆在韩信面前的只有两条路：要么彻底背叛刘邦，与之一争高下，成则为王；要么交出兵权，改任闲职，"学道谦让，不伐己功"，或者解甲归田，甘当一个富家翁，庶几可以免祸。

可惜，韩信缺乏政治谋略，对自己功高震主、实力之强、处境之敏感，缺乏清醒的分析和估计。最终，韩信这个重视实干，而不重视为谁干的人，被刘邦的皇权所遗弃，成了一个千古悲剧。

综观历史，那些在政治上能够取得成功的，往往都是些坚忍狡诈、重视实用、藐视一切道德准则的人；而那些信守固定的行为规范、多少有点浪漫情调的人，往往以失败告终。难怪当代著名诗人北岛这样说："卑鄙是卑鄙者的通行证，高尚是高尚者的墓志铭。"在尔虞我诈的官场，高尚有什么用处！

几年后，身着龙袍的刘邦，回到故乡丰、沛，酒后醉歌："大风起兮云飞扬，威加海内兮归故乡。安得猛士兮守四方！"对自己为了巩固大汉政权，不得不将那些曾经盟誓永不相负的异姓王诛戮殆尽，老态龙钟的刘邦感到难言的伤感，嘶哑的唱诵之中，涌动丝丝悔恨，以至于老泪纵横。

对此，清代诗人张应宸在《淮阴侯祠》中，这样评价：

> 垓下谁收逐鹿功，将军旗鼓失重瞳。
>
> 但看徙楚酬漂母，岂忍乘危听蒯通。
>
> 百战河山秋草外，千年祠庙夕阳中。
>
> 可怜国士成弓狗，底用登台唱大风！

垓下项羽败亡，汉王逐鹿功成，主要是韩大将军决定性的军事胜利。但是不是功大就不安分，就要生谋夺天下的野心？你只要看韩信被改封楚王后以千金酬报漂母一饭之恩的事实，就能得出结论：韩信这么讲信义，怎么会忍心在汉王刘邦处于被围困的危险时刻，听从蒯通背汉自立、三分天下的邪谋呢？"微时尚感母恩深，达后岂负君心注"（章庭珪诗）。韩信的忠心，有他百战过的河山为证，也有他身后千百年来吊祭他的祠庙为证。可叹可怜啊，汉帝把韩信这样的无双国士当作鸟兔已尽而废弃不用的良弓和走狗而加以诛戮，哪里用得着登台唱那"安得猛士兮守四方"的《大风歌》呢！

明代进士、代州人尹耕《韩淮阴侯庙》诗云：

> 背水空留阵，良弓早见收。
>
> 身危缘震主，面相止封侯。
>
> 落日荒祠道，西风涧水秋。
>
> 君臣终始义，为尔泪长流。

诗的尾联，痛惜汉高祖不能使他与韩信的君臣关系善始善终。尹耕曾任知州、知府，河南按察使兵备金事，颇有政绩，因为人忌恨而被劾奏，遣戍辽东终身。诗人借题发挥，为自己的遭遇鸣不平。在怀才不遇的人看来，韩信就是一面镜子。在这面镜子里，人们总能看见自己的影子。

读韩信的传记，我总在思考：历史是一个一个的偶然组合而成的必然。在惨烈胜过战场的官场，人们在追求成功和道德完善之间存在明显冲突的情况下，究竟应当怎样选择？韩信的悲剧，是一个恪守规范的人在规范被玩弄的时代必然的结局。更可悲者，韩信生在视规范如儿戏的刘邦的时代。韩信之结局，就是如此地引起人们的共鸣，让我们"欲语泪先流"。千载而下，当我们重温楚汉之际群雄逐鹿这段历史时，不免为韩信扼腕长叹，发其志士之悲。

在夕阳西下的时候，天边的衰草更显得孤零。徘徊于淮阴韩侯祠前，我反复品味后人用蘸满人生浓墨的大笔，满含同情写下的那十字联："生死一知己，存亡两妇人。"

李广悲

一

汉朝开创了中国历史上空前的盛世。在大汉王朝开疆拓土的过程中，涌现出一批纵横驰骋的英雄豪杰。在这众多的豪杰之士中，李广，以其战功之著、遭遇之奇、命运之悲，让人过眼难忘。

初识李广，源于儿时所读的一首唐诗：

林暗草惊风，将军夜引弓。

平明寻白羽，没在石棱中。

掩卷而想，我的眼前变幻化出一个颇具神奇色彩的画面：将军率众到郊外围猎，斩获颇多，乘兴夜归。此时，天将晓而未明，正是月朦胧、鸟朦胧的当口。他们从一处山谷经过时，山石嶙峋，草木丛生。忽然一阵狂风，草丛中似乎有猛兽虎踞。将军张弓搭箭，猛力射之，"嗖"的一箭，正射中那虎。等天色微明，随从跑去草丛中搜寻，只见一块其状如虎的巨石，横卧于秋草之中，将军射出的那支箭，却深深地没进石头之中，雪白的箭羽，还在晨风中摇动。此情此景，让将军自己疑虑顿生。于是他又张弓搭箭，照此巨石连射三箭，可是，箭触顽石，火星迸溅，再也不能射入坚石一寸……

唐代诗人卢纶的《塞下曲》，所咏之事，未必全是传说，不然，以"其文质，其事核，不虚美，不隐恶"著称的"良史"司马迁，怎会将其事写入堂皇的正史之中呢？当然，也未必就一定全是事实，难免没有一定的想象与夸张。但李广之善射，那是不争的事实。太史公在《史记·李将军列传》中说："广为人长，猿臂，其善射亦天性也，虽其子孙他人学者，莫能及广。"所谓"猿臂"，就是双臂有如猿猴之臂，长而有力。李广身材高大，掌阔臂长，任右北平太守时，正当其盛年。想当年，李广镇守右北平，英勇无双，擅长骑射，令以骑射闻名的游牧部族匈奴，闻之也不免魂飞魄散，连续几年不敢"南下而牧马"，并私下给李广以"飞将军"之绰号。能得到敌人之敬而畏，可见李广当年并非浪得虚名之辈。

右北平，李广时代，为一郡名，最早乃战国时燕国所置，秦因之，治无终县（今天津蓟州区），西汉治平刚县（今辽宁凌源市），隶属于幽州刺史部。王莽时改称北顺。东汉时移治土垠县（今河北唐山市丰润）。而被李广射中的那只"石老虎"，被当地人称为虎头石；附近的那个山村，被称为虎头石村，世世代代，沿袭至今。

要知道，"右北平"本身也并非无名之地。早在李广之前1000年，就出过伯夷和叔齐两个大名人。伯夷和叔齐是孤竹国君的儿子，二人因互相逊让国君之位，双双辞位，逃离家乡。后来，周武王伐纣，兄弟俩以"君臣大义"叩马而谏，结果，如此迂腐之说，丝毫未能动摇武王讨伐纣王、"以暴易暴"的决心。周军一战而入朝歌，纣王自焚而死。商亡之后，两人不食周粟，采野菜树果为生，不久饿死于首阳山下。

诚如鲁迅所说，"人以文传，文以人传"，现在，"右北平"以伯夷、叔齐、李广为"牌"，搭台唱戏，风生水起，倒是很沾了一些名人的光。然而，与"右北平"有密切关系的这三个名人，其人生结局，都同是悲剧。其中，尤以"飞将军"李广为甚。

二

说到李广，不得不说一下陇西李氏。

李广的先祖是荆轲刺秦王失手后，奉秦王军令率兵追击燕太子丹到辽东的将军李信。李广之父李尚为"成纪令，因居成纪"，也是名将，射艺精劲。将门出将，李广出身世家，自幼耳濡目染，加之天生身材（"猿臂"）的优势，于是很早就崭露头角。

秦、汉以后，李氏以分布地域形成了十三郡望，即陇西李氏、赵郡李氏、柳城李氏、略阳李氏、鸡田李氏、武威李氏、代北李氏、高丽李氏、范阳李氏、渤海李氏、西域李氏、河南李氏、京兆李氏。所谓"郡望"，也称"地望"，是指每郡显贵的世族，意即某族姓世居某郡为当地所仰望，每郡都有一个或多个望族。而后世很多李姓名人，都出自陇西李氏，包括公元405年建立十六国中的西凉政权的李暠和建立大唐王朝的李渊、李世民父子。唐代大诗人李白，也出自陇西李氏。李氏十三望之中，以陇西、赵郡两支名声最大，人口最多。因为大唐王室出自陇西，所以自唐之后，十三望之李，尊唐帝之旨，各地李姓无不冠以"陇西堂"三字，故后世有所谓"天下李氏出陇西"之说。

汉文帝十四年，匈奴大军攻入萧关，李广以良家子弟应召从军，因能征善战，官至中郎。李广多次跟随文帝射猎，格杀猛兽，文帝曾慨叹："惜乎，子不遇时！如令子当高帝时，万户侯岂足道哉！"意思是你李广假如生在高祖时代，万户侯之封，简直唾手可得。汉景帝时期，李广为陇西都尉。吴楚等七国叛乱之时，景帝派大将周亚夫起兵平叛，李广为骁骑都尉，随周亚夫出征击吴。直到武帝时期，李广乃驰骋沙场，主要是驻防汉之北疆，戍防并征讨匈奴。

李广一生大小七十余战，大多数都以出奇制胜，力克匈奴，建立了战功。而其一生却与封爵无缘，究竟是何原因呢？

三

李广所处的时代，汉王朝空前强大。一个年轻而强盛的王朝，难免对周边的生存环境投入更多的关注。李广时代，对中原有威胁的，主要是北方的匈奴。

据中国部分史籍记载，匈奴人是夏朝的遗民。《史记·匈奴列传》记载："匈奴，其先祖夏后氏之苗裔也，曰淳维。唐虞以上有山戎、猃狁、荤粥，居于北蛮，随畜牧而转移。"《山海经·大荒北经》称：犬戎与夏人同祖，皆出于黄帝。《史记索隐》引张晏的话说："淳维以殷时奔北边。"意即夏的后裔淳维，在商朝时逃到北边，子孙繁衍成了匈奴。商朝时的鬼方、混夷、獯鬻，周朝时的猃狁，春秋时的戎、狄，战国时的胡，都是后世所谓的匈奴。秦汉之际，匈奴崛起，常为中原之患。

他们"逐水草迁徙"，"食畜肉，饮种酪，衣皮革，被毡裘，住穹庐"，《汉书·匈奴列传》中的这种描述，正是当时匈奴人游牧生活的真实写照。在匈奴建国以前，东北亚草原被许多大小不同的氏族部落割据着。那时的部落和部族联盟的情况是"时大时小，别散分离"，"各分散居溪谷，自幼军长，往往而聚者百有余，然莫能相一"。后来的匈奴国，就是以匈奴部落联盟为基础，征服了上述诸部落联盟、部落以及其他一些小国而建立起来的。

自西周起，戎族开始威胁中原王朝。周幽王烽火戏诸侯后，犬戎部落攻陷镐京，迫使平王东迁。战国时林胡、楼烦多次侵扰赵国，赵武灵王胡服骑射，驱逐林胡、楼烦，在北边新开辟的地区设置了云中等县。林胡、楼烦北迁融入新崛起的匈奴。在战国末期，赵国大将李牧曾大败匈奴。前3世纪，匈奴统治分为中央王庭、东部的左贤王、西部的右贤王，控制着从里海到长城的广大地域，包括今蒙古、俄罗斯的西伯利亚、中亚北部、中国东北等地区。秦始皇统一中国后，前214年，命蒙恬率领30万秦军北击匈奴，收河套，屯兵上郡（今陕西榆林）。蒙恬从榆中（今属甘肃）沿黄河至阴山构筑城塞，连接秦、赵、燕5000余里旧长城，据阴山逶迤而北，并修筑北起九原、南至云阳的直道，构成了北方漫长的防御线。蒙恬守北防十余年，匈奴慑其威猛，不敢再犯。故贾谊《过秦论》谓之"却匈奴七百余里，胡人不敢南下而牧马"。

汉初，承秦之弊，生产力水平低下；此时匈奴崛起。汉高祖亲征匈奴，被匈奴所困，几乎不能脱身，这成为汉朝皇家历代之耻。到汉武帝时期，"京师之钱，累百巨万，贯朽而不可校；太仓之粟，陈陈相因，充溢露积于外，腐败而不可食。"（《汉书·食货志》），经济发展，国力增强。匈奴的南下骚扰，对大汉王朝的发展空间造成严重威胁。于是乎，汉武帝倾其国力，下决心解决匈奴问题。这才有后来汉王朝与匈奴的多次决战。

四

李广，就是在大汉与匈奴的对决中涌现的豪杰。

景帝时期，匈奴大军进攻上郡。汉景帝命中贵人（宦官），跟随李广阻击匈奴。中贵人带领数十骑与三个匈奴人相遇，中贵人反遭匈奴人射伤。李广料到这三个匈奴人定是猎手，便带百余人追赶，射死两个，生擒一个。碰巧此时数千匈奴骑兵突然伏出，情势危急。李广部下都害怕了，主张逃跑。李广说："此地距汉营很远，若逃跑，定被匈奴追赶。我们不跑，匈奴会怀疑我们有伏兵，不敢来追我。"李广命大家下马解鞍。有人急道："我离匈奴如此相近，若彼来追，奈何？"李广说："匈奴见我下马解鞍，定误认为诱敌深入，更不敢轻举妄动。"匈奴果然不再追赶。汉军平安无事。这件事说明，李广不仅勇猛，又足智多谋，临危不乱，颇有大将风度。

元光三年（前129年）西汉三十万大军在马邑（今山西朔县）附近的山谷里埋伏，准备诱歼匈奴主力。谁知被匈奴识破，没有成功。过了四年后，匈奴大军直取上谷。汉武帝派年轻将领卫青率一万兵马，李广率一万兵马，分路出击匈奴。此次出击，汉军与匈奴军从数量上相差悬殊，汉军寡不敌众，损失惨重。在这次战斗中，李广不幸负箭伤被俘。后来，他乘匈奴骑兵疏忽，防备不严，才逃回大营。

尤其是在汉武帝元狩四年，为了抗击匈奴入侵北部边疆，年事已高的李广做了卫青、霍去病的前将军。卫青为了揽功，故意调换了李广的位置，让李广绕道而行，使得他迷失了方向，贻误了战机，该当军律论处。李广一生光明磊落，大小七十余战，立下赫赫战功，如今遭人暗算，土坷垃绊了个大跟头，一生名节，毁于一旦。想到此，李广不禁悲从心起，回望长安，仰天长叹，两行老泪滚滚而下。忽然，他挥刀抹向自己的脖颈，一代名将从此含恨九泉。而闻此噩耗，"一军皆哭，百姓闻之……无老壮皆为垂涕"。

英雄，走到了他生命的尽头。

五

封建社会，君王杀功臣，那是很常见的；但一个战功赫赫的老将，却因为"不能对刀笔吏"受辱而自杀，在中国历史上都是极为罕见的。

临死前，李广悲叹："广结发与匈奴大小七十余战，今幸从大将军出接单于兵，而大将军又徙广部行回远，而又迷失道，岂非天哉！且广年六十余矣，终不能对刀笔吏。"在临终前，李广仍然心存抱怨。假如卫青不令他从匈奴侧翼长途跋涉，做迂回包抄，他就不会有迷路的可能，也不会受此屈辱。他所以自尽，是因为他深恐历史的记录者——刀笔之吏会记录下自己的这些败迹，损害自己的英名。

但细细思量，李广之死，除了当时外在的客观原因之外，李广性格的问题，也是一个很重要的原因。

其一，缺乏政治敏感。

中国人看一个人有无作为，往往以当官的大小衡量之；而衡量其当官之成败，主要看其在位时间之久暂。

如前所述，李广凭借着自己的赫赫功绩，博得汉文帝的赏识。文帝驾崩，景帝即位，李广又屡获殊荣，很快成为景帝身边禁卫骑兵将军。就在"官星"运动之际，李广却干出了一件官场中人蠢得不能再蠢之事——私自接受梁王所授之将军印。

景帝三年，七国之乱爆发。吴楚联军首先攻击梁国，梁孝王与吴楚对峙。景帝于匆忙中击败了叛军。李广在平定七国之乱时立下了赫赫功绩，但战争期间，梁王将将军印绶私下授予李广，而李广不管三七二十一，一把将将军印纳入怀中。梁孝王是景帝的同母长弟，他们的母亲为窦太后。汉景帝二年（前155年），梁孝王进京朝见。当时景帝还没有立皇太子。一天，景帝和梁孝王共同陪母亲窦太后在宫中宴饮。酒一喝高，景帝随口而言："千秋万岁后传于王。"意思是，等我百年之后，就把帝位传给梁王吧！梁孝王明知道，皇帝哥哥说的并不一定是真心话，但内心还是很高兴的。而作为母亲，看见两个儿子一为皇帝，一为藩王，藩王以后也将"升格"为皇帝，非常疼爱小儿子的窦太后听景帝这么说，不禁喜笑颜开。梁孝王之所以未"伙伙莲花落"参加七国之乱，大概原因就在于此。

从来政治都是冷酷无情的，宫中的权力交接，更是无情之极。等汉景帝酒醒过来，可能也非常懊恼酒桌上的失言。于是乎，从此对乃弟多了一分戒心。谁知道，不识时务的李广，居然在胜负未分的战场上，接受梁王的大印。授印与接印，其行为都令人疑窦顿生。当时，叛乱刚平，天下未安，太后还在。汉景帝明里没有将李广怎样，但暗地里肯定对李广极为不瞒。于是，借"调整"中下级官员之机，将李广远远发配到荒凉的边塞了事。李广的悲剧，根源于此。可惜，李广对此却始终没有参透。

其二，胸襟有欠开阔。

李广曾经有段时间赋闲在家，成天呼朋引伴，饮酒围猎。一次，李广和几个朋友从南山归来，时间很晚，大概已经"宵禁"，一个地方的低级官员"霸陵尉"（大约就是霸陵县的武装部长，或者政法委书记之类），不准李广等人在路上行走了。那时节，因汉文帝陵墓叫霸陵，故而在其地设立霸陵县，霸陵附近有一座亭驿，亭长亦由这位县尉兼任，专司守陵墓之职，所以人称"霸陵尉"。话说李广的随从上前打圆场，说这是从前的将军李广李大人（"故李将军"）。谁知，一根筋的霸陵尉却道："今将军尚不得夜行，何乃故也！"就是现任的将军也不准犯夜行路，何况你是前任的将军呢？于是毫不客气地"止广宿亭下"，扣留下李广，只让他停宿在驿亭中。

李广当时是什么表情，善于传神写照的太史公司马迁没有写一个字。我猜想，大约当时李广被气得半死，很久都没有回过神来。心中可能一直在默念："有朝一日，有朝一日……"世事也真那么凑巧，真那么出人意料：没多久，匈奴再次犯边，皇上重新起用李广，拜李广为右北平太守，率军迎战。"广即请霸陵尉与俱，至军而斩之"，李广随即请求皇帝批准，派那个曾经呵止过他的霸陵尉与他同行；到了前方军中，就把那个县尉斩首了。霸陵尉，多小的一个官员，与其计较，真是丢份儿！何况，当年他依法而行，可谓"铁面无私"。而至高无上的皇帝，恐怕对此也早有耳闻。只是因为大敌当前，用人之际，不得不牺牲小尉而成全李广。

就这么一件简单的事件，在后世人们的眼里，居然成了英雄落魄，小人得志的写照，成了"罢官受辱"的一个典故。而那个"青史"没有留下姓名的"霸陵尉"，也因此成了势利眼的典型，被人们多所诟责。唐人骆宾王《帝京篇》诗曰："朱门无复张公子，灞亭谁畏李将军。"杜甫《南极》诗曰："乱离多醉尉，愁杀李将军。"都认为李广落职失势，受到了霸陵尉的奚落和羞辱，借此感叹世事变迁、世态炎凉。

行笔至此，我不由得想起历史上的另外两个人：

一个是韩信。《史记·淮阴侯列传》载，韩信得志之后，把曾经逼迫他钻裤裆、受胯下之辱的无赖找到，对人言："此壮士也。"命其为楚中尉（公安部长）。

另一个是韩安国。《史记·韩长孺列传》载："韩安国（字长孺）事梁孝王为中大夫，后坐法抵罪，蒙狱吏田甲辱安国。安国曰：'死灰独不复然（燃）乎？'"田甲嘿嘿一笑，说道："倘若死灰复燃，我就撒尿浇灭它！"韩安国气得说不出话来。不久，韩安国入狱的事引起太后关注。原来韩安国曾出力调解过景帝和梁王之间的矛盾，使失和的兄弟重归于好，太后为此十分看重韩安国，亲自下诏要梁王起用安国。韩安国被释放，做了梁孝王的"内史"。狱吏田甲怕他报复，连夜逃走。韩安国听说狱吏逃亡，故意扬言说，田甲如不赶快回来，就宰了他一家老小。田甲只好回来向韩安国请罪。韩安国讽刺他道："现在死灰复燃，你可以撒尿了——"田甲吓得面无人色，连连磕头求饶。"起来吧。像你这样的人，才不值得我报复！"韩安国面无怒色，并无惩罚田甲之意。田甲大感意外，更加觉得无地自容。

与韩信和韩安国相比，李广所受到的"打击"，仅仅是依法禁止其"夜行"，连"侮辱"都说不上。可是，在李广的眼里，他作为曾经的将军的尊严受到了冒犯、受到了挑战。于是乎，在重新得势后，他对那个"霸陵尉"采取了剥夺其生命的最严厉的手段，甚至于连一个掩人耳目的"借口"都不需要。

平心而论，李广诛杀霸陵尉之行为，根本就毫无必要。围猎之于职业军人，显然也有预防"髀肉复生"、免得荒废了射箭技艺的意思，本无可厚非；但因围猎而埋下仇杀的种子，就匪夷所思了。睚眦必报，以泄私愤，滥用权力，以图一快，与"二韩"一比，李广之心胸、气量，恐怕很难令人恭维吧？

六

往事越千年。想当年，大漠孤烟直，长河落日圆。而天生善射的李广，纵横驰骋，弯弓射虏。难怪，人曰："李广才气，天下无双。"

司马迁说："广不得爵邑，官不过九卿。"而李广的叔伯弟弟李蔡，"为人在下中，名声出广下甚远"，却被封了乐安侯，后来还当了一段时间丞相。李广的部下，"诸广之军吏及士卒或取封侯"，封侯的也数不胜数。可是李广呢，至死也只是个将军。

这就让李广更郁闷了。

于是他就找了个算命先生王朔。《史记·李将军列传》记载了李广和王朔的整个对话。

李广说："大汉与匈奴开战几十次，我几乎每次参与，战功无数。我的部下封侯的数十人，可我却一侯不得，这是何故？"

算命先生说："您好好反思，有过大的遗憾吗？"

李广想了好一阵，道："我曾经担任陇西太守。一次，羌人反叛，我诱降了他们，随即将八百余名投降者同日杀死。至今，这件事让我惭愧于心。"

王朔叹了口气，道："作为军人，最大的祸事就是'杀降'。这正是将军您不得封侯的原因所在哦！"

凡是英雄，都有其历史的局限；如同古希腊著名英雄阿喀琉斯，他虽然全身刀枪不入，但一只脚后跟腱却是其致命的弱点。对李广，我们不能要求他超越其所处的时代，我们更不能要求他"完美无缺"。

所以，每次看到太史公记载的这一段对话，我一直都在想：当年李广听了王朔的话，会是一种怎样的态度？是失望、怅然若失，还是默然，甚至恍然大悟？

但不管怎么说，西汉中期与匈奴的历次大战，李广几乎无役不与。其彪悍的作风，其赫赫的战功，其磊落的人格，无不让人敬佩。被文豪鲁迅高度称赞为"史家之绝唱，无韵之《离骚》"的《史记》，其人物传记本来多以传主之姓名为篇名，但对李广的传记，却以《李将军列传》称之。太史公司马迁还以"桃李不言，下自成蹊"的总结式语言，高度评价李广的战功和他在普通士兵与百姓中的影响。由此可见，李广，从古至今，都是一个被关注的人物。

唐人有言："卫青不败由天幸，李广无功缘数奇。"（王维《老将行》）。人们常常思考：李广一生命蹇，未能建立彪炳史册的巨大功勋，究竟是什么原因呢？正因为如此，李广的命运，才更多地引起后世人们深深的同情，也容易在有与李广相同命运的文人武士的心中，产生极大的共鸣。对此，南宋那个善用他人之酒浇自己块垒的辛弃疾，在其《八声甘州》中，以一种沉郁的风格，大加渲染："故将军饮罢夜归来，长亭解雕鞍。恨灞陵醉尉，匆匆未识，桃李无言。射虎南山横一骑，裂石响惊弦。落拓封侯事，岁晚田园……"

面对人生无法捉摸的"命运"，看到李广悲剧性的人生结局，人们不禁要问：时耶？运耶？抑或命耶？

铜雀台

公元 810 年的一天，自谲"十年一觉扬州梦，赢得青楼薄幸名"的晚唐诗人杜牧，携友人在黄州赤壁游玩。推杯换盏、饮酒赏月之间，不知道是谁，请杜牧以千年古战场赤壁为题，当场作诗一首。在一片掌声之中，杜牧口占一绝：

折戟沉沙铁未销，自将磨洗认前朝。

东风不与周郎便，铜雀春深锁二乔。

意思是说，如果将当年沉沙的战戟，从长江里捞将上来，重新磨洗，也许会是另外的情景；如果当年没有东南风的帮助，周瑜不能火烧曹军战船，胜利者就是曹操了。如此一来，周瑜的爱妻小乔与孙策的寡妻大乔两姊妹，恐怕就得被送到北方的铜雀台上了，被迫为曹操歌舞升平了。

当然，这是酒后的戏言。身为与曹操齐名的《孙子兵法》十三篇的注释者，杜牧曾经对古今的政治与战争做过很深入的研究，他不可能连赤壁之战的大势都分不清楚，以至于闹出什么常识性的错误。但的确也因为杜牧这首诗，铜雀台，这座三国时代的高台，千百年来才深深地印在了人们的脑海。

一

按照杜牧的说法，铜雀台是曹操为锁二乔而建，那么事实上真是如此吗？曹操为什么要建造铜雀台呢？

公元210年，当时正值曹操赤壁大败而归，士人阶层皆借此嘲讽曹操的不可一世、妄自尊大，曹操为堵众人之口，遂作《让县自明本志令》（又称《述志令》）。在文中，曹操用朴实的文辞，实在的语言，深情地回顾了自己如何从一个普通的官宦子弟，成长为一人之下万人之上的汉朝丞相。文中之言，颇具振聋发聩之力。试想，在传统儒家"温良恭俭让"的氛围之下，曹操居然敢向天下人说出"设使天下无有孤，不知当几人称帝，几人称王"这样的话来。"假如这天下没有我，那不知道会有多少人会自称'帝王'"，在某些人看来，这样的话无异于大逆不道之言。但在曹操自己，这却是其"舍我其谁"、人生自信的最佳的宣言。

纵观东汉末年的历史，事实也确实如此。难怪，而后曹操的不少做法也得到了士人阶层的认同，甚至包括了不少曾经声嘶力竭反对他的保皇派。

就是在那样的背景之下，为了让天下人畏服，曹操决定大修宫殿。

修宫殿而能让天下人畏而服之，这是有来头的。《史记·高祖本纪》载："萧丞相营作未央宫，立东阙、北阙、前殿、武库、太仓。高祖还，见宫阙壮甚，怒，谓萧何曰：'天下匈匈，苦战数岁，成败未可知，是何治宫室过度也？'萧何曰：'天下方未定，故可因遂就宫室。且夫天子四海为家，非壮丽无以重威，且无令后世有以加也。'高祖乃说。"

深谋远虑的萧何，在天下还没有最后安定的时候，就热心于楼堂馆所的建设，将未央宫营建得功能齐全，设施配套，巍峨壮观，超一流的豪华，故而被刘邦一阵臭骂。但萧何解释为"非壮丽无以重威，且无令后世有以加也"，堂而皇之的理由，立刻让刘邦转怒为喜。一个"说"（同"悦"），活脱脱刻画了刘邦那种喜上眉梢的神态。

曹操高筑铜雀台，很难说没有萧何一样的考虑。

据说，建安十五年，曹操北定袁绍后，夜居邺城，正在与将士们商讨战事，忽听有人报告，邺城的东北角有奇光发出，曹操命人查探，挖出了铜雀。在中国古代，铜雀如同凤凰，极富祥瑞之气，曹操为此非常高兴，命儿子曹植负责督建铜雀台。这年冬天，铜雀台落成。铜雀台两边各建一台，一名金凤，一名玉龙，架双桥于三台之上，三台之高，登台远眺，邺城风物尽入眼底。铜雀台落成典礼那一天，曹操在台上大宴群臣，命文官写诗赋助兴，儿子曹植才思敏捷，笔挥纸落，写成了千古名文《铜雀台赋》。

铜雀台前临河洛，北临漳水，虎视中原，颇显霸王气派；其楼台建筑飞阁重檐，楼宇连阙，雕梁画栋，气势恢宏。铜雀台上有房舍数百，储存有大量的生活用品，台下有景色秀美的铜雀园。这样的台，这样的园，用来金屋藏娇，安享晚年，的确是个好地方。正因为这样，建安十八年七月，五十八岁的曹操称魏公，纳三位少女为贵人，从此，铜雀台被赋予了它真正的含义。不过，与大乔、小乔应该没有关系。

曹操不仅仅是个雄才大略的军事家、机深多智的政治家，他还是建安时代的文坛领袖，"建安风骨"的代表作家。铜雀台建成，晚年曹操经常在此大宴宾朋，交流文艺创作，有了一个平台。我们可以想象：群贤毕至，少长咸集，铜雀台上一定经常性地充满欢呼声、赞誉声、谈笑声。

二

在中国，做什么事最难？

是修身养性吗？不是。在盛世，修身养性，可以找一座终南山之类的山，那里离帝京很近，用毛泽东、朱德的游击战争理论来衡量，简直可谓进可攻，退可守。如果心境散淡，可以一直"隐"下去，以一介布衣终老，得一个贤名，那是很不错的。如果红尘之心复萌，更可以托曾经的官场朋友，在各种场合打一打免费的、收费的广告，揄扬揄扬，一旦声名鹊起，自然会有朝廷的征召，安车驷马，风光入京，从而享受灯红酒绿的生活。

是当官从政吗？当然也不是。任何事情，要想做好，都得花费必要的成本，当官也不例外。在封建时代，除了遇到喜怒无常的皇帝，或者卷入政治旋涡，遭遇到天大的冤枉，一般的大臣，只要具备忠廉勤谨的品质，处理好日常的关系与政务，基本上还是能够比较顺利地收回做官的成本，最后光荣地"致仕"（退休）的。

所以说，无论修身养性或者是出仕做官，都不是最难做的。而最难做的，是"臧否"（评价）人物。对曹操这样的人物，要做出中肯的评价，就难上加难了。

曹操出生于一个官宦人家。陈寿在《三国志》中说他是"汉相国参之后"。这是很可疑的。曹参是西汉开国功臣，战功累累，伤痕累累，当初受封，列于萧何之后、排名第二，时人很为他不平。但那是汉高祖刘邦钦定，谁也无可奈何。在中国，自古以来的传统就是，皇帝老儿金口玉牙，只要一定，就不能更改。只要有一个强权的皇帝，就算政治局决定了的事情，也得皇帝最后点头，才能上算。——话扯远了。曹参也是一个了不起的人物，在萧何死后，当过一任的相国。他深明当时黄老之术盛行的大势，处处遵守萧何的遗规，不越雷池，给华夏文化留下了一个"萧规曹随"的典故。不过这个政治家和曹操是没有血缘关系的。因为退一万步说，曹参最多只能算是宦官曹腾的祖先。而曹操名义上是曹腾的孙子，可曹操的父亲曹嵩是曹腾的养子，曹嵩本来是夏侯氏之子。

但"英雄不问出身"，曹操究竟姓不姓曹，那与我们客观地评价曹操，显然是没有直接的关系的。不过，曹这个姓，给曹操可是带来了不少的实惠。

俗语云，三岁看大，七岁看老。一个幼时做事四平八稳的人，往往安于现状的多，锐意进取的少。用之守成或许有余，用之开拓肯定不足。从这个意义而言，往往是"坏孩子有出息"。曹操小时候就不是传统意义上的"好孩子"。《三国志》说他"少机警，有权术，而任侠放荡，不治行业"。一般的小孩子家，除非特别愚钝，聪明应该不成问题。但特别聪明的孩子，往往就不屑听话，而东游西荡，不愿意从事具体的生产。"任侠放荡，不治行业"，大概就是这个意思。当然，成天游手好闲，其前提必须是家里的经济状况允许。后世的李白，家里多金，乃得以万里携剑，潇潇洒洒，畅游名山大川；同时代的杜甫就不行，妻儿挨饿，小儿子被活活饿死，自己也"朝扣富儿门，暮逐肥马尘"，长期四处漂泊，"残杯与冷炙，到处潜悲辛"，最终因为吃了人家送的变质牛肉，中毒而亡。而曹操之父曹嵩，先为司隶校尉，后升太尉，大致相当于现在的地市级、省部级干部，灰色收入还不算在内，其合法收入想来应该是二千石以上吧。如此的经济状况，当然能够支撑曹操的游荡。不然，"家徒四壁"，只能"穷人的孩子早当家"，为了吃饱肚子而去奔波，甚至像李铁梅一样"提篮叫卖"。那样的话，曹操辛苦一辈子，最多成为一个富家翁。

但曹操就是曹操。

三

说到权术，刘邦、曹操、朱元璋几乎齐名。但刘邦、朱元璋俱出身于无赖，所接触的人，更多的是贩夫走卒这些社会最底层的人物。曹操小时候肯定比刘邦和朱元璋要强得多。刘邦不过经常性地到别人家混混酒饭，朱元璋也就哄哄和自己年纪差不多的牧童。而曹操生于官宦之家，却能让比他年纪大得多的叔父上当受骗。原因是叔父对曹操飞鹰走狗的行为实在看不惯，多次向乃兄曹嵩告状，曹操多半因此时不时挨老爸的一顿臭骂。《曹瞒传》记载的细节就非常的生动传神：

> 太祖少好飞鹰走狗，游荡无度，其叔父数言之于嵩。太祖患之，后逢叔父于路，乃阳败面喎口；叔父怪而问其故，太祖曰："卒中恶风。"叔父以告嵩。嵩惊愕，呼太祖，太祖口貌如故。嵩问曰："叔父言汝中风，已差乎？"太祖曰："初不中风，但失爱于叔父，故见罔耳。"嵩乃疑焉。自后叔父有所告，嵩终不复信，太祖于是益得肆意矣。

曹操知道要想继续玩乐而不挨训斥，就得让他老爸不相信叔父的话，于是就在一次路遇叔父的时候，"阳败面喎口"，装成口眼歪斜的样子。他叔父一见，果然上当，就问他怎么了，曹操回答中风了。叔父大惊，赶紧去告诉曹嵩。曹嵩跑来一看，发现曹操的五官很正常，就问他，叔父说你中风，怎么又好了？曹操说，叔父本来看不惯我，捏造我中风来骗您。"事实胜于雄辩"，曹嵩于是相信了曹操的话，从此叔父再说曹操什么话，他都不信了。

不过，曹操游荡归游荡，其读书之多、之杂、之精，却令我辈不得不钦佩万分。

你看，"天地间，人为贵。"（《度关山》），显然继承了孟子的民本思想。对一个当政者而言，有没有最起码的民本思想，将直接影响到其执政的效果。"盈缩之期，不但在天；养怡之福，可得永年。"（《步出夏门行·龟虽寿》），体现了曹操顺其自然的生死观、生命观。这也就决定了曹操没有像秦皇汉武一样无谓地追求虚诞的"长生不老"。再如，"对酒当歌，人生几何"脍炙人口，"白骨露于野，千里无鸡鸣"简直就是一个悲天悯人的长者对触目惊心的社会现实的哀叹。然而，不幸得很，由于曹操在政治上、军事上建树确实太多，令我们往往忽略了他的文采。除非大学中文系专业的学生，一般人很难读到曹操的原著。什么"三曹"，什么"建安风骨"，曹操这个建安文学的首倡者，居然在人们的印象中蜕变成了一个配角！要知道，中国历史上赫赫有名的《孙子兵法》十家注，第一注家就是曹操，而且是注解得最好的；而曹操所撰的一些行政命令，甚至一些告示，其深厚的文字功底，都非常人所能及。这说明，曹操的文学基础绝对不可能是他踏上仕途以后才学习、具备的，肯定是他20岁举孝廉以前就打下的。鲁迅评曰："胆子很大，文章从通脱得力不少，做文章时又没有顾忌，想写的便写出来。"（《魏晋风度及文章与药及酒之关系》）要达到"想写的便写出来"的程度，没有相当的文学修养，显然是不行的。

四

曹操在出仕之前，显然也经过一番包装。

在曹操的时代，要举"孝廉"，一要有才，二要有名。那时还比较正规。"有才"这一点，曹操可能不成问题；但"有名"却比较成问题。一个"有才"的人，没有"名"，不为人所知，那确实有点麻烦。可能曹操从小顽劣过头，左邻右舍对他都很不以为然，正史说"故世人未之奇也"。要想踏上仕途，在实行"察举征辟制"的东汉，看来有点阻力。聪明的曹操就去找名人、致仕的太尉桥玄。桥玄这个人是个廉吏，在当时名气很大，以"知人"名闻天下。史书上说他死后家人办他丧事也捉襟见肘。他有两个"一顾倾人城，再顾倾人国"的孙女，就是以后著名的大桥和小桥（即大乔和小乔，古时桥与乔通用）。当时曹操可能按照晚辈见尊长的惯例，带上羊酒，向太尉致意。桥玄酒酣耳热之际，眯着眼睛好好相了曹操一面，蛮有把握地对曹操说："天下将乱，非命世之才不能济也，能安之者，其在君乎！"推许曹操为能够拨乱反正的"命世之才"。《世说新语》记载，热心肠的桥太尉，还向曹操推荐许子将，道："君未有名，可交许子将。"曹操听从桥太尉的指点，去结交许子将。子将也很给曹大少爷面子，很经典地评价道："子治世之能臣，乱世之奸雄。"曹操闻言大笑，满意而归。

正是因为有前太尉桥老太爷和名士许子将的评点，曹操迅速蹿红。老桥和老许，就如同曹操的代言人一样，将曹操从一个毛头小伙，推向了历史的前台。时下人们说什么"明星代言"，殊不知，将近两千年前的曹操就已经使用得滚瓜烂熟了。

《三国志·魏书》说，曹操"年二十，举孝廉为郎，除洛阳北部尉，迁顿丘令"，为下级官员。不久，黄巾军兴，曹操"拜骑都尉，迁为济南相"，成为中级以上的官员。中平六年，已是董卓专权，曹操得到陈留孝廉卫兹家财之助，"至陈留，散家财，合义兵"，率五千人举起反董的大旗。这样，曹操终于一跃而为东汉末年足以影响历史进程的风云人物。

《孙子》说："上兵伐谋，其次伐交，其次伐兵，其下攻城；攻城之法为不得已。"从建安元年到建安五年初的四年间，曹操充分利用挟天子以令诸侯的政治优势，以伐谋、伐交为主，辅之以伐兵和攻城。后来陆陆续续剿黄巾，倒董卓，擒吕布，战袁绍，收韩遂，灭袁术，征乌丸，伐刘表，真可谓中原逐鹿，得心应手。于是乎南下牧马，准备同时剿灭双手过膝、耳朵奇大的皇叔刘备（有点像猩猩）和方颐大口、碧眼紫髯的孙权（估计有西北胡人血统），一统中国。

可惜，在大好的形势之下，曹操战略上犯了严重的错误，以至做出了错误的判断。孙刘联军在诸葛亮、周瑜的指挥下，"水面偏能用火攻"，火烧赤壁，让"挟天子以令诸侯"、准备一劳永逸地解决江南问题、老于战争的曹丞相，在二三十岁的年轻人面前，狼狈地栽了一个大跟头，仓皇南顾，灰溜溜地回到了北方。曹操没有想到，刘表之子刘琮束手投降，刘备被击败，荆州纳入囊中，而那东吴的孙权不但是百战得江东，手下文武兼备，根本就没有受到任何打击，相反是在以逸待劳。何况荆州新降，并没有完全地稳固。在此情况之下，曹操贸然出兵江南，焉有不败之理？

五

可能受传统儒家文化的影响，从三国时代结束开始，曹操的形象就渐渐地

"矮化"、"异化"，逐渐演变成戏剧舞台上的白脸奸臣。更有甚者，《三国演义》将曹操塑造成"古今奸臣第一"，在曹操死后，还被后人唾骂。

客观地说，作为一个封建时代的强权人物，曹操不可能超越他的时代；封建时代所有强权者的毛病，如专断、骄横、为所欲为，曹操的身上肯定都有，不能免俗。不说小说《三国演义》，就是正史《三国志》，也说他杀过很多人，其中固然包括该杀的，也包括不该杀的。但令人佩服的是，曹操对于己有恩者，是心怀感激的；对文化人，大体上来说，是比较坦诚、比较呵护的。

建安七年春，曹操率军回到了自己的老家谯郡。可是，曹操微服走遍全城，只见断垣残壁，百姓面有菜色，居然没有遇见一个从前认识的人。曹操深念举义以来，将士死伤之多，乃颁令立庙祭祀，让死者灵魂安息。在一片悲声之中，曹操不由得回忆起他的忘年交、前太尉桥玄当年和他开的玩笑来。当年老桥对愣头青曹操说："将来我死之后，如果你路过我的坟墓竟敢不拿斗酒、拿只鸡来祭奠我这糟老头子，小心你的车子过去三步之后，我让你肚子疼，疼得你死去活来！"当年的玩笑如在目前，可如今老桥却阴阳两隔，墓木已拱，位尊权重的曹操想再交老桥这样豁达、诙谐、识人的前辈朋友，真是难上加难了。"匪谓灵忿，能诒己疾，怀旧惟顾，念之凄怆。"曹操的祭文，让我们感受到他"高处不胜寒"的孤独情怀。

不久，曹操在官渡之战中大败袁绍集团，抓到陈琳。官渡之战前，陈琳为袁绍写讨伐曹操的檄文《为袁绍檄豫州文》。在这一篇为袁绍传檄州郡讨伐曹操的文字中，陈琳尽铺张扬厉害之能事，不仅历数曹操专横跋扈、贪残虐烈无道的"罪状"，更直"掘"他的祖坟："祖父腾，故中常侍，与左官、徐璜并作妖孽，饕餮放横，伤化虐民。父嵩，乞官携养，因赃假位，舆金辇璧，输货权门，窃盗鼎司，倾覆重器。"将曹操斥为"赘阉遗丑"，古今第一"贪残虐烈无道之臣"。据说曹操让手下念这篇檄文时正犯头痛病，听到要紧处不禁厉声大叫，吓出一身冷汗，头竟然不疼了。刘勰在《文心雕龙·檄移》中高度评价此檄"壮有骨鲠"。陈琳文字虽有横扫千军之势，可袁绍的军队却很脓包，官渡一役，曹操率军以弱胜强，大败袁绍，陈琳由此落入曹操掌中。曹操对这篇檄文一直耿耿于怀，见到降服的陈琳，便问道："卿昔为本初移书，但可罪状孤而已，恶止其身，何乃上及祖、父邪？"意思是你骂我就骂我吧，为何要牵累我的祖宗三代呢？陈琳战战兢兢地回答："箭在弦上，不得不发耳……"曹操听了哈哈一笑，不再计较。因祸得福的陈琳不由心潮激荡。陈琳所处的时代，社会动荡不安，知识分子和广大百姓一样饱受战争乱离的灾难。对此，东汉末年的文人诗《古诗十九首》，有很真实、深刻的反应。陈琳感激曹操的知遇之恩，为其搦管弄翰，尽忠尽智，不遗余力。曹操的长子曹丕后来在《典论·论文》中称陈琳"章表书记，今之隽也"，评价非常之高。陈琳从此也以文章著名，跻身于建安七子之列。

　　建安十三年（208年），曹操得知早年的好友蔡邕之女蔡琰因战乱流落匈奴，便派使臣用重金将蔡琰赎回。在曹操的安排下，蔡琰后来再嫁屯田都尉董祀。不久董祀犯了死罪。时值严冬，蔡琰"蓬首徒行"，赤足登门丞相府向曹操请罪。她言辞清辩而哀楚，令当时满堂的公卿名士为之动容。曹操说："我很同情你，可是判决文书已经发出，该如何是好？"蔡琰说："明公有良马万匹，虎士成林，何惜疾足一骑而不济垂死之命乎？"曹操听了很受感动，派快马把判书追回，免了董祀的死罪。精通音律的蔡琰后来不仅将其父二千卷藏书中的四百卷默写出来，呈给了曹操，还写出传世名作《胡笳十八拍》。郭沫若这样称赞《胡笳十八拍》："那像滚滚不尽的海涛，那像喷发着熔岩的活火山，那是用整个灵魂吐诉出来的绝叫。……是一首自屈原《离骚》以来最值得欣赏的长篇抒情诗。"而蔡琰的另一名作《悲愤诗》，近人以为其文学价值可与建安七子的作品相提并论。

"文姬归汉"，我看它的象征意义不仅在于一个流落异乡的文人、才女有了一个好的归宿，更重要的是，它显然标志着当时官场的权威人物对文化和文化人的态度。有此举措，曹操的时代，要不出现梗概而多气的"建安文学"，都难！

六

戎马倥偬，争战一生的曹操，居然在赤壁之战中被后生小子打败，这很出曹操的意料。他一边退兵，一边感叹："生子当如孙仲谋。"这以后，曹操元气大伤，从此无力再进行统一南方的战争，三分天下的局面也因之基本成形。

回到北方，曹操已经是心力交瘁了。建安十八年曹操为魏公，建安二十一年为魏王，建安二十二年设羽葆鼓吹，建天子旌旗，在为人臣的旅途中，曹操已经攀登到了顶峰。

异姓封王，这在汉代是一件异乎寻常的大事。汉朝的开国之君刘邦，在楚汉相争的特殊年代，为了消灭项羽，不得不以封王的形式拉拢异姓的韩信、彭越、英布等。但刘邦深知异姓王之害，以后费尽心机，才除去异姓王。为了大汉的长治久安，刘邦还大会群臣，与群臣杀白马歃血盟誓："非刘氏而王，天下共击之！"刘邦死后，吕后执政，封吕氏家族的人为王；吕氏死后，周勃等人就是以当年汉高祖与大臣的盟约为号召，诛灭吕氏，中兴汉室。自此之后，未见汉天子正式册封的异姓王。曹操被封为魏王，显然让人侧目。

但官场如同战场，上场容易，下场就难了。要想全身而退，对曹操来说，已经不可能了。只有想办法让自己有一个好的继承人，自己开创的事业才不至于半途而废。所以，在前所引的建安十五年曹操的《让县自明本志令》中，曹操这样回应别人劝他交出兵权，退归林下："诚恐己离兵为人所祸也。既为子孙计，又己败则国家倾危，是以不得慕虚名而处实祸，此所不得为也。"最后，曹操更明确表示："江湖未静，不可让位！"这不但反映了曹操在人生、权势的巅峰状态之清醒与明智，更从一个侧面反映了他对权力的强烈欲望和看重权力的实利化的心理。

为了让自己的政治理想能够延续，曹操花了大量的心血，着力培养儿子曹丕。建安十六年正月，在曹操的安排下，献帝下诏命曹丕为五官中郎将、副丞相，并有权设置官署。按汉仪，五官中郎将负责护卫皇宫，隶属光禄勋，不置官署。曹丕可以置官署当然是特许，而且还是副丞相。丞相府在邺城，所以曹丕也供职于邺城。曹操这样费尽心思，还不是为了锻炼儿子处理政事、军事的实际能力。曾国藩曾经有一句名言："办大事者，以找替手为第一。"《魏略》《魏氏春秋》等对曹操的举措做了比较生动的描述：建安二十四年，孙权上书表示愿意称臣并尊奉曹操为帝，曹操清醒地认识到了孙权的阴谋，笑曰："是儿欲使吾居炉火上耶！"孙权这小子想把我放在炉火上烤啊！在侍中陈群等人的劝说下，曹操仍然不肯称帝，说道："'施于有政，是亦为政'。若天命在吾，吾为周文王矣。"只要掌握了实权，何必一定要皇帝这个虚名呢？即使时机已经成熟，我也要做周文王。周文王何许人也？他是商纣王的臣子，在"三分天下有其二"的态势下，他也固守臣子的名分，没有贸然取纣王而代之。但其儿子周武王继位后，很快率诸侯灭掉了商朝。由此可见，曹操已经将实用主义和功利主义发挥到了极致。

建安二十二年之后，曹操几乎很少再到第一线了。对曹操而言，很难说这是幸还是不幸。人生易老，这是不可抗拒的自然规律。迟暮之年的曹操，大概和一般的百姓没有什么两样，安享晚年，成了他最大的乐趣。

但邺城不是一方净土，铜雀台也并不是人间的乐园。由于曹操特殊的身份，政治的、军事的一切，总是在这里汇聚，曹操在铜雀台上，并不能真正地享受一个厌倦了世事的老人应该充分享受到的乐趣。作为一个已经60多岁的老人，曹操不得不考虑他的后事。所以，死前两年，他就专门有令，修建其陵墓；临终，谆谆嘱咐："吾死之后……余香可分与诸夫人，不命祭。诸舍中无所为，可学作组履卖也。"《遗令》竟然不谈军国大事，反而写出"分香卖履"那样儿女情长、英雄气短的话来。还是宋代政治家、史学家司马光发现了其中的奥秘。明人孙能传《剡溪漫笔》载：司马光对他弟子刘安世（号元城）说："昨看《三国志》，识破一事。曹操身后事，孰有大于禅代？遗令谆谆百言，下至分香卖履，家人婢妾，无不处置详尽，而无一语及禅代事。是实以天下遗子孙，而身享汉臣之名。"司马光的意思是，曹操故意这样做，其实是把天下遗留给子孙，自己则享有"汉臣"的名声。

但曹操的儿子虽然文有文才，武有武才，个个了得，可"君子之泽，五世而斩"，曹操发轫、曹丕代汉而建立的曹魏王朝，依然没能跳出中国所有封建王朝的兴衰规律——帝业延续不过三代，时间也不过50年。铜雀台的台基建得那样牢固，北齐曾大修邺城和三台，元代还有人去祭祀，一直延续到明末。但有一年，漳河大水，还是把邺城和铜雀台全部吞噬了。一个延续了千余年的古建筑群，就此在人间烟消云散。和北方另一高台黄金台一样，成为历史的遗迹，仅供人们临风凭吊，发思古之幽情。

还是清代在扬州讨生活的那个耿直、强项、跻身八怪的郑板桥，在其诗作

《铜雀台》中说得好：

> 铜雀台，十丈起，挂秋星，压寒水。
>
> 漳河之流去不已，曹氏风流亦可喜。
>
> 西陵松柏是新栽，松下美人皆旧妓。
>
> 当年供奉本无情，死后安能强哭声。
>
> 缚帏八尺催歌舞，懒慢盘鸦鬓不成。
>
> 若教卖履分香后，尽放民间作佳偶。
>
> 他日都梁自捡烧，回首君恩泪沾袖。

　　无论后人如何评价曹操，无论小说和舞台如何演绎曹操的故事，当我们重新审视曹操那个需要英雄便涌现出英雄的轰轰烈烈的汉末、三国时代的时候，我想，很少有人不对曹操肃然起敬。要知道，任何一个能结束分裂，力促统一的铁腕人物，无不为历史所肯定，无不令后人所景仰。曹操一生，用其叱咤风云的战果，励精图治的实绩，荡气回肠的诗篇，给他那壮丽的铜雀台罩上一层灿烂的光环。"往事越千年，魏武挥鞭。"当我们再一次走近铜雀台，抚摸那青苔斑驳的残址，手捧那千年沉积的黄土，我们的心中除了涌起一股历史的苍凉之外，对曹操和他的那个时代，我们是否还应该有一丝温馨的留恋呢？

武侯祠

一

丞相祠堂何处寻？锦官城外柏森森。

映阶碧草自春色，隔叶黄鹂空好音。

三顾频烦天下计，两朝开济老臣心。

出师未捷身先死，长使英雄泪满襟！

1350 年前，一个生活在由强盛而急剧衰落的时代的伟大诗人，穷愁潦倒，在战乱频仍的秋天，艰难地爬过秦岭，流落西南，来到蜀中。致君无路，报国无门，一腔热血与满腹经纶，却不能得到尽情发挥的机会。昔日的前圣们，不能与其同时；异日的后贤们，不能与之共事。耳闻先圣先贤们的丰功伟绩，目睹他们留下的斑斑遗迹，渴望为国家建功立业的年过半百的诗人，感慨万端，挥毫写下了这首《蜀相》的七律。

也许，我们很多人就是从这首诗，最先知道"锦官城"和"丞相祠堂"、最早认识成都这座城市的。

在我曾经年幼的想象中，森森的柏树参天而立，漫漫的绿草铺满原野；斑斓的蝴蝶，在花丛中欢快地追逐；灵巧的黄鹂，在树枝上婉转地展示着歌喉……"丞相祠堂"，既给人以威严、庄重的神秘，又让人感到轻快、亲近的愉悦。

那么，为什么会出现这种看似相悖的两种截然不同的感受呢？

二

随便翻开哪一张成都市区地图，我们都可以看见老南门外南河岸边，有一块方方的绿底白纹的图案。那翠色的绿，如同经霜的松柏，坚贞而又生机盎然；那耀眼的白，就像雄浑的青藏高原上蓝天衬托下的白云，圣洁而又纯厚。

这就是蜀汉丞相诸葛亮给五朝古都成都留下的深深的烙印——成都武侯祠。

成都武侯祠不仅仅是祭祀武侯之祠堂。它本来是刘备墓、刘备庙、武侯祠三部分的合称，是纪念诸葛亮、刘备以及蜀汉群臣的一处祠堂。其大门上方牌匾上虽然周吴郑王地题着"汉昭烈庙"的镏金大字，可是，在我看，一丈高的石碑，高不过万丈高的口碑；从古至今，人们都习惯地称之为"武侯祠"。生前高高在上、君临西南、敢与号称"治世之能臣，乱世之奸雄"的曹操逐鹿中原、一争天下的蜀汉昭烈皇帝刘备，也不得不让位于他生前所依赖的"水"——丞相诸葛亮，死后即使心不甘情不愿，大概也只能徒呼"奈何奈何"了。

三

东汉末年是一个天下板荡、生民涂炭的动乱时代。

先是桓帝、灵帝之时，因皇帝幼年即位，外戚和宦官交替把持中央政权。他们扶持羽翼，任人唯亲，肆意兼并土地，残酷压榨百姓；后是士大夫集团与宦官集团的激烈冲突，引发"党锢之祸"，封建统治阶级内部发生了严重的分裂。当时的国家已经到了"田野空，朝廷空，仓库空"的境地，而从皇族到各级地方官吏，还在穷奢极欲，大肆挥霍。灵帝为了增加收入，甚至公开在西园卖官鬻爵。花钱买官，这样的"瘟神"到了地方上，谁不加倍搜刮老百姓？

国家危机四伏，而统治阶级尚不觉悟。灵帝中平元年（184年），爆发了以张角为首的声势浩大的黄巾军农民大起义。东汉王朝惊恐万状，皇帝、外戚、宦官、官僚和士大夫，他们暂时抛弃了他们的矛盾，全力以赴，镇压了农民起义军。可是，在镇压农民起义的过程中，董卓坐大。董卓死后，袁绍、袁术、公孙瓒、曹操、刘表、孙策等人先后占据州郡，成为大大小小的割据势力。

就是在这种情况下，公元181年，诸葛亮出生在烽烟不息、战火四起的时代。

四

诸葛亮的丰功伟绩，已见之于《三国志》《资治通鉴》等史书，用不着我这样的凡夫俗子再去狗尾续貂，胡乱平章；其人其智，经过古典小说《三国演义》的大力渲染，更是无以复加，简直到了鲁迅所说那种"状诸葛之多智而近妖"的地步。

但是，"诸葛大名垂宇宙，忠臣遗像肃清高。"自诸葛亮去世后近1800年来，人们喜欢他，爱戴他，崇拜他，将他由人而神，由神而圣，塑造成中华民族智慧的化身。我想，这应该是有其深层次的文化原因的吧？

诸葛亮出生于琅邪郡阳都的一个没落世族。在他之前，琅邪诸葛氏也没出过什么显赫的人物。最多，也就是他的先祖诸葛丰稍微出名一点。诸葛丰宣帝时任郡文学，元帝时擢为司隶校尉，因为为人耿直，触怒皇上，不久即免官，老死家中。

诸葛亮弟兄三人。长兄诸葛瑾，弟弟诸葛均，另外还有两个姐姐，没留下名字。由于父母早逝，诸葛亮兄弟姊妹和继母孤苦无依，叔父诸葛玄担负起这一家孤儿寡母的生活之责。后来诸葛亮和姐姐、弟弟随诸葛玄先后南依袁术、刘表，诸葛瑾和继母留在老家阳都。不久诸葛玄死去，诸葛亮和姐姐、弟弟便滞留荆襄。年长诸葛亮七岁的诸葛瑾在家乡待了一年，琅邪郡遭曹操军队血洗，诸葛瑾便南下归依江东孙氏。从此，诸葛氏一家便再也没有回过家乡阳都。而诸葛亮、诸葛瑾兄弟在三国纷争之际，各辅其主，建功立业，在历史的舞台上留下了自己的风采。

五

诸葛亮"少有逸群之才，英霸之气"，是一个有远见的少年。

诸葛亮和叔父诸葛玄把诸葛亮的大姐嫁给荆州大姓蒯祺——蒯家的蒯良、蒯越对刘表入主荆州立下过汗马功劳；把二姐嫁给荆襄地区地主集团中有名望的首领人物庞德公的儿子庞山民——庞德公的侄儿就是与诸葛亮齐名的庞统；弟弟诸葛均礼聘荆襄地区地主集团中数得着的林家之女为妻；而诸葛亮自己，则娶了沔南名士黄承彦之女、著名的才女加"丑女"黄氏，——《三国演义》第一百一十七回说："武侯之学，夫人多所赞助焉。"而黄承彦之妻蔡氏乃荆州之主刘表后妻蔡氏的大姐。

此时，诸葛亮年仅17岁。

不久，叔父去世，诸葛亮兄弟二人"躬耕于南阳"，时间长达10年。既借此维持起码的生活，也在相对和平的环境里博览群书，积蓄才干，广交朋友。他师事庞德公、司马徽，与徐庶、庞统、崔州平、石广元、孟公威、庞山民等人为友。庞德公称赞诸葛亮为"卧龙"，司马徽称许诸葛亮为识时务的"俊杰"。在重视人物品评的东汉末年，两位师尊对诸葛亮的评价，无疑为诸葛亮扬名不小，让人们对诸葛亮这位年轻士人刮目相看。

可以说，在踏上历史舞台之前，诸葛亮就已经表现出超人的智慧与才华。

记得从前读《三国演义》，每每读到刘表长子刘琦向诸葛亮求教安身之法，读到刘备被蔡瑁弟兄撵得来"马跃檀溪"，我既觉得作者将故事写得情节离奇、紧张，引人入胜；又常常疑惑：为什么刘琦敢于以清官难断的家事求教诸葛亮，诸葛亮敢于出手"帮忙"，不怕遭到"打击报复"；号称"皇叔"的刘备在荆州差一点站不住脚，而一介布衣的诸葛亮却在荆州悠哉游哉，如鱼在水⋯⋯

现在，我终于明白了：小说作者确实是有历史根据的。

恩格斯指出："结婚是一种政治的行动，是一种借新的联姻来扩大自己势力的机会。"诸葛亮对自己一家婚姻的处理，印证了恩格斯的论断。这样，通过联姻和结交师友，客居荆襄的诸葛亮进一步提升并巩固了自己在荆襄地区的社会地位。

六

阅读关于诸葛亮的有关书籍，我最感兴趣的有两点：一是上述诸葛亮对婚姻的处理方式，二是关于诸葛亮应刘备之聘而"出山"的问题。

为了写好"三顾茅庐"的故事，《三国演义》的作者用了几乎六回的篇幅，从正面、侧面不同的角度，精心铺陈、渲染、烘托。具体行文中，通过"元直走马荐诸葛"，"司马徽再荐名士"，刘备误认崔州平、石广元、孟公威、诸葛均、黄承彦等为"卧龙"诸葛亮，如剥蕉见心，让诸葛亮这个主要人物"先声夺人"，给读者留下难以磨灭的印象。

可是，我不禁想问：

——在荆襄地区的十年，难道诸葛亮真的是在隐居吗？

——诸葛亮主要是因为感激刘备"三顾"的知遇之恩才出山的吗？

诸葛亮出生于有"文化之邦"美称的齐鲁地区之琅邪郡阳都，成长、躬耕于光武皇帝"龙兴"之地的荆襄地区；他所师事的是德高望重的庞德公和道号"水镜先生"的司马徽；他所友者是号称"凤雏"的庞统和徐庶等荆襄名士。荆襄地区上通巴蜀，下达江东，南及楚粤，北向中原，历来为兵家必争之地，同时，由于社会相对稳定，经济较为发达，人文荟萃，亦必是当时的信息集散中心。

所以，我常常想，在17岁时就能对婚姻问题有独到见解的诸葛亮，想必不会闲着。

《三国演义》第三十七回，作者通过诸葛亮的弟弟诸葛均之口说他："或驾小舟游于江湖之中，或访僧道于山岭之上，或寻朋友于村落之间，或乐琴棋于洞府之内：往来莫测，不知去所。"用现在的眼光看，就是诸葛亮在"躬耕"

的间隙，广交朋友，实地考察，收集情报，以待"天时"。

可以说，诸葛亮对"天下三分"大势的准确预见，正是他调查研究与综合分析的结果。因此，我们不妨这样设想：

——诸葛亮通过联姻与交友，获得了巨大的社会声望，身怀"抱玉之才"而又主张积极入世的诸葛亮，想成就一番伟业。

——在"当今之世，非独君择臣，臣亦择君"（《后汉书·马援传》）的乱世，诸葛亮这样的聪明人不可能把自己的一生托付给毫不了解的人。

——诸葛亮通过自己和朋友们的多方考察，"相中"了刘备这个汲汲惶惶、四处流浪、无家可归而又矢志不渝、急欲成就一番大事业的"汉室苗裔"刘备（要知道，"皇叔"的金字招牌那时还是很管用的）。

——刘备误认崔州平、石广元、孟公威、诸葛均、黄承彦等人为"卧龙"，其情其境，极有可能是诸葛亮本人精心设计的对刘备的"面试"。

……

结果，在"一带高冈枕流水"的南阳"卧龙冈"上的茅庐中，诸葛亮与刘备"一番晤对古今情"，既成就了《隆中对》这样的名篇，更将年仅27岁的诸葛亮推向了历史的前台。从此，因为有了诸葛亮的参与，轰轰烈烈的"三国"大戏拉开了序幕，越来越精彩……

七

"三国"是一个需要英雄、并且涌现出大批英雄的时代。

在群英闪烁的"三国"的天幕上，无疑，诸葛亮是其中最为耀眼的一颗。

"三分割据纾筹策，万古云霄一羽毛。"（杜甫《咏怀五首》）时间推移了近

1800 年；也许，正是随着时间的流逝，历史的陈迹渐渐显露在我们的面前，我们才越来越清晰地看到诸葛亮的伟大。

还是民国年间名人邹鲁的一首诗说得好：

门额大书昭烈庙，世人都道武侯祠。
由来名位输勋烈，丞相功高百代思。

"剪不断，理还乱。"可以说，"三国"已经成为一种特殊的文化现象，深入我们的血脉之中。难怪，当我徘徊于武侯祠的时候，我既感到武侯的形象是那么地庄重，武侯的伟业又让我崇敬。作为蜀人，武侯祠在我的心目中永远占据着一个无可代替的位置……

白马关

一

说到蜀汉之开国，绕不开庞统这个人物。

现代小说家张爱玲曾说："出名要趁早。"西方心理学家马斯洛有个"需要层次论"，其第四级为"尊重的需要"。所谓"尊重的需要"，其实就是指人人心里都渴望自己的才能得到别人的承认与尊重。"出名"，就是在一定范围内获得较大的名气，成为一定程度上的"名人"，获得社会的承认。庞统的出名，应该算比较早的。

庞统的家世，现在已不太明了。《襄阳记》载："统少未有识者，惟德公重之，年十八，使往见德操。德操与语，既而叹曰：'德公诚知人，此实盛德也。'"史料告诉我们，在庞统成长的过程中，其叔父庞德公，对庞统的成才、成名都起了决定性的作用。正因为有叔父的培养和"水镜先生"司马徽（德操）的揄扬，庞统很快崭露头角，成为荆州、襄阳一带的名人。

而比庞统小两岁的诸葛亮，同样受到了庞德公的精心培养。

诸葛亮一家随叔父诸葛玄往依荆州刘表，年仅 17 岁的诸葛亮和叔父诸葛玄把诸葛亮的大姐嫁给荆州大姓蒯祺——蒯家的蒯良、蒯越对刘表入主荆州立下过汗马功劳；把二姐嫁给荆襄地区声名卓著的庞德公的儿子庞山民；弟弟诸葛均礼聘荆襄地区著名的林家之女为妻；而诸葛亮自己，则娶了沔南名士黄承彦之女、著名的才女加"丑女"黄氏——《三国演义》第一百一十七回说："武侯之学，夫人多所赞助焉。"而黄承彦之妻蔡氏乃荆州之主刘表后妻蔡氏的大姐。

　　由于与庞家关系密切，诸葛亮也得到了庞家的特殊关照。诸葛亮以师礼对待德公，"孔明每至其家，独拜床下，德公初不令止。"清人阮函在《答鹿门与隆中孰优说》中说："庞公却辟刘表，知其不足与为；而智辩昭烈，隐然出武侯以自代。在国可扶炎鼎之衰，而在己无改岩林之乐。"阮函认为，庞德公对诸葛亮的成才起了关键的作用；而当代学者谭良啸则更直接地指出，庞德公实际上就是诸葛亮的老师。

　　《后汉书·逸民传》载：荆州刺史刘表数次请德公进府，皆不就。刘表问他不肯官禄，后世何以留子孙。他回答说："世人皆遗之以危，今独遗之以安。虽所遗不同，未为无所遗也。"世人留给子孙的是贪图享乐、好逸恶劳的坏习惯，我留给子孙的是耕读传家、过安居乐业的生活，所留不同罢了。表现出德公独到的见解。德公善鉴人，称诸葛亮为"卧龙"，司马徽为"水镜"，庞统为"凤雏"，被誉为知人。

　　《诗经·大雅·烝民》曰："既明且哲，以保其身。"庞德公这个人，可谓乱世当中善于保全自己的高士。有这样的叔父言传身教，自小聪明的庞统成长为与诸葛亮齐名的"凤雏"，那是再正常不过的事了。

二

翻开一部中国史，很多时候令人触目惊心。东汉末年就是这样一个天下动荡、生民涂炭的时代。现在想来，诸葛亮《出师表》所谓"苟全性命于乱世"，并非虚语，而端的是肺腑之言。

国家危机四伏，而统治阶级尚不觉悟。孟子曰："上下交征利，而国危矣。"灵帝中平元年（184 年），爆发了以张角为首的声势浩大的黄巾军农民大起义。东汉王朝惊恐万状，皇帝、外戚、宦官、官僚和士大夫，他们暂时抛弃了他们的矛盾，全力以赴，镇压了农民起义军。可是，在镇压农民起义的过程中，董卓坐大。董卓死后，袁绍、袁术、公孙瓒、曹操、刘表、孙策等人先后占据州郡，成为大大小小的割据势力。

谚曰："神仙打仗，凡人遭殃。"难怪身为统治阶级一员的曹孟德慷慨悲歌："白骨露于野，千里无鸡鸣。"而《古诗十九首》的作者，面对自己"士"的卑贱地位与无常的命运，只能哀叹"人生寄一世，奄忽若飙尘"。在那动乱的时代，要想"保首领以殁"，差不多成了一种奢求。

有的士人，也知道"服食求神仙，多为药所误"，所以"不如饮美酒，被服纨与素"，得过且过；有的士人，感叹"生年不满百，常怀千岁忧"，所以"昼短苦夜长，何不秉烛游"，及时行乐，用醇酒、妇人来麻醉自己的神经；而身怀高志的士人，则"出户独彷徨，愁思当告谁"，他们渴望的是"何不策高足，先据要路津"，旗帜鲜明地疾呼"无为守穷贱，坎坷长苦辛"。良禽择木而栖，建功立业，实现自己的平生之志，那才是他们最大的追求。

在这一点上，生当乱世的庞统，和诸葛亮一样。

三

《三国志·蜀书·庞统传》载："（庞统）少时朴钝，未有识者。颍川司马徽清雅有知人鉴，统弱冠往见徽。徽采桑于树上，坐统在树下，共语自昼至夜。徽甚异之，称统当南州士之冠冕，由是渐显。"

每次读到这一段，我都特别欣赏司马徽和庞统的雅量高志。一老一少，树上树下，自旦至暮，交流无碍。以知人善鉴著称的司马徽，称赞庞统是"南州士之冠冕"，可见这一次"老少对话"获得了空前的成功，庞统由此名显于荆襄。

不过，出名归出名；名气再大，不处之以一定的位置，则才华不显，最终无非一个山野遗民，或者最多是一个偶傥风流的文人雅士，如此而已。

在加入刘备集团之前，庞统先在荆州担任功曹；周瑜助刘备取荆州，因领南郡太守，庞统归周瑜。周瑜卒，庞统送丧至吴，与吴地很多名士如陆绩、顾劭、全琮等结交，深获嘉许。刘备领荆州，庞统以从事守耒阳令，在县不治，免官。关于这件事，《三国演义》通过庞统荒政、张飞亲临的情节，将庞统的才华展示得淋漓尽致。

实际上，我推测，大约是庞统对耒阳县令这个职位很不满意，感觉屈才，心里存有"杀鸡焉用牛刀"的想法，所以行政、执法毫不挂怀，甚至沉迷于"杯中之物"，因此被免。自古高才难为用，人才，任何时候都需要与之相适应的环境。

多亏身在孙权集团的鲁肃，坦诚地给刘备写信："庞士元非百里才也，使处治中、别驾之任，始当展其骥足耳。"大约鲁肃知道，庞统这样的"大才"，在江东孙氏那里，难以施展其抱负，所以将其推荐给刘备。而与庞统过从甚密的诸葛亮亦言之于刘备，这才引起刘备的重视；由此，庞统也被刘备委之以军师中郎将的重任。

四

一般人都知道《隆中对》，都为诸葛亮"天下三分"的战略眼光而赞叹不已。殊不知，庞统也曾经有过类似的陈述。《九州春秋》记载，庞统对刘备说："荆州荒残，人物殚尽，东有吴孙，北有曹氏，鼎足之计，难以得志。今益州国富民强，户口百万，四部兵马，所出必具，宝货无求于外，今可权借以定大事。"庞统劝刘备先取益州，与曹、孙鼎足而三。庞统与诸葛亮，真可谓"英雄所见略同"。

对庞统的进言，刘备津津乐道的是："今指与吾为水火者，曹操也。操以急，吾以宽；操以暴，吾以仁；操以谲，吾以忠；每与操反，事乃可成耳。今以小故而失信义于天下者，吾所不取也。"刘备不想因为所谓的"背信弃义"，而与刘璋兵戎相见。对此，庞统谏道："权变之时，固非一道所能定也。兼弱攻昧，五伯之事。逆取顺守，报之以义，事定之后，封以大国，何负于信？今日不取，终为人利耳。"庞统还给刘备献出上中下三计：阴选精兵，昼夜兼道，径袭成都，为上计；以退回荆州为名，执杨怀、高沛，进取其兵，兵临成都，为中计；退还白帝，连引荆州，徐还图之，为下计。在庞统的劝说之下，刘备最后下定决心，采用中计，西取益州，并以之为根据地。

可以这样说，在刘备进取益州之前，庞统对刘备集团的贡献，和诸葛亮在伯仲之间。蜀汉之所以能最终奠定开国的格局，与魏、吴鼎足而立，庞统其人，功不可没。

自归刘备，庞统可谓得心应手。

取涪城（今绵阳）以后，刘备大宴属下，置酒作乐。可能"刘皇叔"酒喝高了，得意地对庞统说："今日之会，可谓乐矣。"庞统应之曰："伐人之国而以为欢，非仁者之兵也。"刘备借着酒劲，大怒道："武王伐纣，前歌后舞，非仁者邪？卿言不当，宜速起出！"庞统什么也没说，"从容退场"。待庞统退出去之后，可能刘备一下子酒醒了，后悔不已，马上派人去把"庞军师"请回来。庞统又"从容进场"，慢慢回到原来的座位上，饮食自若。刘备可能有点奇怪，问道："向者之论，阿谁为失？"刚才我们的议论，谁对谁错啊。庞统对曰："君臣俱失。"意思是二人都有错。刘备大笑，宴乐如初。

当代一个伟大的独裁者曾经说过："胜利者是不应当受到指责的。"为什么庞统敢于在志得意满的刘备面前直言不讳呢？

《史记·陈丞相世家》引陈平的话道："我多阴谋，是道家之所禁。"我估计，庞统把自己给刘备所出的一系列"损人利己"的主意，统统归为"阴谋"一类，所以，自感惭愧；加上君臣皆有酒上头，所以才有"伐人之国而以为欢，非仁者之兵也"的由衷之言。而刘备初虽"大怒"，终能改过。能为开国之君，其度量显然非同寻常。

可惜，造化弄人。正当庞统准备大展宏图之时，他的生命却因为一支小小的流矢而被彻底终结。

刘备军进围雒县（今广汉北），统率众攻城，为流矢所中，卒年仅三十六。刘备悲痛不已，诸葛亮亲自祭拜。后追赐关内侯，谥曰靖侯。

五

庞统祠墓又名龙凤祠，在德阳市罗江县白马关侧。祠墓为建安十九年（214年）庞统中流矢卒后，刘备所建。清初三藩之乱时，王屏藩乱蜀，墓、祠均毁。康熙三十年（1691年）修复，现存大门、正殿、两侧亭、栖凤殿，祠后为庞统墓。

我来到龙凤祠的时候，只见松柏千株，郁郁葱葱。祠内天井，古柏森森，相传此两株古柏系当年张飞张翼德所栽。正门、侧门皆刻有楹联匾对，其一云："明知落凤存先帝，甘让卧龙作老臣。"不知道作者是谁，但用一"明"字，用一"甘"字，显然是作者"事后诸葛"式的强加于人。不仅未能发其志士之悲，也未能对庞统的一生功业做出应有的评价。二马亭分建于两侧，一曰白马亭，一曰胭脂亭。白马亭塑白马一匹，胭脂亭塑红马一匹，大约是根据演义小说和民间故事而来，象征刘备、庞统换马之事。正殿背后的石壁上，刻有陈寿的《庞靖侯传》，实际上就是《三国志·蜀书·庞统传》，倒还值得慢慢品味。

庞统祠墓所在山头地势险要，为古代由秦入蜀最后一道关隘，真可谓南临益州开千里沃野，北望秦岭锁八百连云，东观潼川层峦起伏，西眺岷山银甲皑皑。祠墓三进四合，石木结构，古朴敦厚，肃穆庄重。可是，生前与诸葛亮齐名的庞统，身后却是多么地寂寞！整个祠墓没几个游人，除了大门口售票、看门的几个人，我只看见墓地两个黄冠老道。没人的时候眯着眼打瞌睡，见有游人，其中一个便拍响腰鼓，和着节拍，唱起歌来。但仔细一听，原来唱的是四川民歌《好久没到这方来》。

同样是开国功臣，同样是全国文物保护单位，庞统祠墓显然不能和武侯祠相比。让人不由得感慨不已：时耶？命耶？而一个何姓"著名书法家"为正门题匾"汉靖侯庞统祠"，"祠"字居然把"示"旁写成了"衣"旁！

徘徊于庞统祠墓，唯闻知了声声，唯觉蚊蚋烦人。跨越1800年的时空，一切都已如流水一般，逝去不回，只有祠墓旁那秦蜀金牛古驿道，车辙深邃，长满苔藓，真所谓"是非成败转头空"。想起庞统短暂而不甚辉煌的一生，我不由得感慨系之，诗云：

> 国士为报主，只手能擎天。
> 三分开汉业，一殂落凤前。
> 南俯益州土，北瞻秦岭巅。
> 寂寂千载下，萧萧白马关。

东篱菊

　　面带从容的微笑，荷着锄头，在明月渐渐升起的时候，一个老者悠然而归五柳树下的简陋草庐。——这，就是隐逸诗人陶渊明的形象。

　　陶渊明的曾祖父陶侃乃东晋开国元勋，官至大司马；祖陶茂、父陶逸都曾官至太守；外祖孟嘉乃东晋名士。但因祖、父均非承袭陶侃爵位的嫡嗣，陶渊明幼时家道即已中落；虽饱读诗书，颇具为官之才，然"大济苍生"的宏伟抱负却不得施展；成年以后，仅仅做过祭酒、参军、县令等低级官员；最后挂印辞官，结束了那令人诅咒的短短的仕途生涯，回到家乡，过着诸葛亮式的"躬耕陇亩"的生活。用陶渊明自己的话说，就是："误落尘网中，一去十三年。"一个从小就没有迁就世俗的气质、生性就酷爱山川、自然的人，将尔虞我诈的官场称为"尘网"，将踏上仕宦生涯着一"误"字，其忏其悔，跃然纸上。想来，这也是合乎情理的。难怪这个时候溢之于陶渊明言表的，是"久在樊笼里，复得返自然"的一片欣悦。

　　在官场中，陶渊明是一只留恋山林的笼中鸟，是一尾思念昔日宁静水潭的池中鱼；一旦回到匡庐山脚下的小村，他便如童心在怀的赤子，见大地也可爱，观鸟兽也亲切。葱葱郁郁的榆树、柳树遮蔽着房屋后檐，成行成排的桃树、李树生机勃勃地排列在堂屋门前；夕阳西下，黄昏中远处的小山村依稀可见，近处的农舍上正升起袅袅的炊烟；守屋之犬在深深的小巷中汪汪轻吠，归窝之鸡在桑树巅上喔喔啼唤；……在官场中不善于走钢丝的陶渊明，徜徉在大自然的怀抱中，寻得了耕种之乐，觅得了垂钓之闲，找得了灌园之趣。有时，他也提上一壶酒，坐在向阳的坡上，沐浴着融融的秋日，在金风吹拂中开怀畅饮，直到微醉；不经意中抬眼远眺，只见悠然的南山时隐时现。他把盏自语："结庐在人境，而无车马喧。问君何能尔？心远地自偏。"——寄情山水之乐，陶渊明如今才真切而深深地领略。晚上，在油灯微弱的光亮之下，他写下自己那份独特的感受，一首首淡雅清新真率朴实不假雕饰而又生趣盎然的诗篇便泻出于他的笔端；一不小心，他便登上了五言古诗的高峰。李重华《贞一斋诗说》赞曰"五言古以陶靖节为极诣"，鲁迅称在中国文学史上，陶渊明与李白一样，都是头等人物。

不过，重新解读陶渊明留传下来的124首诗歌和11篇文、赋，我们还可以看到，陶渊明不仅仅是潇洒旷达的"古今隐逸诗人之宗"：他虽有"种豆南山下，草盛豆苗稀"的辛苦，也有"采菊东篱下，悠然见南山"的悠闲，还有"父老杂乱言，觞酌失行次"的酒趣；但更多的是"弱年逢家乏，老至更长饥"的穷愁，"死去何所道，托体同山阿"的悲苦，还有"环堵萧然，不蔽风日；短褐穿结，箪瓢屡空"的凄凉；就连喝一口酒的嗜好，有时也不能满足，不得不靠好心的农父接济："清晨闻叩门，倒裳往自开。问子为谁欤？田父有好怀。壶浆远见候，疑我与时乖。"甚至于儒道斯文也不复存在了："饥来驱我去，不知近何之！行行至斯里，叩门拙言辞。"一个学富五车的读书人，一个才情并茂的大诗人，竟至于不得果腹，不得不乞食于野，这就是封建时代社会现实的真实写照！

但是，无论环境如何险恶，陶渊明都始终"不坠青云之志"，我们从他的一些诗篇中可以直接、间接地看到这一点。如："雄发指危冠，猛气冲长缨"、"刑天舞干戚，猛志固常在"。陶渊明生当晋、宋易代之际，黑暗的政治，犹如宏罗密网，使正直之士遭到压抑、摧残，而当时的社会门阀等级森严，官场"交通请托，贿赂公行"，趋炎附势、尔虞我诈者众。不少人为了往上爬而不择手段，人格丧失殆尽。葛洪《抱朴子·疾谬》概括为："或假财色以交权豪，或因时运以佻荣位，或以婚姻而连贵戚，或弄毁誉以合威柄。"陶渊明与此格格不入。特别是刘宋篡晋以后，大肆屠戮晋朝皇室，深受儒家思想影响的东晋开国元勋之后的陶渊明，既然不能"达则兼济天下"，于是只得抱定"穷则独善其身"的想法，借写古人以咏志，对刘宋王朝持不合作态度，宁肯辞官归隐乡间，也决不肯向腐朽的士风低头。朱熹在评陶诗时曾颇有见地地说："渊明诗，人皆说是平淡，余看他自豪放，但豪放得来不觉耳。"晚清爱国诗人龚自珍在《读陶诗三首》中说：

陶潜酷似卧龙豪，万古浔阳松菊高。

莫信诗人竟平淡，二分梁父一分骚。

鲁迅先生也曾经指出，陶诗不仅仅是些浑身静穆的诗作，还有一些"金刚怒目"式的作品。这些诗作，表现了他对当时腐败政治激烈的批判精神和强烈的反抗意识。你看，他用满含深情的笔墨，塑造了男耕女织、怡然自乐的理想社会——桃花源；他与田夫野老、蚕妇村氓聚在一起，闲谈春耕夏耘、秋获冬藏的苦与乐，他性嗜酒，"造饮辄尽，期在必醉"，以这种自戕的方式，使自己暂时忘却人生的苦痛；他也在宋江州刺史檀道济亲自看望、赠以粱肉时挥而拒之，表现出一介书生的铮铮铁骨……

陶渊明生前抑郁以终，身后却极受后代诗人们的推崇，李白、杜甫、白居易、苏东坡等从陶诗中汲取了极为丰厚的文化养料；陶渊明那种"不戚戚于贫贱，不汲汲于富贵"的达观精神和"不为五斗米折腰"的骨鲠之气，对后世正直的读书人产生着巨大而深远的影响。

玄武门

一

现代西方出了个让尼克松下台的水门事件，从此，凡是出了什么丑闻就喜欢加个"门"字，比如伊朗门、拉链门。不过这些事件其实和关门闭户的"门"都没什么关系，就算是"水门"，也是因为水门饭店的关系，而不是真的存在那个"门"。但是，中国古代却发生过一件惊动天下、对后世影响至深的玄武门事件。

那是公元626年7月2日早晨。

大唐秦王李世民率领尉迟恭等人，带了一支人马埋伏在玄武门（长安太极宫的北面正门）。不多久，太子李建成和齐王李元吉也骑马而来，他们都是奉皇帝李渊之命来见驾的。可是刚到玄武门，他们就嗅出空气不对劲——那个熟悉的领兵将军常何不知到哪儿去了，守卫人员看起来也很陌生。正当他们疑惑时，门官出来传话，要他们把护卫留下，只身去见李渊。

李建成一听，心知有变，调转马头就往回跑。眼看鱼儿要脱钩，李世民

"噗"的一声从埋伏之地站起，高叫："站住，别走！"一边飞马赶了过来。李建成哪里肯听，只是没命地跑，李世民眼疾手快，搭弓一箭，李建成应弦而落，中箭身亡。李元吉见状，也要拉弓射李世民，但心里慌张，连拉几次都没拉开。这时，秦王门下的虎将尉迟恭带七十名骑兵飞马赶到，一阵乱箭，将齐王李元吉射下马来。李元吉爬起来拼命逃跑，被尉迟恭赶上，一刀砍死。

李渊在宫中等着三个儿子，却听到宫墙外喊杀声响成一片。正不知是怎么回事，全身披挂的尉迟恭已手持长矛、带领部下涌进大殿。尉迟恭禀报道："太子李建成、齐王李元吉阴谋作乱，已被秦王诛杀，秦王怕乱兵惊动皇上，特派我来护驾。"说罢，尉迟恭又要李渊下令，让太子宫和齐王府的护卫停止抵抗。

李渊听了，惊出一身冷汗。面对这样的形势，他只好顺势应变，立李世民为太子；两个月后，又传位给李世民，李渊自己做万事不管的"太上皇"去了。

这场流血事件就是历史上有名的"玄武门之变"。

二

中国自从春秋、战国时就开始了儒家、法家学说之争。在二千多年漫长的封建社会里，统治者们常常以儒家学说统治国民的精神；以法家学说规范人们的行为。

众所周知，唐朝的法律是中国封建社会里空前完备的。早在唐朝建立后的武德二年（619年），高祖李渊便命太子李建成同刘文静等人一道，增删隋开皇律令，制定五十三条新格，并于武德七年颁行，是为《武德律》，共十二篇，五百条。此外还有《武德式》《唐律疏议》等完善的法典。可是，大唐如此完备的法制在强权者手里却仍然成为了一纸空文。

朗朗乾坤，一个当朝太子在去早朝的皇宫禁内，突然遭到伏击，一箭穿心，不仅身死，而且连带全家大大小小数百口人血溅魂飞……同时被杀的，还有齐王和齐王府的家小。

自从汉武帝"罢黜百家，独尊儒术"以后，儒家学说经汉董仲舒等历代大儒发扬日臻完善；而法家学说虽经秦李斯、汉张良以及后代王朝不断完善，成为国家法度，却屡屡被当权统治者和权臣们肆意践踏。秦王李世民的杀兄、屠弟、以子逼父、以臣犯君的异行，无论是对儒家的道德标准还是对法家的朝纲法度，都是一个绝妙的讽刺！

如果单从法制的角度来看，我们无论如何看不出当朝太子李建成有何罪当诛。——穿过几千年的历史尘雾，翻遍被唐太宗李世民歪曲、污蔑、篡改过的大唐官修史书，至今也没有人找得出李建成犯有什么大逆不道的弥天大罪。

相反，从唐史那些自相矛盾、欲盖弥彰的字里行间，我们倒是可以很清楚地看到李建成在唐初建立的巨大的军功和优秀的政绩：晋阳起兵后，李建成定西河、下绛县、攻永丰、驻潼关、破长安，在一系列的军事活动中他一马当先，战功卓著。唐高祖武德四年，李世民二次兵败山东、河北之时，李建成领军出征，恩威并重，很快平定了刘黑闼多年的兵乱。除此以外，李建成更多的是监国理政，积极协助高祖李渊推行"均田令"、"租庸调制"，发展农业，恢复经济。性格仁慈宽厚的李建成还多次阻止李元吉、李渊对李世民的刺杀和打击："初，齐王元吉劝太子建成除秦王世民，曰：'当为兄手刃之！'世民从上幸元吉第，元吉伏护军宇文宝于寝内，欲刺世民；建成性颇仁厚，遽止之。元吉愠曰：'为兄计耳，于我何有！'"（《资治通鉴·一百九十一卷》）

可是"好心无好报",仁慈的李建成恰恰丧命于他曾经细心呵护的二弟李世民之手。

退一万步说,即使太子李建成当真犯有什么当诛之罪,那也应当由高祖李渊和朝廷来处置,身为藩王的李世民怎能"越俎代庖"、擅杀王兄、屠戮王府、草菅人命?就算太子有罪,太子东宫和齐王府上上下下几千口人,何罪之有?太子妃、齐王妃以及幼小的婴儿,何罪之有?何须斩尽杀绝?

三

"玄武门之变"发生后,大唐法制就露出其对人不对事的"猴子屁股"——李世民以弟谋兄不折不扣的"大逆不道",不折不扣的"谋权篡位"!但痛失二子、悲愤难平的高祖李渊,却不得不对李世民的暴行予以容忍;而作为最高执法机构的大唐朝廷,不仅无法问责于"玄武门"的凶手李世民,还不得不"集体失语",默认其暴力获取的特权。

过去那些年,在监国理政的太子李建成艰辛地筹措、调拨军备粮草源源不断供济下,李世民确实打了几场胜仗。但李世民即位后,对治国理家很难说是内行:他任用他的亲舅子长孙无忌这个十足的庸相,把高祖李渊和太子李建成辛辛苦苦推行的"租庸调制"、"均田制"等利国利民的根本大法搞得名存实亡。贞观中期,租庸调制实际上也废弃了。农民劳役极其繁重,"兄去弟还,道路相继,营缮不休,民安得息?虽加恩诏,使之裁损,徒有文书,曾无事实"(《资治通鉴》卷一百九十五),甚而有春耕前服役至秋收仍未回家的。可李世民竟大言不惭地说什么"百姓无事则骄逸,劳役则易使",逼得有些农民自断手足,以避重役。可李世民比隋炀帝还冷酷,竟下令凡自残者罪之,并继续服役。日益奢纵、大兴土木，徒起边衅，灭高昌，置西州，不听魏征言致使劳民伤财，以后更见骄纵。正如魏徵所指出的一样："听言则远超于上圣，论事则未逾于中主。"（《谏十渐不克终疏》）对谏言表面上虚心接受，实际上一犯再犯。

本来，因高祖李渊和太子李建成一贯实施均田制和租庸调制，关中农业呈现大丰收的局面。可到贞观初李世民上台不久，这一局面却受到严重破坏，以至于发生"人相食"的惨剧，丰裕的关中严重饥荒，李世民不得不率百姓到洛阳就食。

四

不过，我们不得不承认李世民是个聪明人。他虽然采取不光彩的手段登上皇帝的宝座，但继位以后却大举正面宣传自己。在修改史书上，在整理自己的"语录"上，李世民都煞费苦心，让千百世的后人只能依据《贞观政要》《旧唐书》《新唐书》这类"钦定"的著作去认识唐初的历史、去认识他本人。

史载，李世民曾经先后三次要求亲自观看高祖李渊和他本人的《实录》。前两次，都为史官婉言拒绝。第三次，他向监修国史的宰相房玄龄表白自己的动机。他"语重心长"地说我亲自观看国史记录，可以了解自己以前言行的失误，作为今后的鉴戒。擅长谋略的房玄龄（和杜如晦并称为"房谋杜断"）等人于是将删改成的《高祖实录》和《太宗实录》各20卷呈上。经过李世民授意篡改的这"两朝实录"中，李建成、李元吉的形象十分丑恶，他们在反隋战争中的功绩也被一笔抹杀。

不仅如此，李世民还专门让人整理出了他的那么多"语录"，编成一本专门记载李世民和其股肱大臣言论的《贞观政要》。

明清之际的王夫之在《读通鉴论》中说"太宗亲执弓以射杀其兄，疾呼以加刃其弟，斯时也，穷凶极惨，而人心无毫发之存者也"，猛烈地抨击李世民亲手射杀同胞兄长，穷凶极恶，简直不齿于人类。

近代学者章太炎在《书唐隐太子传后》中所说："太宗即立，惧于身后名，始以宰相监修国史，故两朝《实录》无信辞。"

难怪，当代著名史学家郭沫若先生说："知者不便谈，谈者不必知。待年代既久，不便谈的知者死完，便只剩下必知的谈者。懂得这个道理，便可以知道古来的历史或英雄是怎样地被创造了出来。"

五

《左传·襄公二十五年》载，齐国的大臣崔杼与齐庄公为争夺美女发生矛盾，崔杼借机杀了齐庄公，立了齐景公，自己做了国相。齐国太史乃秉笔直书："崔杼弑其君。"崔杼就杀了齐太史。"其弟嗣书，而死者二人。其弟又书，乃舍之。南史氏闻太史尽死，执简以往，闻既书矣，乃还。"齐国另一位史官南史氏，听说接连有三位太史因实录国事被杀，唯恐没有人再敢直书其事，便带上写有"崔杼弑其君"的竹简向宫廷走去，中途得知第四位太史照实记录没有被杀，才放心地回去了。

而在晋国，也发生了一个类似的故事。晋灵公是个昏君，而晋国正卿（宰相）赵盾是个正直的大臣，经常谏劝晋灵公。晋灵公嫌赵盾碍手碍脚，派刺客去暗杀赵盾。赵盾只得出走，不过在尚未逃出境时，赵盾的族人赵穿便起兵杀了晋灵公。晋太史董狐便在史书上写道："赵盾弑其君"，并且"示之于朝"。

赵盾对董狐说："我并未弑君。"董狐说："你是正卿，逃亡没有出境，国君被杀了，你回来后又并未法办弑君的人，当然就等于是你弑君了。"赵盾毫无办法，只好叹口气，听任董狐写自己弑君了。后来孔子称董狐为"良史"；同时，孔子也认为，赵盾不干涉史官秉笔直书的权力，也是"良大夫"。董狐不畏权势、坚持直书实录的史笔传统，自古以来，是史家以及一切士人的榜样。

南宋状元宰相文天祥在其名作《正气歌》里，将"在齐太史简，在晋董狐笔"作为天地间正气的表现之一予以歌颂，高扬一种誓死捍卫史官直书实录传统的精神。这种直书实录的传统，对国君、大臣来说，多少总要使他们有所顾忌——担心坏事被记载于史册，从而遗臭于后世。

玄武门之变，其实说到底就是一场宫廷政变，这也没什么稀奇，中国几千年，发生了也不知多少次。失败的不说，成功的也有无数。问题的关键是这玄武门牵扯到一代"明君"李世民，这就显示出事情的复杂性。

"玄武门之变"极大地考问了中国儒家理论和法家学说。李世民杀兄屠弟、逼父夺国的行为，既不合儒家的君臣父子之道，也不合法家朝纲律法，竟然被深受儒家和法家理论影响的中国民众所承认，历代很多号称"正统"的学者，还为其歌功颂德，岂非咄咄怪事？

一位哲人说过，利益、权势欲和虚荣心制约着世界舞台上各种事件的不断更替，并用人类的鲜血浇灌大地。看看我们的历史书，在描述生产力缓慢地进步的同时，充斥着的就是统治和镇压、暴力和血腥、侵略和殖民……人类的历史实际就是一部血和火的历史。

《三字经》有云，人之初，性本善。那么，到底是什么东西让本来善良的人制造了这样一部让自己看了都要羞愧的历史？

六

旷代的风刮过精神的原野，一千三百多年前的历史真相总时不时地被撩起神秘的面纱。鲁迅先生在写给曹聚仁的信中曾说："唐室大有胡气。"也许，李世民的举动，和其胡人的血统有关？

斯大林曾经对访问苏联的毛泽东说："胜利者是不应该受到指责的。"由于精心包装、隆重推出的"闪光语录"《贞观政要》，由于世世代代口耳相传的"贞观之治"，李世民以"太宗皇帝"的庙号成为中国历史上少有的"明君"。既然是"明君"，则其一切行为皆系合法。

由此可知，写史的人写天下事好写，因为史料多，证据多。可是有些东西就很难写了，比如这隐私、秘史、秘语，要是知道的人都不说，来个天知地知你知我知，那就留不下底了。圣马丁和玻利瓦尔的谈话，周恩来生前和毛泽东在长沙的最后一次相见和谈话，有谁清楚？

唉，玄武门，玄武门，玄武门！

玄都观

  岁月是奔腾不息、永远不老的一条河啊，它滚滚东去，将大唐王朝二千二百多位诗人和他们四万八千九百余首作品，撒给那惯看秋月春风的白发苍苍的江岸渔樵。其间，有李太白朝辞白帝、暮到江陵的轻快，有杜工部风急天高、抱病登台的穷愁，有孟浩然欲济无舟、坐观垂钓的感叹，有李商隐孤独无偶、剪烛西窗的情怀……

  在这条裹挟如此众多诗人诗作的泱泱大河之中，刘禹锡，以其独特的个性，向我们展示着他浸透斑斑血泪的风采。

  在《子刘子自传》中，刘禹锡自言"系出中山"，即为汉高祖刘邦曾孙、汉景帝刘启之子、中山靖王刘胜之后裔。远隔近千年，提三尺剑逐鹿中原、一统天下的雄主刘邦早已灰飞烟灭，但其灭强秦、诛项羽、醢彭越、擒韩信的丰功伟绩仍代代相传。也许，刘禹锡便有乃祖的遗风。不过，汉高祖是略输文采，开国之后，大肆诛戮异姓侯王；只是在匈奴犯边、国内危机四伏、人才匮乏之时，才在故乡酒后舞剑而歌："安得猛士兮守四方！"刘禹锡则是擢进士第，登博学宏辞科，"春风得意马蹄疾，一日看尽长安花"，文采风流，读书人的荣耀，真是无法言说了。

按理，风帆高悬的远航船当是一帆风顺，展翅欲飞的大鹏鸟将会直冲云霄。谁知，老子所说的"福兮祸所伏"正应在刘禹锡的身上。作为王叔文集团的核心人物，"永贞革新"的失败使刘禹锡连遭贬斥：先是被贬为连州刺史，半道旋又改授朗州（今湖南常德）司马，成为"二王八司马"之一。次年正月，唐宪宗改年号为"元和"，大赦天下。多少杀人放火、贪污受贿之徒都沐浴到浩荡的皇恩，大事化小、小事化了，拱手作揖，弹冠相庆；而刘禹锡与柳宗元等勇于开拓革新的时代先锋，盼来的却是"纵逢恩赦，不在量移之限"的无情的朱砂御旨！

于是，刘禹锡只得继续在沅水边的朗州徘徊。

沅水本是湘西的一条平平常常的河流，因了两个人，这条河也就沾上了文化的气息，在中国文学史里散发出一股幽香。那两个人就是屈原和刘禹锡。屈原为楚逐臣，在其作品中吟唱过"沅有芷兮澧有兰"，还说"乘舲上沅"，也许被贬汨罗时他曾披发行吟到过沅江两岸。徘徊于沅江边，刘禹锡一想到战国时候那照见过屈大夫的月儿又照见自己，那屈子濯过足的沅江仍照旧奔腾流淌，便想到李白所说的天地是万物的旅馆，光阴是百代的过客。北望长安，只见云遮雾断；回首故乡，可惜关山难越。刘禹锡长叹一声，心中时涌起一股莫名的悲壮。

就这样，十年的光阴便悄悄地从十指间涩涩地滑落。当刘禹锡艰难地回到京城长安的时候，他看到的却是一番非同往日的景象：

紫陌红尘拂面来，无人不道看花回。

玄都观里桃千树，尽是刘郎去后栽。

繁华道路上，尘土扑面飞来；熙熙攘攘的人们都说是刚刚看花回来。玄都观里那灿烂若云的千树桃花，全是刘郎离开京城后栽培起来……是啊，一帮自鸣得意的新贵有什么了不起，还不尽是些吹拍逢迎、趋炎附势之徒？黄钟毁弃，瓦釜雷鸣；谗人高张，贤士无名。威名远播、海纳百川的大唐王朝，容得下孟浩然"不才明主弃，多病故人疏"的满腹牢骚，容得下白居易"汉皇重色思倾国，御宇多年求不得"的无情讽刺，却容不下一个改革者一首绝句诗所造成的轻微震荡！读到这首诗，当政者不悦，刘禹锡顷刻间又被贬播州（今贵州遵义），因得御史中丞裴度说情，并柳宗元满含血泪的上书，才得以改贬连州（今广西连县）。后又陆续转夔州（今重庆奉节）、和州（今安徽和县）。

　　巴东的风吹拂着他的衣袂，楚地的雨打湿了他的衣衫。在漫漫长夜里，刘禹锡龙游浅水，虎落平阳，政治上陷入极度的绝望之中。正如柳宗元所说："贤者不得志于今，必取贵于后，古之著书者皆是也。"刘禹锡在郁郁不得志的时候，仍然本着他那颗读书人的良心，勤政爱民，惠及于人，发愤笔耕，收获甚丰。朱雀桥边默默开花的野草，乌衣巷口渐渐西下的夕阳，王谢堂前轻轻欢飞的燕子，百姓宅上袅袅飘浮的炊烟……这一切的一切都让刘禹锡感到无比亲近。村民们把祖祖辈辈传唱了千百年的歌谣唱给刘禹锡听，更显示出如秤的民心。刘禹锡借鉴民歌的传统，乃得以创造"竹枝词"这一新的诗歌体式，从而完成诗歌史上开宗立派的创举。

　　十四年后，饱受"巴山楚水凄凉地，二十三年弃置身"漂泊之苦的刘禹锡，再次回到京城。他重游玄都观，只见观中空空荡荡，连一株树都没有，只有兔葵、燕麦在春风中可怜地摇晃。触景生情，刘禹锡不由得诗兴大发，豪气顿生：

> 百亩庭中半是苔，桃花净尽菜花开。
>
> 种桃道士归何处，前度刘郎今又来。

方圆百亩的庭院中几乎长满了青苔，桃花不复再有，只有野菜花寂寞地盛开。当年种植桃树的道士哪里去了？从前来观赏桃花的刘郎，今天又重来……这首诗，透过难以跨越的时空界限，把曾经沧海的万般苦难轻轻隐去，以明显的两相比照的方式，给我们塑造了诗人自己心如砥柱、誓不低头的一如既往的顽强形象。难怪白居易称刘禹锡为"诗豪"，说他的诗"其锋森然，少敢当者"，确实如此。

刘禹锡后来出任苏州刺史，转汝州、同州刺史，最后改授太子宾客，分司东都，因此最后定居洛阳。眼看着书斋前苔藓痕迹长上台阶，一片碧绿；草色透进竹帘，满目青青。谈笑有鸿儒，往来无白丁。……刘禹锡一边感叹"骥伏枥而老，鹰在韝而有情"，一边不得不流连诗酒，渐渐老去。在即将走完人生七十二岁生命历程的时候，回顾"永贞革新"与自己的人生遭际，刘禹锡的胸怀变得更加坦荡起来：

> 天与所长，不使施兮。
>
> 人或加讪，心无疵兮。

他对自己早年参加革新运动并因此而连遭贬谪，是并不后悔的。虽然，这个革新抱负最终未能实现，但刘禹锡仰不愧天，俯不愧地，以自己的正直与不屈，书写了一个大大的"人生"！

包公祠

从小受包公故事、戏曲的熏陶，对包公其人，我是佩服得五体投地。但认识都是肤浅的。一直到多年后，有机会到"吴楚要冲、包公故里"的合肥、肥东，寻访包公故里，拜谒包公祠、墓，阅读更多的资料，才将心目中的包公和史籍中的包公合而为一。

一

包公（999—1062），名拯，字希仁，宋仁宗天圣五年进士。在中国百姓的心目中，包公可谓自古至今知名度最大的清官。

包之一姓，来源于春秋时期的楚国，为申包胥之后。伍子胥父兄遭楚王杀害，含恨离开故国，好朋友申包胥与其惜别。伍子胥誓曰："父母之仇不与戴天履地，兄弟之仇不与同域接壤。我将亡楚！"申包胥则对好友说："你能亡之，我就能兴之！"公元前 506 年，伍子胥和吴国的军队一连打了五个胜仗，长驱进入楚之郢都，楚昭王出逃。伍子胥找寻不到楚王，便掘了已故楚平王之墓，鞭尸三百，以报父兄之仇。申包胥到秦国乞求救兵，在秦庭外失声痛哭七天七夜，最后，秦哀公被感动了，说："楚虽无道，有臣若是，可无存乎？"遂发兵五百乘救楚，前505年，秦楚联军打败吴国。

当初，申包胥没有责备伍子胥，没有阻止伍子胥实现自己的"义"（孝），既是对伍子胥报仇行为的认同，也是对伍子胥能力的认同，更是对伍子胥的勉励。在他们所处的时代，这是社会道德允许的。但申包胥没有因为与伍子胥友情之深而忘记对国家的忠诚，他勇于肩负报效祖国的使命。

申包胥的后代，以其名为姓，就有了"包"姓。根据基因说，有的家族的性格是会遗传很多代的。估计，包公的性格，就有其远祖的某些特征。

包公之父名包仪，曾任朝散大夫，死后追赠刑部侍郎。朝散大夫为从五品上，大约相当于现在的地市级干部，刑部侍郎则大致与现在的司法部副部长相当。所以，包公是典型的"官二代"，出仕的机会可谓多矣，但他这个"官二代"，不慕乌纱，不事奢华，不讲究"出有车，食有鱼"的排场，性直敦厚，以孝闻名。中进士之后，他接二连三放弃了做官的机会——先任大理寺评事，后来出任建昌（今江西永修）知县，都因为父母年老不愿随他到他乡，便马上辞去了官职，回家照顾父母。在封建时代，独子是不能离开年老的父母随便外出的，做官也不行。所谓"父母在，不远游"是也。一直到几年后父母相继逝世，包公这才重新踏入仕途。

而大凡清官，往往都是孝子。包公之所以能成长为一代清官，显然与其"孝"分不开。一般的人说到包公，就是什么"执法如山"、"铁面无私"；殊不知，没有了"孝"作基础，转战官场，难免被贪贿之"淤泥"所污。

二

虽然《宋史》对包公的记载并不多，但品读正史的记载，我们可以发现，包公的才能是多方面的。

首先，他是一个具有远见卓识的人，对形势有着清醒的认识。

包公曾任监察御史，他曾建言："国家岁赂契丹，非御戎之策。"主张练兵选将，务实边备，以御契丹。而契丹所建立的"辽"，开国比宋还早差不多半个世纪，"颇有窥中国之志"，后成为大宋北方强有力的对手。宋辽几次大战，大宋都没有占到太大的便宜。一次，包公奉命出使契丹，契丹让典客（相当于礼宾司的人员）对包公说："雄州新开便门，乃欲诱我叛人，以刺疆事耶？"意思是你们大宋的雄州（今河北保定雄县）城最近开了便门，就是想引诱我国的叛徒，以便刺探边疆的情报吧？包公回答："涿州亦尝开门矣，刺疆事何必开便门哉？"意思是（你们大辽）涿州（今北京西南）城曾经也开过便门。刺探边疆的情报，为何一定要再开便门呢？包公就是这样，出使敌国，折冲樽俎，维护了国家的尊严。包公后来担任天章阁待制、龙图阁直学士，官至枢密副使，成为掌管军事事务的中央级别的官员。

其次，他是个执法严峻的人。

包公知开封府时，执法不避权贵，当时民间有谚曰："关节不到，有阎罗包老。"意谓打不通关系的，只有两个人，一是阴间的阎罗王，一是开封的"包待制"。真是一丈高的石碑，不如万丈高的口碑。而执法严峻，执法者自身须过得硬。不然，己之不正，焉能正人？包公知端州，不久又迁殿中丞。端州土产端砚，每年要进贡朝廷，从前的地方官往往因此而擅自增加数量，然后将进贡之外的端砚，用来贿赂当道的权贵。包公到任后，仅取进贡的数目，不另外增加。离职的时候，没有带走一方端砚。在开封府任上，包公一改旧制，大开官衙正门，让前来诉讼的百姓直接进去，陈述案情。朝中官员和势家、望族私筑园林楼榭，侵占惠民河，导致河道堵塞不通，正逢京城发大水，包拯于是将那些园林楼榭等非法建筑全部毁掉，在很短的时间里从根本上消除了这一水灾隐患。包公还专门去解州（今山西运城）考察民情，并及时上奏朝廷，请求废止食盐官营专卖制度，让商贩们自由经营，既增加了国家的税收，又让商人和百姓得利。北宋政治家、科学家沈括对此制度赞叹道："行之几十年，至今以为利。"张方平为三司使，因买豪民产业，包公上疏劾奏罢之；而宋祁代方平，拯又论之。以枢密直学士权三司使的时候，包公积极改革弊端，"民得无扰"。他还常常不辞辛劳，深入下层体察民情，救民于水火之中。江南地区有一次发生了旱灾，百姓们饥饿得难以生活，包公了解到情况后，当机立断，下令立即开仓放粮救济，以解燃眉之急。同时飞报朝廷，说明原因。看来，传统戏剧《陈州放粮》，并非凭空想象。

这些，有的是清正自守，有的是信访亲民，有的是弹劾大臣，有的是惠民不扰。因为其清、其廉、其正、其能，所以《宋史》谓之"吏不敢欺"，受到百姓的欢迎。

三

包公去世后，宋仁宗谥曰"孝肃"，亲率百官吊唁，还派专使护送灵柩回到合肥，将包公安葬在合肥城东五十里的大兴集。包公家乡合肥立祠四时祭祀，名曰"包孝肃公祠"。

包公祠坐落在包河公园内。大门有对联一副："中贤将相；道德名家。"进门为一个小院，约四百平方米；中间一栋堂屋，塑包公坐像一尊，高约八尺，古铜色，颦眉远视，长须拂于胸前，显得十分威严。中堂一副楹联，黑底绿字，非常醒目："照耀千秋，念当年，铁面冰心建谠言，不希后福；闻风百世，至今日，妇人孺子颂清官，只有先生。"上联说包公铁面无私，其心如冰，不染尘垢，所以风采可昭日月；下联说他高风亮节，为官清廉，故而事迹妇孺皆知。此联恰当地概括了包公的历史功绩与人民热爱、怀念包公之情。另外一副对联："理冤狱，关节不通，自是阎罗气象；赈灾黎，慈善无量，依然菩萨心肠。"总结了包公无私爱民的品格，让戏剧中那令人望而生畏的包公，充满了一种亲民的慈祥。

祠堂西南之流芳亭，相传包公幼年时常来此读书。祠堂东南角的廉泉亭，亭中有井，亭内石壁上刻有光绪二十八年（1902 年）李鸿章侄孙李国蘅撰写的一篇《香花墩井亭记》，曰："闻昔有太守来谒祠，启开汲饮，忽头痛，复埋如故。是说也，余窃疑。命从人开井汲泉，煮茗自饮，味寒而香烈，饮毕无异，目而笑谓诸曰：井为廉泉，不廉者饮此头痛欤！"现在合肥生产"廉泉"啤酒，以表达对包公的怀念和崇敬。

包公祠内有一块引人瞩目的刻石，此乃 1973 年 4 月从合肥东郊大兴集包拯墓中清理出来的"宋枢密副使赠礼部尚书孝肃包公墓铭"刻石，这块墓志刻石较《宋史·包拯传》更为详细地叙述了包拯的一生，极为珍贵。碑中记叙了包拯好几件铁面无私、刚直不阿的事迹，其中有这样两件：包拯在其家乡任庐州知府时，性情峭直，"故人、亲党皆绝之"。他的一位亲戚犯了法，被人告到府里，包拯铁面无私，依法处置，打他一顿大板。张尧佐是仁宗的宠妃张贵妃的叔父，无德无能，仁宗一次就授予他四个军政要职。针对仁宗皇帝的任人唯亲，包拯专门上了一篇《请绝内降》的奏疏。以后他又接连上奏疏数道，阐述

"大恩不可以频假，群心不可以因违"的道理，终于使仁宗"感其忠恳"，不得不削去张尧佐的两个要职。

祠堂有正殿三间，左边一间，摆三口锃亮的铡刀，皆长五六尺。据一些笔记小说和民间传说，右边的叫"龙头铡"，专铡王公贵族犯死罪者；中间的叫"虎头铡"，专铡文武百官犯死罪者；左边的叫"狗头铡"，专铡平民百姓犯死罪者。真是等级森严。我不知道北宋时是否时兴以铡刀来处人死刑，但我们从小经《包公案》之类的小说和《铡美案》之类戏剧反复渲染，而今目睹实物，确有不寒而栗之感。我想，如果有关部门定期组织一些官员（特别是一把手）来此参观，估计会对他们的为官、从政，起到警戒的作用。

在放置铡刀的旁边屋内，壁上嵌有包公手书之诗：

清心为治本，直道是身谋。

秀干终成栋，精钢不作钩。

仓充鼠雀喜，草尽狐兔愁。

史册有遗训，毋贻来者羞。

在这首诗中，包公表明自己将一生追求清心寡欲，廉洁奉公，担当道义，成为栋梁。有资料说，这是包公初登仕途之作，也是他一生中留下的唯一一首诗。包公做官数十年，经历了数不清的风风雨雨，初衷不改，真正实践了自己"毋贻来者羞"的誓言，赢得后世永远的景仰。

四

包公名气很大，在世时其声名已到了塞外。《甲申杂记》载，西羌的于龙呵在归顺宋朝后，对宋神宗说："我平生最仰慕包公，他是朝廷的忠臣，我现在既然已经归顺汉族朝廷，就请求陛下赐我姓包吧。"神宗非常高兴，于是赐他姓名"包顺"。

包公逝世前，留下遗训一则，刻于一块高八尺的石碑之上："后世子孙任官有犯赃滥者，不得放归本家；亡殁之后，不得葬于大茔之中。不从吾志，非吾子孙。仰工刊石，竖于堂屋东壁，以昭后世。"

古来所谓家训者，数不胜数，可是能与包公这则家训媲美的，可谓少之又少。因为，包公不仅自己一生正直、清廉，还要求后世子孙不做贪官污吏；如有不从，则不准葬入包氏祖坟，不承认其包氏后裔的身份。我想，无论哪朝哪代，从统治者到老百姓，没有谁不痛恨贪官污吏的。包公如此要求子孙，无论于国于家，都值得大力提倡。包公此举，足为当今溺爱孩子者鉴。

包公祠的面积并不大，白壁黑瓦，如包公之为人，黑白分明；整座祠堂恰似一庄严古刹。游人们三三两两，络绎不绝；抚今思昔，缅怀这清正廉明、风范长存的一代名臣"包青天"。

也许，漫漫长夜，"青天"太少，"青天"难觅，人们才对几百年出一个的"包青天"如此地怀念？

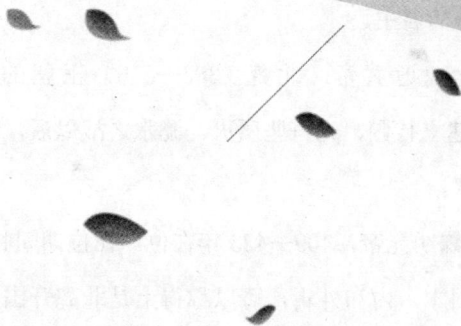

山水记忆

DI ER JI
SHAN SHUI JI YI

第二辑

云冈遐想

　　迤逦于云冈石窟之中，越过尘封的历史，我的眼前浮现出北魏前期那积极昂扬的风神……

　　北魏皇族本鲜卑拓跋氏。拓跋氏在开国时期，精神焕发，照亮了中国的历史。因此，只要说到南北朝，我们绝不能绕过北魏；说到北魏，我们绝不能绕过其历史上几位极具开拓精神的君主。

　　拓跋珪（371—409），北魏道武帝，北魏（386—556）王朝的建立者，386—409年在位。其先世曾建立代国，为苻坚所灭。淝水之战以后，拓跋珪乘机复国，初称代，不久改称魏。

　　拓跋嗣（392—423），北魏明元帝，409—423年在位。在位期间礼爱儒生，好学史传，采集经史，隆基固本，内和外辑，可以称得上是北魏开国以来的一位仁厚的守成之主。

　　拓跋焘（408—452），北魏太武帝，423—452年在位。字佛貍。拓跋嗣长子。太常七年（422年）四月被封为泰平王，旋立为皇太子。次年十一月即皇帝位，任用崔浩等汉族士人为谋臣，整顿内政，屯田练武，增强国力；把握作战时机，依靠鲜卑骑兵，先后攻灭夏、北燕、北凉，破柔然，击敕勒，袭山胡，降鄯善，逐吐谷浑，攻取南朝宋之虎牢（今河南荥阳汜水镇西）、滑台（今滑县东）等地，统一了中国北方。在历次战争中，拓跋焘常亲自率军出征，决策雄断，部署周密，讲究战法，临阵勇猛，多获胜利。

北魏的历代君主，都崇信佛教。

道武帝拓跋珪的祖父是什翼犍，什翼犍在邺都当人质的时候，对浮屠之教就很了解，所以拓跋珪复兴拓跋氏进攻中原的时候，他对佛教是很敬重的。史称他"好黄老，颇览佛经"。拓跋氏兵锋所及，对佛教寺庙都非常注重保护。而且在进军中原的途中，有一个赵郡的沙门法果，前来投奔。拓跋珪专门为他设置了一个职位"道人统"。道人统的意思是说，天下所有的僧尼，都由法果来管理。拓跋珪之后的继位者拓跋嗣，更是崇信佛教，他对佛教很敬重。这种传统一直到拓跋嗣的儿子拓跋焘都是如此，并持续到献文帝拓跋弘。

《魏书·释老志》载："初，法果每言，太祖明额好道，即是当今如来，沙门宜应尽礼，遂常致拜。谓人曰：'能鸿道者人主也，我非拜天子，乃是礼佛耳。'"法果和尚以皇帝为佛的弘法思想，确立了北魏佛教为统治者服务的基调，也奠定了北魏佛教昌盛的基础。半个世纪后，先是师贤建议文成帝"诏有司为石像，令如帝身"，然后，又"敕有司于五级大寺内，为太祖已下五帝，铸释迦立像五，各长一丈六尺"。最后，昙曜则进一步建议将这五位皇祖雕造成顶天立地的石窟巨佛，从而使武周山石窟寺升格为北魏皇室的家庙，神圣不得侵犯。

孝文帝的父亲献文帝拓跋弘（454—476）是文成帝拓跋濬长子，456年被立为太子，465—471年在位。他"聪睿机悟"，从小就有君临天下的"济民神武之规"（《魏书·显祖纪》）。他十二岁亲政以后，"勤于为治，赏罚严明，拔清节，黜贪污"，使北魏吏治面貌大为改观。本来北魏前期百官无俸禄，官吏贪污受贿现象十分严重，造成吏治的败坏，导致阶级矛盾和民族矛盾的日趋尖锐，拓跋弘用赏罚和黜陟的办法虽然不能从根本上解决贪污受贿问题，但也暂时收到明显的效果，"于是魏之牧守始有廉洁著闻者"（《魏书·显祖纪》）。这是自拓跋氏入主中原以来没有过的好现象。不仅如此，他崇文重教，兴学轻赋，喜玄好佛。469年就将襁褓中的长子立为太子。皇兴五年（471年）传位于太子拓跋宏，自为太上皇，专心信佛。

正是因为历代国君的积极开拓，北魏表现出积极昂扬的精神风貌。在此之后，才出现了孝文帝拓跋宏（467—499）大张旗鼓的改革。

孝文帝拓跋宏作为一个落后民族的统治者，为了政权的巩固，抛弃狭隘的民族偏见，推行均田制，并颁布与之相联系的三长制和租调制；大力整顿吏治，整肃了官僚机构，巩固了封建统治；改官制、禁胡服、断北语、改汉姓、定族姓、迁都洛阳等，促进了民族融合。通过孝文帝的改革，鲜卑族的经济文化得到了迅速的发展，比起同期进入中原的其他民族，如羯、氐等，鲜卑族的汉化程度无疑是最高的。孝文帝大力提倡佛教。在他统治期间，佛教迅速发展起来。佛教的发展推动了佛教艺术的发展。

从献文帝时代开始，云冈石窟工程转入大规模建设阶段，到孝文帝太和年间达到鼎盛。这一时期大约二十多年，不仅昙曜五窟的雕刻仍在进行，而且云冈所有的巨型洞窟都陆续开工。关于献文帝时的云冈工程情况，北魏高允《鹿苑赋》有所描述："暨我皇之继统……追鹿苑之在昔……于是命匠选工，刊兹西岭。注诚端思，仰模神影；庶真容之仿佛，耀金晖之焕炳。即灵崖以构宁，疏百寻而直上；絚飞梁于浮柱，列荷华于绮井：图之以万形，缀之以清永，若祗洹之瞪对，孰道场之途迥。嗟神功之所建，超终古而秀出。"献文帝继位后，对武周山石窟工程进行了重新部署，云冈建设进入了洞窟形制多样化、图像内容多元化的快速发展轨道。孝文帝太和十八年（494年）迁都洛阳之前，云冈的皇家大窟基本都已竣工。而我国三大石窟之一的洛阳龙门石窟，在孝文帝正式迁都洛阳那一年，也开始了开凿。

云冈石窟依山而凿，东西绵亘约1公里，气势恢宏，内容丰富。现存主要洞窟45个，大小窟龛252个，石雕造像51000余躯，最大者达17米，最小者仅几厘米。窟中菩萨、力士、飞天形象生动活泼，塔柱上的雕刻精致细腻，徘徊于云冈石窟，在这绵延一公里的石雕群中，雕像大至十几米，小至几厘米的石雕，巨石横亘，石雕满目，蔚为大观。有的居中正座，栩栩如生，或击鼓或敲钟，或手捧短笛或载歌载舞，或怀抱琵琶。云冈石窟形象地记录了印度及中亚佛教艺术向中国佛教艺术发展的历史轨迹，反映出佛教造像在中国逐渐世俗化、民族化的过程。多种佛教艺术造像风格在云冈石窟实现了前所未有的融会贯通，由此而形成的"云冈模式"成为中国佛教艺术发展的转折点。云冈石窟，上承秦汉现实主义艺术的精华，下开隋唐浪漫主义色彩之先河，终于跻身世界闻名的石雕艺术宝库之列。

一个时代有一个时代的艺术，一个民族有一个民族的追求。从艺术中见精神，从精神中见国势。流连于云冈石窟，我们不能不为鲜卑族人那积极向上的精神、那海纳百川的胸襟而赞叹⋯⋯

仰望布达拉宫

曾经多少次梦到西藏，曾经多少次梦到拉萨。圣洁的喜马拉雅，雄伟的布达拉宫，总是让我梦萦魂牵。

今天，我终于可以虔诚地仰望，仰望心中的圣地布达拉宫。

布达拉宫，雄踞于拉萨市中心突起的红山之巅，坐北向南。红山脚下，是车水马龙的大街，现代气派的布达拉宫广场；远方，湍急的拉萨河丢下一片开阔的冲积平原后，由东而西奔流而去。红山背后，山峦起伏，气象巍峨。以石木结构奠基的布达拉宫，依山势自下而上，由低而高。这个建筑面积达 13 万平方米的庞大宫殿群，有的随山就势紧附于山坡，有的顽强地傲立于峭壁，整个宫殿群与红山浑然一体。布达拉宫最高殿宇海拔 3700 米，金顶耀日，是当今世界上海拔最高的古代宫堡式建筑群。远远望去，在蓝天白云的衬托下，布达拉宫显得是那样地雄伟壮丽，厚重大气，沧桑神圣。

布达拉宫是一本厚重的书，要真正读懂它，还得走进历史的深处。"布达拉"即梵语"普陀罗"一词的音变，意为菩萨居住的宫殿。公元 7 世纪中叶，藏族历史上的民族英雄松赞干布先后征服了邻近部落，统一了雪域高原，建立了吐蕃王朝，又率军沿雅鲁藏布江而上，迁都逻娑（今拉萨），于红山大兴土木，建造了高九层的大型宫殿建筑群，于南面药王山专为娶自大唐的王妃文成公主建有九层王妃宫，并筑起高墙将其围括在内。17世纪40年代，五世达赖喇嘛在红山上扩建了以白宫为主体的建筑群，作为其生活起居和处理政务的场所。从此，布达拉宫便成为历代达赖喇嘛的驻锡地和政教合一的权力中心。五世达赖喇嘛圆寂后，为安放他的灵骨，于1690年扩建红宫。红宫成为达赖的灵塔殿和举行佛事活动的场所。以后的近300年内，随着七世至十三世达赖喇嘛灵塔的相继落成，红宫规模不断扩大。矗立于建筑群中央的红宫，与分居两翼的白宫和谐地融为今日雄伟的布达拉宫。

站在布达拉宫前，我不由地抬起头，在我的视线中，惊现出的是清晰的造型，清晰的宫殿。这是我所见到的最神圣的宫殿。蓝天之下，云似乎与气场都拥着布达拉宫，云的走势，与宫殿形成极大的反差，云越白，宫殿越清亮，那云是有生命力的，像一群活佛稳坐宫殿之上。天蓝得让人吃惊，阳光下，布达拉宫的亮丽犹如从水中刚刚浴出，那叮当作响的金属声，始终由心中慢慢升向天空，这声音告诉我，布达拉宫透着敲击声，墙体厚重坚硬，泛出光泽，渐渐飞升的宫殿，光辉四溢的宫殿。在这里，我的语言早已苍白无力，我的思想渐渐混沌。仰望着布达拉宫，我的身心随它而去，失去了自我，不能自控，我虔诚的泪水倾斜而下……无声的布达拉宫，佛的诵经之声由远及近，空灵而悠长。在那灯火与金与银的碰撞中，散发出的是具有金属味的光辉，众佛的彩塑在宫殿里像是要飞升起来，我的意念之中，溢满的是佛的影子。

拉萨不愧是藏传佛教的圣地。大昭寺、哲蚌寺、色拉寺、八角街、罗布林卡等著名的宫殿、寺庙、转经地，灿若群星，辉映着这座高原古城。作为藏族文化与佛教文化长期融合的结晶，作为藏汉民族团结的象征，世易时移，今天，布达拉宫依然是虔诚的信徒们向往的圣地，同时也是雪域之外的人们探秘藏文化的殿堂。当熙熙攘攘的中外游人沿顺时针方向仰望这座雄伟的宫殿，迎面而来的，是无数朝圣者的脚步，一张张油黑的脸庞，脸上，写满了神圣、执着与安祥……

周庄美

一

如果说白马秋风的塞上是一个性格粗犷、豪放的中年男人，那么杏花春雨的江南便是细腻、婉约的二八佳人；至于周庄，我的感觉却是江南众多佳丽中童颜鹤发的太婆：沧海桑田曾经她的眼，鸿爪留痕曾经她的心。青春虽然逝去，但当年的风采依稀可见。她就这样静静地坐着，看庭前花开花落，看天上云卷云舒。

不信？有史为证：

周庄古称摇城，原系春秋时吴国太子摇的封地；又名贞半里，北宋当地人周迪功郎笃信佛教，舍其故宅和200亩良田给寺庙当庙产，百姓们感其恩德，遂更名为周庄。周迪功郎只不过是一位乡村小官，因为"迪功郎"的官职在历代官职表中均无记载，连《辞海》中亦无注释。但伴随周庄知名度的日益提高，周迪功郎也颇受各方人士的关注。据何昌荣教授、刘冀、周柏泉先生考证，周迪功郎名应熙。周应熙即周谨，曾任州录军事参军之职。他既是周恩来的二十八世祖先，也是鲁迅的二十七世祖先。

在周庄，只要你随处留心，你便可以发现，在这千年孑遗温婉恬静的胸怀里，曾有无数的文人墨客在此流连：那个"我家曾住赤栏桥，邻里相过不寂寥"的姜白石来此游玩过，那个"独棹扁舟去，门前潮未生"的倪云林来此写过生。他们伴着嗒嗒的木屐声，一路迤逦行来，为了追求至美的归宿而宁愿远离尘嚣。斜阳荒径，古树野花，江村老屋，恍惚中仨俩知己对床夜话，倾心而谈，谁不说是人生的一大快事？

二

一辈子潇潇洒洒、妻子死了都可以鼓盆而歌的庄子，在《大宗师》里说过："古之真人，其寝不梦。"人说日有所思，夜有所梦；难道修行到一定的境界，就会不再为人生而烦恼？可惜我非"真人"，难怪历来多梦；去周庄之前，我就作过很多梦；在梦里，我千百次地猜想着周庄的容颜。我想，周庄应该是这样的——

"二月春风似剪刀"的初春，染柳烟浓、细雨蒙蒙的清晨，一条深深的雨巷里，一个女孩撑一把油纸伞，欢快地走在如丝细雨打湿的青石板路上。她身着大襟印花衣，头裹蓝花布，腰系小围裙，和着笙箫，踏着鼓点，影影绰绰闪过白墙、青苔、垂柳间。她带给我的是一帘能在古镇留住一夜的温婉润洁的甜梦……

九曲回旋的弯弯河滨，朦胧的晨曦中，一位洗衣妇蹲在河埠头，脚边是一个木盆。她的身后，是一排排低低的、密密的、寂静的小木屋。西天的月牙儿还挂在柳梢，河上升起一片潮湿的雾气。"长安一片月，万户捣衣声"，她那一下一下的捣衣声，如同富有节奏的曲子，余音袅袅，萦绕耳际，和着潺潺的流水，轻轻拂掉我心灵上的人世风尘……

黄昏时分，不拘哪个地方——也许是自家的门前，也许是一株大树下；也许是杂花生树的河岸，也许是造型优美而长满青苔的小石桥边——一个饱经风霜的老人，静静地看着远方。西下的夕阳在天边抹出最后的一道霞光，霞光给老人的轮廓镀上耀眼的金光，金光让老人变成一尊历史的雕像……

周庄，就如同这样的一尊雕像，它承载着历史的厚重积淀，它包含岁月的双眼，让我羡慕，让我渴求，让我神往！

三

与许许多多的江南水乡一样，原来的周庄也是杨家有女，养在深闺，不为外界所知，近年来却因文人墨客的吟咏和泼墨而蜚声中外。

是杨健、叶兆君颂咏周庄的文章《小桥流水人家》，让世人初步领略了周庄的风采；而让周庄走向世界的，则是 2006 年 4 月逝世的著名旅美画家陈逸飞。1984 年，陈逸飞以双桥为题材，创作《故乡的回忆》。这幅画曾于哈默画廊展出，引起轰动。哈默访华时作为礼品赠送给邓小平，传为佳话，双桥也因此而成为名桥。继而张艺谋以周庄外婆桥为背景，拍摄电影《摇啊摇，摇到外婆桥》，更使周庄和外婆桥遐迩闻名。

国画大师吴冠中说"黄山集中国山川之美，周庄集中国水乡之美"；篆刻家钱君匋先生不但为《九百岁的水镇周庄》题写了书名，而且挥毫题写"周庄风物甲东南"的草书条幅；著名学者匡亚明称"周庄乃人间天堂"、"人生不到周庄游将是件憾事"；书法家沈鹏漫游周庄，给周庄留下了"秋尽江南草未凋，街行不觉水迢迢，迷楼高士吟哦处，上下曾经无数桥"的条幅；著名建筑学家罗哲文盛赞周庄"是国家的一个宝"……这些墨宝使周庄声名远扬，使周庄有了今天的知名度。

著名美学家王朝闻说："一千个读者，就会有一千个哈姆雷特。"在人们的眼里，周庄也一样。正因为这样，人们从不同的角度，用尽一切能够想到的词汇，赞美被历史的面纱遮掩了千年的周庄。

四

在周庄，我们可以处处感受到它因为古老而弥足珍贵的美。

你看，一排排因为年代久远而发黑的黛瓦白墙的老屋，一棵棵因为碧水滋润而姿影婆娑、翠色欲流的杨柳，一段段因为无数代人踩踏而显得光滑、长满青苔的青石板街道；纵横交叉的水巷，清亮的河水，空寂的窄巷，沿街而立的骑楼，石拱桥边的垂柳依依，房前朵朵黄花下斑驳的门板，屋后低低矮矮的丝瓜棚，宅院中蜿蜒折回的流水，水道上摇橹而过的小船……午夜梦回，你尽可以听到欸乃的橹声，从窗外飘然而过……

你看，周庄历史久远，古色古香。古桥，古楼，古塔，古寺，古宅，那清幽秀美的"梦虚道院"更是散发着古老的气息；古树下的千年道观内那老道长，一身白色道装，显得童颜鹤发，清秀脱俗，活脱脱一位仙风道骨的老神仙。而那"一步双桥"、"福安桥"的古朴，则令人不忍踏过。碧绿透彻的南湖畔，"全福寺"古刹钟声，音律悠悠，仿佛告诉人们小镇已千年了……

你看，周庄处处一个"小"字。小镇，小船，小河，小街，小巷，小店铺，小戏台，民居小楼"一线天"，最近处两家隔窗对饮，可以握手问好。这个小镇，与数不清的名人关联着：西晋文学家张翰，唐代诗人刘禹锡、陆龟蒙，元末明初江南巨富沈万三，近代民主革命家柳亚子、陈去病，当代台湾女作家三毛……

五

而说到周庄，人们不可能遗忘的人，则是沈万三。

记得《金瓶梅》第三十三回潘金莲对陈敬济说过这样一句民谣："你还捣鬼？南京的沈万三，北京的槐树湾——人的名儿，树的影儿。"这说明，在明代，沈万三就已经大名鼎鼎了，其发家的故事，早已经家喻户晓了。当代散文大师余秋雨在《文化苦旅》的"小镇巨贾"一文中这样评价："沈万三的致富门径是值得经济史家们再仔细研究一阵的，不管怎么说，他算得上那个时代既精于田产管理、又善于开发商业资本的经贸实践者，是中国 14 世纪杰出的理财大师。"

沈万三，元末明初人，名富，字仲荣，俗称万三。万三者，万户之中三秀，所以又称三秀，作为巨富的别号。就如同 20 世纪 80 年代初的"万元户"一样，在别称之中，流露出世人对暴发者的艳羡。

沈万三在周庄、苏州、南京、云南都留下了足迹。他始终把周庄作为立业之地。一方面开辟田宅；另一方面他把周庄作为商品贸易和流通的基地，利用白砚江（东江）西接京杭大运河、东走浏河的便利，把江浙一带的丝绸、陶瓷、粮食和手工业品等运往海外，开始了他大胆地"竞以求富为务"的对外贸易活动，迅速成为"资巨百万，田产遍于天下"的江南第一富豪。明太祖朱元璋定鼎南京时，新筑金陵城，沈万三赞助的资金占总额的三分之一。这虽然还可以忍受，但可能已经令穷人家出身的太祖不满了。而洪武六年，在太祖劳军的时候，沈万三居然给每个士兵发银一两，总计100万两。太祖大怒，认为"匹夫犒天子军，乱民也，宜诛之"，拟将沈万三处斩；最后在贤惠的皇后马氏（马娘娘）的力谏之下，才免遭杀戮。朱元璋下令收沈万三重税，每亩九斗三升（平均亩产的一半多）。随后又借口沈万三修筑苏州街道，以茅山石为街石，有谋反心，抄没家产，发配至滇（云南、贵州一带），不久病死。真正应了欧阳修的一句名言："其兴也勃焉，其亡也忽焉。"

而今，很多人只羡慕沈万三的富豪，却忽视了沈万三也因钱财而流放直至丧身的事实。要知道，在中国，自古就是皇权神圣，不可侵犯；有了钱财就自认为可以藐视一切，迟早是要栽大跟头的。难怪古人说："穷不与富斗，民不与官斗。"也许，精于农业和商贸经营的沈万三，并不精通官场的潜规则？

六

我曾以为，白云苍狗，江南的那份儒雅和飘逸似乎都被淹没在历史的汪洋之中了。而领略周庄的美，却让我心头为之一震。那小桥、那流水、那古巷、那醇厚如陈酒般醉人的吴侬软语，无不引发我无限的幽思。

如果说天堂一般的苏杭是以其得天独厚的自然环境而闻名，那么僻处江南一隅的周庄就是以其随缘的姿态而取胜；如果说身居城市的苏州园林以其精巧而不露痕迹的人工堆叠傲世，那么远在山野的周庄则是以其素朴的本色而令人倾心。

人生无常，如同绕着周庄弯弯曲曲地伸向远方的小河，终归要奔向大海。在周庄静静而温暖的怀抱，我静静地与她一起溯回到古远，细细地触摸历史，真真切切地感知未来。剪不断，理还乱。周庄的美，已经深深地留存在我的心底——薄雾轻笼着古老的小城，于清晨看看蒙蒙的天空，轻抚岸边的依依垂柳，悠坐千年不变的乌篷船；或于黄昏在温柔的雨丝中，在宁静的夜间轻踩清脆地响着回声的石板，拖着木屐走进狭小的深巷……江南的周庄，它带给我的不仅是风花雪月的往事，不仅是云淡风轻的回忆，更多的还是那由古运河的浸染而生出的沁人心脾的情致，是那一份经过历史长河淘洗而渐渐淡忘的恬静、闲适与安详。

噢，别梦依稀，我的周庄，你这东方威尼斯……

观音山的境界

全国名山甚多，她们都有自己的特点。泰山之雄伟，华山之险峻，衡山之烟云，庐山之飞瀑，雁荡之巧石，峨眉之秀丽……皆流布甚广，脍炙人口。所谓一座山就是一部厚重的大书是也。要想透彻地了解那座山，那就得深入其中，仔细研读、仔细品味才行。

游览东莞的观音山，我就品出了她与众有异、非同寻常的亲切。

一

唐代大诗人刘禹锡《陋室铭》曰："山不在高，有仙则名。"观音山并不高，但近年来却声名鹊起，如日中天。

大凡稍微出名一点的山，往往在高度上先就"高人一头"；唯其"高人一头"，才显出或者一种傲气，或者一种霸气，或者一种超凡脱俗的仙气。诸君试看：泰山高 1545 米，号称"东岳"；华山高 2000 余米，号称"西岳"；峨眉山高 3079 米，号称"天下秀"。闻其名，听其号，一种领袖群伦的气质简直是扑面而来。

而观音山呢，海拔高度只有 488 米，在中国的万山之中，似乎毫不起眼。但就是靠这区区的 488 米，观音山居然就遐迩闻名，迎来了海内外众多的旅游者。显然，观音山有其独特的魅力，也有其超乎别处的境界。

二

全国很多地方，都号称佛教圣地，比如五台山，比如普陀山；可观音山不。但由于有了全世界最大的玄武岩观音法像屹立其间，观音山当之无愧地进入了佛教圣地之列。

大凡名山，除了人文底蕴丰厚之外，植被条件好不好，往往也是能否上档次的硬性标准之一。观音山也不例外。据统计，景区内现有各种植物一千多种，动物三百多种。其中，属国家保护的动植物就有二十二种。

观音山的原始次生林苍茫连绵，独具自然生态特色。高山密林中，野猪、蟒蛇、白鹭、喜鹊等多种珍稀动物自由栖息，真正地体现出人与自然的和谐相处。伫立山脚远望，只见山间瑞气缭绕，雨丝霏霏，犹如须弥仙山，弥漫着浓郁的佛教气息。

如果你到观音山之时刚好是晴日之晨，则可观朝霞万丈，古木透红，仿佛上天遗落一串串翡翠；更仿佛是观音显灵，佛光普照，大千世界氤氲在一片圣洁之中。而那茂盛的植被，随群山而起伏；淙淙的溪流，随山势而蜿蜒。优美的自然景观、良好的生态环境、丰富的宗教文化，真的让我们叹为观止，流连忘返。

三

徜徉于观音山，令人备感亲切。观音山的这种亲切，在瞻拜了观音的圣像以后，你将有更深的体会。

在百转千回的山谷中连续转了几个弯，高大的观音圣像便在不经意间出现在我的眼前。深深浅浅的山脊，有如一道道绿色海洋的浪峰，从山下一直伸展到白云巅峰；而巨大无比的圣像，恰好是整个山峰的最高点。大慈大悲观音菩萨似乎在俯瞰着芸芸众生，随时"观其音声"，准备救苦救难，将苦海中的大众解救出来。在蓝天白云的衬托之下，观音既亲切、又慈祥的法相，令我们肃然起敬。

在中国，很多神啊灵啊的，往往令人望而生畏；唯独观音，让人感到和蔼可亲。据佛经记载，大慈大悲的观音看到人间俗世的痛苦，她自己也痛苦异常；她发愿要度尽世间所有的众生，如果有一人未能得度，她就绝不成佛。可是，茫茫世界，世事纷繁；芸芸众生，痛苦如昔。观音使出了浑身解数，也忙不过来，不能解救每一个受难的人。于是，观音只能永远都是菩萨，永远都成不了佛。

佛者，觉也。在佛门，佛是最高等级的"职称"，菩萨则是中级的"职称"。看起来观音的等级稍次；但恰恰因为观音菩萨的宏愿未能完成，观音菩萨也就无处不在；只要受难者一念观音名号，观音菩萨就能即刻前来解救。所以，在普通人的眼里，观音菩萨便成了平民的保护神，超过了佛家最高等级的佛与其他所有的菩萨。

与号称"大雄"的佛祖释迦相比，观音菩萨更易令人产生一种"零距离"的亲近感——释迦让我们感到佛祖高居其上的威严，观音则让我们感到平起平坐的亲切。在这方面，观音山可谓很好地阐释了世俗眼中的"一切众生皆平等也"的观音文化。

四

观音广场总面积一万平方米，三十三米高的玄武岩观音法像立于广场中心。徘徊于观音广场，我也就入乡随俗，加入到信众的行列之中。

此时，燃起熏香与善男信女一起顶礼膜拜，我感觉时间对我已经不起任何作用；我已经没有了屈原昂首问天、陈子昂"独怆然而涕下"那种伤感，而是一下子跳出了生命的束缚。我忘记了过去，忘记了现在，也忘记了将来。我的眼前，只有救苦救难的观音圣像，还有观音圣像背后那浩瀚的云海。

我想，国内的很多名山，有的高得云里雾里，过于神秘；有的高得艰险而狰狞，让人畏惧；有的顺应潮流，由从前的清高一变而为妩媚；有的要我们芸芸众生"高山仰止"，似乎更加显示出我们作为"人"的渺小。与这些名山相比，观音山山势并不奇特，更算不上险峻；但就是在她葱茏的怀抱中，在这天与地之间，让我们的生命有了一种超然物外的解脱与释放。

五

时间在不知不觉中悄然逝去，西方出现红红的彩云，美丽的晚霞映红西方的天空，映红观音像后面的山岚，映红左右两边的山林、竹林，也映红了我们薄薄的衣衫。

记得唐代禅宗大师青原行思提出参禅的三重境界：参禅之初，看山是山，看水是水；禅有悟时，看山不是山，看水不是水；禅中彻悟，看山仍然山，看水仍然是水。

佛家讲究入世与出世，讲究于尘世间理会佛理之真谛。山青识鸟性，水秀悦人心。人之一生，从垂髫小儿，到老态龙钟，匆匆的人生旅途中，我们也同样经历着与佛家相似的人生的三重境界。

涉世之初，我们怀着对这个世界的好奇与新鲜，对一切事物都用童真的眼光观之，万事万物在我们的眼里都是清一色的本真，"少年不识愁滋味"，看山就是山，看水就是水；年纪既长，红尘之中那太多的诱惑，虚伪的面具隐藏的太多潜规则，让我们所见或非真，一切如雾里看花，似真似幻，山就不再是山，水也不再是水；当我们人生的经历积累到一定程度，通过不断地反省，对世事、对自己的追求有了一个清晰的认识，感觉"世事一场大梦，人生几度秋凉"，这时，我们看山还是山，看水还是水，只是这山这水，看在眼里，已是"欲说还休，却道天凉好个秋"了。

蓦然回首，望望走过的路，蜿蜒的山路早已隐匿于山峦和暮色之中。佛家有言："一花一世界，一叶一菩提。"在暮色苍茫之时，我们就像一群飞鸟，急急忙忙地寻找着那美丽的精神家园。

古人云："登山则情满于山，观海则意溢于海。"远望观音山，面对青山，面对绿水，面对花草，面对脚下延伸向远方的路，我们庆幸，在观音山浓浓的佛教文化氛围中，我们终于找到了心灵的慰藉……

冼太庙怀古

　　上香于冼太庙的大殿，徘徊于冼太庙的碑廊，我的思绪不禁越过千年的时空，去到 1500 年前的时代。我总在想，作为俚族家庭的一员，冼太夫人从传统意义的"弱女子"，成长为平叛、诛逆、惩贪、治民的"高手"，生前屡受皇封，身后受到尊崇，在粤西、海南一带，被尊称为"岭南圣母"，这究竟是为什么……

　　我想，冼太夫人之所以能名垂青史，大约是三个因素促成的。

　　冼夫人出生于高凉郡的一个俚族（百越的一支）首领家庭，由于受家庭的影响，她"幼贤明，多筹略"，从小精通兵略，16 岁佐父兄理政事，善于"抚循部众，能行军用师，压服诸越"，深得族人拥戴。梁大同元年（535 年），北燕王裔孙、罗州（今化州境内）刺史冯融"闻其志行"聘为其子高凉太守冯宝妇，冼夫人婚后协同冯宝处理各种案情，约束本宗，使从民礼，因而政令风行，地方安宁。冼、冯联姻，既巩固了冼氏在俚族的地位，也锻炼了冼夫人的政治才干。

　　但一切的政治才干，往往都要通过军事斗争才能施展。

梁太清二年（548年）八月，河南王侯景、高州刺史李迁仕阴谋反叛，冼夫人劝说冯宝大力支持梁始兴太守陈霸先，擒杀了李迁仕，平定侯景之乱。陈永定元年（557年），陈霸先年称帝，建立陈朝。永定二年十二月，冯宝死。岭南越族各首领心怀异志，冼夫人忍着丧夫之痛，劝服各越族首领。地方安定后，即派儿子冯仆率各首领往京城朝见。陈霸先得到冼夫人的支持，统一了岭南，冯仆被封为阳春太守。后来，冼夫人为朝廷平定广州刺史欧阳纥谋反立下汗马功劳，升任中郎将，高凉郡（今阳江）太夫人。再后来，隋开皇九年（589年），隋灭陈，势力未及岭南。岭南邻近州县推选冼夫人为首领，尊称"圣母"，以保境安民。不久，隋文帝派总管（柱国）韦洸来安抚岭南，冼夫人为了国家的统一，派孙子冯魂领兵北上迎接韦洸入广州，统一了岭南。隋朝册封冼夫人为荣康郡（今阳西县织簀、上洋一带）夫人。开皇十年十月，番禺（广州）少数民族首领王仲宣反隋，包围广州城，韦洸战死。冼夫人派冯盎带兵救援，击败王仲宣，保全了广州。以后又护卫隋朝使者裴矩巡抚岭南十余州，从此岭南又获得和平安定，朝廷册封冼夫人为谯国夫人，允许她可以调发部落六州兵马。一系列的军事胜利，奠定了冼夫人在岭南无人能代替的地位。

如果仅仅如此，无非一个手握实权的政治人物而已。冼夫人在坚决维护国家的统一、民族的团结的时候，还严惩贪官，积极发展生产，改善人民生活。番州总管赵讷贪虐无道，冼夫人据实以报朝廷，得到隋文帝的支持，赵讷被处以极刑，大快人心。夫人晚年，每当岁时大会，把朝廷赐物陈列于庭，教育子孙要忠于朝廷，维护国家统一。事国以忠，亲民以德，行政以仁，治兵以义，因此恩播百越，威震南天，而深受人民爱戴，屡得皇朝褒扬。而她的子孙们相继为祖国的和平统一和民族团结尽心尽力，成为南朝梁、陈及隋与唐初稳定珠江流域政治局面的主要支柱，为岭南地区社会相对百年的稳定和经济发展做出了巨大贡献。

从冼太庙历经的沧桑，我们可以看到冼夫人在黎民百姓心中的神圣地位。

高州冼太庙，位于高州城内东门文明路，即今冼太公园（原番州公园）北侧，坐北向南。明嘉靖十四年（1535 年），高州知府石简始建；嘉靖四十三年（1564 年）和清同治年间分别重建；1990 年 12 月，广东省文物管理委员会批准重修，1994 年竣工；2000 年，根据江泽民同志指示进行大规模扩建；2002 年 7 月，广东省人民政府公布高州冼太庙为省级文物保护单位。

冼太庙正殿明间，有冼夫人雕像。雕像后面的大像，固定在庙宇殿堂内的；前面的小像是行宫像，即在出巡时，可抬着游行。据介绍说，大像设计得很有科学性，按动机关，她会自行站立，自行坐下，自行缩手，方便信徒为她更换衣裳。在冼夫人座像两旁侍立的是冼夫人的两个贴身侍卫，一个叫木兰，替冼夫人执掌宝剑；另一个叫曹娥，为冼夫人保管帅印。这一点也不奇怪。曹娥为寻溺亡的父亲的遗体，献出了自己青春少女宝贵的生命，一块《曹娥碑》，让她成了天下孝女的代名词；至于木兰替父从军、功成身退的故事，则更是家喻户晓、妇孺皆知了。以此二女为冼夫人之侍，真真恰到好处。《木兰诗》曰："双兔傍地走，安能辨我是雄雌。""三英同殿"的设计，充分表明女性的伟大，并不亚于男子。

诚如《隋书·列女传·谯国夫人》所称赞的一样："至于明识远图，贞心峻节，志不可夺，唯义所在，考之图史，亦何世而无哉！"是啊，时势造英雄，英雄造时势。客观情势使冼夫人脱颖而出，而冼夫人也在动荡的社会中做出男子汉也不容易做到的许多事情。难怪当年周恩来总理称赞冼夫人是"我国历史上第一个巾帼英雄"，江泽民 2000 年 2 月 20 日巡谒冼太庙也高度赞扬冼夫人的丰功伟绩。

一丈高的石碑，不如万丈高的口碑。千载而下，大浪淘沙，可巾帼英雄冼夫人的形象，却不仅存在于史籍的记载之中，更是屹立在人民群众的心中……

诗意古贝春

年龄渐增，我的酒龄也见长。真可谓"阅人无数，阅酒无数"。在我看来，顶尖级的名酒中，五粮液似乎太柔了，咿咿呀呀，婉婉约约，如同正在弹奏古筝的江南女子；而茅台酒则似乎太刚了，大风起兮，黄沙直上，如同手执铜板铁琶的关西大汉在吼秦腔。只有"古贝春"，刚柔相济，修短合度，让我感觉到一股沁人心脾的诗意的流淌……

一

酒是一种神奇的东西，其历史是较为悠久的。

《世本》说："仪狄始酒醪。"《吕氏春秋》谓曰："仪狄做酒。"《战国策》则说帝女令仪狄造酒，献给大禹。另外也有历史资料记载，用粮食酿酒的鼻祖是春秋时期杜康。所以才有曹孟德的"何以解忧？唯有杜康"之说。

我是比较偏向于"仪狄做酒"的。因为司马迁在《史记》里面清楚地记有商纣王"酒池肉林"的荒淫。如果酒的发明在春秋时期，那商纣王喝的又是什么呢？所以，我推测，可能是上古仪狄发明了造酒的方法，春秋时杜康改进了造酒的实用技术。但不管怎样，说酒是仪狄创制的也罢，说酒是杜康发明的也罢。自从世间有了酒，饮酒就逐渐成为一种身份、地位的象征，饮酒也逐渐演变为一种风俗、习惯、乃至于一种重要的文化现象，所谓"非酒不成礼，无酒不成欢"是也。

二

关于酒，文化典籍之中记载了比比皆是的故事。

春秋五霸之首的齐桓公伐楚，桓公之相管仲责楚以滤酒的"包茅"不贡，让齐楚二国都全了脸面；秦穆公的千里马被流民盗吃，穆公知道后，大笑曰："吾闻食骏马肉不饮酒者，伤人。"不仅不加以惩罚，还主动赐以上等美酒。三年之后，当穆公被晋围困之时，得到那些吃马肉者的死力相助，他们打破了晋国的包围圈，解除了穆公危难，并俘虏了晋惠公，最终反败为胜。

中国的饮酒文化源远流长，并随历史的演变而不断地丰富、发展。自从世间有了酒，中国文化从此便荡漾着一片酒香。

试想，关云长温酒斩华雄，没有酒，行吗？曹孟德青梅煮酒论英雄，没有酒，行吗？三月三上巳节，王羲之等人兰亭雅集，没有酒，能有"天下第一行书"《兰亭序》吗？"采菊东篱下，悠然见南山"，没有酒，恐怕陶渊明也不能写出如此的佳句吧？李太白"仰天大笑出门去"，结果在朝廷遭遇人生的挫折，没有酒，李白怎么能浇他那浓浓的愁绪呢？"清明时节雨纷纷，路上行人欲断魂"，没有酒，杜牧用什么来排解他对逝去的先人的思念呢？

所谓"竹林七贤"，所谓"饮中八仙"，没有酒，他们都将湮没于浩瀚的史籍之中，无人知晓。

三

山东是周公制礼的地方，是儒家文化的发源地，自古就是礼仪之邦。

武城，古称古贝州，发生过很多历史事件。

隋末，窦建德在此起义；传说这里也是隋唐英雄罗成"叫关"的地方。老人们讲，武城旧城内凸起的地方，就是罗成的坟墓。现在，由于人口的增加，经济的繁荣，这里已经变成一个小镇，熙熙攘攘，车水马龙，好不热闹！

"往事越千年"，如今，商潮涌动，作为社会交往的一种手段，酒在其中起到不可或缺的重要作用。

俗话说，要交友，常喝酒。喝酒可以舒筋活血，解除疲乏，兴奋神经，振作精神。"醉月频中圣，迷花不事君。"酒中的人生境界妙不可言。酒还可以为勇士壮行，为祖先祭天，为天地献祭。在朋友交际中，酒还可以化干戈为玉帛。可以说，喝酒是表达友好的一种重要的方式。《增广贤文》有言："酒逢知己千杯少，话不投机半句多。"酒与社交存在天然的联系，饮酒为结交朋友提供了良好的契机。当今的社交，如果离开了酒，显然是万万不行的。而一旦有了酒，特别是有了好酒、美酒，朋友间的感情会更融洽。豪爽的人常说"古来圣贤皆寂寞，唯有饮者留其名"，坦诚的人常说"度尽劫波兄弟在，酒杯一端泯恩仇"，郁闷的人常说"抽刀断水水更流，举杯消愁愁更愁"……这些"酒后真言"，都是喝酒者心态的人性与真情的自然流露。

刘关张桃园三结义，举杯同饮"同心酒"，不求同生，但求同死，成为千古美谈；十八路诸侯讨董卓，郑重其事一饮而尽"盟誓酒"，可惜后来钩心斗角，同盟不久即瓦解冰消，成为过眼云烟。

可以说，喝酒不仅会起到增进了解、密切感情的作用，甚至会达到同生死共命运的盟誓效果。同时，喝酒也是展示个人风采和魅力的重要窗口。重要的酒席上，温文尔雅的姿态，合体的举止，文明的谈吐，都会给人留下美好印象，提高自己的社会地位和知名度。

中华文化的最高境界是"中庸"。先贤二程曰："不偏谓之中，不易谓之庸。中者天下之正道，庸者天下之定理。"所以，造酒和饮酒，也是如此。

而我心仪甚久的古贝春酒，就是中庸文化的最好体现。

四

武城不大，但古韵盎然。她的韵，就在于经过那里的大运河。

"江南可采莲，莲叶何田田？"江南乃水乡之地，莲叶田田，鱼戏莲叶，河汊纵横，小桥卧波，那肯定别有一番滋味。而武城则不见小桥流水，也没有西风瘦马，却有着古色古香的人家。一条"古贝春"大街，漾出一片酒的香气，甫入大街，香气便扑鼻而来。漫步于古贝春大街，我们感觉穿行在浓浓的酒香之中。

随便选一个酒吧，一杯清酒，一碟小菜，临窗而坐。一缕煦暖的阳光透过玻璃窗，斜射在桌上。不经意间，抬眼望去，只见街上行人悠闲，神色安详而满足。顿时，一丝温馨从我的心底缓缓地升起，一丝幸福便荡漾在我的心田。

我曾经遨游于书海，多想有个心灵的家园；我曾经搏击商海，梦想有个小憩的安然。如今，在武城古贝春大街的一个小酒吧，当我端起小酒杯轻轻地一抿的时候，我的心脏便和古贝春酒一起律动起来。因为，在那浓淡适宜的酒香中，我感觉我那曾经的疲惫已荡然无存，我那曾经的梦想就在眼前。

我闭着眼睛，大运河上的桨声，似乎隐隐约约地传入我的耳朵；酒香氤氲，寂然凝虑，思接千载，我的身心似乎都深深地沉浸古贝春酒氤氲的那一湾流淌的诗意之中……

情醉大明湖

一

沿湖而行，凉风习习，垂柳依依，梧桐、国槐葱葱郁郁，湖水轻轻地拍打着湖岸，湖里那一大片一大片映日的荷花，正灿烂地摇曳着美妙的身姿。

这就是有着"中国第一泉水湖"之称的"泉城明珠"大明湖。

大明湖在济南历下区，古迹甚多，其北岸，自西向东，有铁公祠、北极阁、南丰祠和汇波楼。其南岸，则主要有晏公庙、稼轩祠、奎虚书藏楼、朗园。湖中有岛，岛上有亭，曰湖心亭、历下亭。

一路逶迤，凭栏历下亭，徘徊稼轩祠，我的思绪不禁穿越大明湖的烟波，漾起思古之幽情，为先贤的风采而倾倒，也为先贤的人生遭际而扼腕长叹……

二

在我看来，一个城市应该有一个城市的名片；而游历这个城市的名人，就是散发那张城市名片的人。

大唐天宝四年，也就是公元745年。那年夏天，33岁的杜甫来到济南，在历下亭参加了一个由官员和名流组织的宴会。

在那个"稻米流脂粟米白，公私仓廪俱丰实"的盛世，诗人们过着逍遥快活的日子。杜甫的父亲杜闲曾任兖州司马，弟弟杜颖曾任齐州（即济南）临邑的主簿，杜甫也就雅兴大作，漫游齐鲁。

宴会上最尊贵的客人，是文章、书法皆誉满天下、68岁的北海太守李邕。名士雅聚，少长咸集，宴会游赏，荷风吹面。年轻的杜甫当即赋诗《陪李北海宴历下亭》：

东藩驻皂盖，北渚凌青荷。

海右此亭古，济南名士多。

云山已发兴，玉佩仍当歌。

修竹不受暑，交流空涌波。

蕴真惬所遇，落日将如何。

贵贱俱物役，从公难重过。

从某种意义上而言，大明湖之所以名声在外，那是因为有历下亭这个名胜；而历下亭之所以出名，全在于诗圣杜甫那极口的褒扬。

"会当凌绝顶，一览众山小"，让泰山因杜甫诗句而昂首独尊；同样，"海右此亭古，济南名士多"，也令历下亭因杜甫的诗句而名播四海。

杜甫青壮年时期曾两次游历山东，省亲与漫游相结合，使得杜甫在今泰安、济宁、济南三处，留下了佳作十篇。其中，在济南作诗三首，并且三首诗都是登亭写景抒怀之作，题目都有"亭"字。

可惜，历史的黄沙漫过，杜甫当年笔下的济南"三亭"——历下亭、员外新亭、鹊山湖亭，后两亭如今早已不存。唯独历下亭，虽历经千年的风风雨雨，却完好无损地保存了下来。大雅不随芳草没，一朝宴游天下知。难怪，后人的一副楹联，充满了自豪的口吻："李北海亦豪哉，杯酒相邀，顿教历下此亭，千年入诗人歌咏；杜少陵已往矣，湖山如昨，试问济南过客，谁能继名士风流。"

要知道，历下亭始建于北魏，在杜甫时代，就已经很"古"了。北魏那个游山玩水的地理学家郦道元，到济南考察水系，喜其明净，见而倾心，深情地记下自己的观感："其水北为大明湖，西即大明寺，寺东北两面侧湖，此水便成净池也。池上有客亭，左右楸桐负日，俯仰目对鱼鸟，极望水木明瑟，可谓濠梁之性，物我无违矣。"

郦道元身后 1500 年的今天，坐在亭中，凭栏远眺，桥畔伫立，抚今追昔，令我感叹的是，古老的历下亭，和古老的济南、历下一道，走进了 21 世纪的春天，焕发出新的风采。

三

济南城四面荷花三面柳，一城山色半城湖，真可谓北国江南。除此，济南还是文化之乡，元好问曾有"羡煞济南山水好，有心常做济南人"的佳句。

古人云，地灵人杰。济南的环境好，才生出了李清照（号易安）和辛弃疾（字幼安）这中国词坛鼎鼎大名的"二安"。李清照虽出生于同属济南的章丘，但其父亲的老家在历下，依中国人的习惯，易安居士也可以说是历下的姑娘；而辛弃疾更是土生土长的历下人。就是这两个同乡，婉约与豪放并起，一部《漱玉词》，一部《稼轩长短句》，成为令人仰止的词坛高峰。

可惜，他们二人都生当中国南北对峙的时代，一生遭际，令人扼腕。所以，在拜谒稼轩祠的时候，我的步履忽而变得沉重起来。

四

辛弃疾于宋高宗绍兴十年（1140 年）五月生于济南历下。他的高、曾祖都曾仕宋为吏，祖父辛赞于靖康之乱后被迫仕金，但不忘故国。每引儿辈登高望远，指点山河，"思投衅而起，以纾君父不共戴天之愤"。辛弃疾父亲早逝，赖祖父养育成人，因此自小受祖父影响，两次北上燕京，"谛观形势"。绍兴三十一年，辛弃疾聚众两千，投奔耿京义军，年底，南下联宋；次年正月，复北上山东。道闻耿京部将张安国杀掉耿京并裹胁部分义军投降金人，辛弃疾当即率五十骑径趋金兵营盘，在金人五万大军中活捉张安国而归；然后率领大军，日夜兼程，南渡归宋……辛弃疾的才智与武勇，震惊了锋势正锐的金人；这一史无前例的壮举，也震动了偏安一隅的南宋朝野。而这一年，辛弃疾仅仅只有二十三岁！

辛弃疾满怀杀敌报国、廓清中原的热忱，一心想在政治上、军事上有所作为。可惜，朝廷自皇帝以下畏敌如虎。他们以私利为重，竟与金人订立《隆兴和议》，以割地贡岁币、称金国主为叔的屈辱条件，换来短暂而脆弱的和平。一时，到处是莺歌燕舞，到处是豪宴酣醉。山外的青山连着青山，一座高楼挨着一座高楼，淡妆浓抹的西子湖边，仍是曼舞盈盈，管弦声声；煦暖的春风中，皇上和达官贵人们踏青赏春，欢声笑语，完全忘掉了这究竟是临时的国都杭州还是沦陷的京城汴州。

此时此刻，中原的百姓正在金人铁蹄下痛苦地呻吟，河洛之间弥漫着一片牛羊的腥膻之气。"夜半狂歌悲风起，听铮铮、阵马檐间铁。"作为一个有良心的大宋子民，辛弃疾夜不能寐，紧蹙双眉，点起一支昏黄的蜡烛，在微弱的光亮中奋笔疾书，写成献给孝宗皇帝的《美芹十论》和给宰相虞允文的《九议》。在这两篇被南宋词人刘克庄评为"笔势浩荡，智略辐辏"的重要政论中，辛弃疾透彻地分析了宋金和战的形势，力陈抗敌复国方略。可是，奏书献上，便如泥牛入海。辛弃疾起义南来的"归正人"身份，被统治集团视为"陌路人"。统治者不得不用他，但又很不放心，不肯信用他，不能让他担当更大的重任。辛弃疾才华横溢，智兼文武，却只能在接二连三改任的地方小官的任上应付不暇，疲于奔命。

> 聚散匆匆不偶然，二年历遍楚山川。
>
> 但将痛饮酬风月，莫放离歌入管弦。

正如辛弃疾在《鹧鸪天》上片中所写的一样，他的情绪低落到了极点。到这个时候，辛弃疾对统治集团的阴谋手段已是心领神会。他终于彻底醒悟了：千里马又有何用？还不是如劣马一样大汗淋漓地拉着沉重的盐车在野外跋涉，有谁去爱惜、有谁去呵护？辛弃疾唯一能做的，就是将报国无门的一腔苦闷，都倾泻于自己的词作："儿辈功名都付与，长日惟消棋局"，这难道仅仅是悲愤么？"却将万字平戎策，换得东家种树书"，这难道仅仅是牢骚么？而今读来，这些词作传达出的，辛弃疾对朝廷与国事是多么地绝望啊。——试想，如果有谁才大情挚，生当国难深重之时，不能一展怀抱，谁又能像辛弃疾这样敛雄心，抗高调，变温婉，成悲凉？

屈子怀沙，贾生垂涕。一个正直的文人，无论沉与浮，荣与辱，贵与贱，始终是与自己的父母之邦紧密连在一起的。《诗》云："他人之心，予忖度之。"吟诵辛弃疾的一些词作，我更多的是感受到一片黍离之悲似的苍凉，一种郁郁不得志的感慨，一份语言文字承载不动的重量。

五

稼轩祠坐落在大明湖南岸遐园之西侧，占地 1400 平方米，于 1961 年由李公祠改建而成。"李公"为李鸿章，在新中国成立后那样的大气候之下，能将其祠保存到 20 世纪 60 年代初，而不是在毁祠办学中一拆了之，或者在"大跃进"中付之一炬，已经很不错了。能用来祭祀爱国词人辛弃疾，则更可谓当代中国文化史之一大幸事。

祠为古代官署型建筑，整个院落坐北朝南，南北向三进院落，建在一条中轴线上。大门悬匾额"辛弃疾纪念祠"，书法潇洒豪放，仔细一看，原来是我的蜀中老乡陈毅元帅的手书。门两侧雌雄石狮各一只，圆目睁睁，时刻注视着来来去去的人们。门南为照壁，门内太湖石矗立作障景。左右厢房各三间，北侧为过厅，面阔三间，分别陈列当代名人叶圣陶、臧克家、吴伯箫、唐圭璋诸先生赞颂辛弃疾的诗词和字画。院内国槐垂荫，槐香侵人，环境幽雅。

穿过过厅为第二院落，北为正厅三间，卷棚顶式，门楣额枋皆饰彩绘，上悬我的蜀中老乡郭沫若手书匾额"辛弃疾纪念祠"。此院给我印象最深的是郭沫若题写的一副楹联："铁板铜琶，继东坡，高唱大江东去；美芹悲黍，冀南宋，莫随鸿雁南飞。"

阅读一部中国古代史，总感觉南宋既异常屈辱，又不思进取。也许，只有在那样的时代，才会出现屈原《楚辞·卜居》中所说的那种"黄钟毁弃，瓦釜雷鸣；谗人高张，贤士无名"的奇葩现象？

泪水渐渐模糊了我的双眼，我的思绪飞越千年。

在南宋那山河破碎、风雨飘摇之际，对一个正直、善良的文人而言，缠绵的情感，只能靠酒来消解。昏天黑地里，辛弃疾喝下一壶又一壶浊酒，趁着半醉半醒的酒意，拔出匣中久而不用、锈迹斑斑的宝剑；舞他个几番风雨，舞他个识尽愁滋味，舞他个涵秋影雁初飞，舞他个玉环飞燕皆尘土。看能不能找回青年时代"壮岁旌旗拥万夫，锦襜突骑渡江初"那份轰动大江南北的感觉，从而重新回到在中州平原上纵横驰骋、"沙场秋点兵"那令人刻骨铭心的峥嵘岁月。然后，剑锋一摆，昂首问天：

廉颇老了吗？

有谁去探问他"尚能饭否"？

六

徘徊稼轩祠，我几乎不能自已。

我们像蜉蝣一样寄生于天地之间，渺小得像大海中的一颗谷粒，一个文人的命运，是多么微不足道啊。也许，稼轩只有生在当今昌明的时代，才不会辜负平生所学。

低头追逝水，惆怅念前贤。今天，我虽然没有饮酒，但跨出稼轩祠、离开大明湖的那一刻，我的心已经醉了，我的脚步已变得踉踉跄跄……

如痴如醉九寨沟

一、畅想九寨

我酷爱旅游，因为旅游带给我无穷的乐趣。

我热衷旅游，因为旅游增长了不少的见识。

但身为川人，到外地旅游之时，我常常被人问得发窘："你们四川，不必说青城、峨眉、都江堰、乐山大佛，就连僻处西北一隅的海螺沟、九寨沟，都让人羡煞。你们到我们这里来看啥呢？"

是啊，也许，上天钟情于四川这片"天府之土"，所以才会给川人设下了这么多山、水、林、佛。三山五岳，往往以其一个特点著称于世；而我们四川，可谓要啥有啥——山有峨眉之秀、青城之幽，路有蜀道之难、剑阁之险，佛有乐山之大、安岳之刻，林有蒙山之野、竹海之奇。由来地灵生人杰。黄帝元妃生于盐亭，大禹圣人长于西羌；司马相如、扬雄之赋，陈子昂、李太白之诗；诸葛亮智慧化身，苏东坡一代文豪，李调元天下怪才，郭沫若现代名家。

单说四川的水，就让人垂涎不已：岷江水浩浩荡荡，长江水滚滚东流。金沙水拍，大渡飞流。都江堰分溉，成都平原沃野千里，水旱从人，给川人带来极大的福祉；九寨沟水呈五彩，湖光山色，令人飘飘欲仙，心旌摇荡。人说五岳归来不看山，我说九寨归来不看水。

在九寨沟长达几十公里的山谷之中，清丽流动的水打造出世界上绝无仅有的绚丽美景，演绎成人间仙境、童话世界的绝妙景观，以无与伦比的高雅气质、钟灵毓秀的绝尘风范，让人们向往、亲近。山野间的涓涓细流被山峦、森林和草甸无数次地梳理，然后形成一股叮咚流淌的清泉，静静地流入这条长谷之中，形成数百个大大小小的高原湖泊，形成五色斑斓的水的奇观。

九寨沟啊，你是那首斜风细雨的唐诗，诗人的斗笠在历史的背影里若隐若现；

九寨沟啊，你是白云深处那阕婉约的宋词，短短长长，浪漫抒情，演绎冬夏春秋；

九寨沟啊，你是看透人生以后的元曲小令，俏皮的语言和意象舒展在流水里，让流水将落花缓缓带走；

"童话世界"的九寨沟，你让我魂牵梦萦，你让我心驰神往。

二、梦幻九寨

而实现去九寨沟一游这一梦境，就在 2016 年的夏秋之交。

大量第四纪古冰川遗迹，让九寨沟从内到外，与众不同。九寨沟的地下水富含大量的碳酸钙质，湖底、湖堤、湖畔水边均可见乳白色碳酸钙形成的结晶体，它们来源于皑皑的雪山，来源于莽莽的森林。

看那一沟翠绿，就是一沟的锦绣。九寨沟啊，初升的太阳洒下金光，亲吻你的脸颊；西楼的弯月，洒满银灰，朦胧你的凤眼。那一挂诺日朗瀑布挂上你的窗口，更增添了你空山无人、返景入林的清幽。

人都说九寨沟是"人间仙境"、"童话世界"，这真是再恰当不过的词汇。水是九寨沟的精灵，湖、泉、瀑、滩连缀一体，飞动与静谧结合，刚烈与温柔相济。九寨沟的活水泉洁净异常，梯形状的湖泊层层过滤，山色愈青，而水色愈明。翠海、叠瀑、彩林、雪峰、藏情，成为九寨沟引以为豪的"五绝"。现代人肖草《九寨沟》赞曰："放眼层林彩池涟，鱼游云头鸟语欢。飞瀑洒落拂面来，九寨山水扬海天。"

啊，九寨沟，蓝天为你驻足，白云为你逗留！你这人间仙境，真是美不胜收，让我怦然心动，为你乱了我前行的节奏。

"人间瑶池"黄龙沟位于松潘县东约35公里，是玉翠山中一条南北向的沟谷，长约7.5公里。与九寨沟一山之隔，但因雪山阻隔，需经公路绕行100公里方可到达。这条沟的奇妙之处是沟底的岩石，晶莹光滑，类似石灰岩溶洞中的钟乳石，岩石跌宕起伏，顺着山沟，曲折蜿蜒，犹如一条黄龙盘旋而上。黄龙奇异的景色，使它拥有"黄龙天下绝"的美称。

人说景是心中的画，而水是别样的诗。登山则情满于山，观水则意溢于水。九寨沟真的山水含情，如诗如画，处处锦绣。

三、情寄九寨

九寨沟啊，你精美得让我惊奇而心颤，你可爱得让我渴望轻抚你的肌肤，你神奇得让我顿生敬仰。

九寨沟啊，你这水的精灵，你这深闺的佳人，你让天下的须眉自惭形秽。

我把你奉为女神！

看，九寨沟，你的欢愉情动四海，我的脚步从此为你停留。空山新雨，花开有声，青山诉情，绿水倒映，移步换景，秀色可掬。

啊，九寨沟，你不与泰山争雄，你不与漓江争秀，你不与西湖争宠。你的美与生俱来，用不着打扮梳妆，就是诗仙太白所赞美的那种"清水出芙蓉，天然去雕饰"；你玲珑剔透，风情万种，一缕云彩便是你那绚烂的嫁衣。

当我即将离开九寨沟的时候，九寨藏族歌手容中尔甲的成名曲《神奇的九寨》在车中响起："她有着森林绚丽的梦想，她有着大海碧波的光芒……她有着生命祈求的梦想，她有着月亮轮回的沧桑。到底是谁的呼唤，那样真真切切，到底是谁的心灵，那样寻寻觅觅，噢……神奇的九寨，噢……人间的天堂，你看那天下人哪，深情向往……"

典雅的词句配以欢悦的曲调，真是荡气回肠，我不禁留恋这充满梦幻与诗意的"童话世界"，依依难舍。好想让我的身心，与这即将分别的九寨沟融为一体！

在汽车启动的那一刹那，忽然想起徐志摩的诗句："最是那一低头的温柔，像一朵水莲花不胜凉风的娇羞。"是啊，国色自有天香，风轻当然淡定。九寨沟，你的美，就在于你那从从容容，清清秀秀；在于你那倚门回首，不事张扬。

佛说，前世的五百次回眸，才换来今生的一次与你擦肩而过。

九寨沟啊，你的质朴，你的温柔，你的惊艳，真让我欲说还休……

武当山秋游记

为寻胜景武当游，步步崎岖兴不休。

四面烟峦归眼底，疏疏林叶万山秋。

一个偶然的机会，我读到民国诗人李品仙的《登武当》诗，心中顿时涌起一股冲动：武当山是闻名遐迩的道教圣地，是否应该去看看呢？和女朋友雨儿一说，她爽快地同意了。于是，在初秋的时候，选了一个日子，我们就从重庆出发，辗转到了武当山脚下。

买来的关于武当山的资料介绍说，武当山是大巴山东段的一个分支，其得名传说有二，一说是在很早以前巫姓和丹姓两少数民族住于此地，为了纪念巫丹两姓而取谐音武当而记之。二说武当地处中原和南蛮之间，双方为了抵抗对方的侵略而借此险山进行武力抵挡，由于"挡"与"当"在古代为通假字，故得名为武当山。

不管怎么说，武当山都堪称名山，见证了中国数千年来沧海桑田的历史变迁，值得一游。

盘山公路在山间绕来绕去，时而到了山顶，时而又回到半山腰，天阴沉沉的，没有一丝阳光。目标只有一个：上金顶——武当山的最高峰天柱峰。为了锻炼毅力，我们放弃了坐索道，而选择了步行爬山。

　　天柱峰海拔 1612 米。从索道口徒步爬山，山路蜿蜒曲折，周围树木葱茏，空气分外清新，山谷中白云轻舞。一级级的台阶往上爬，我和雨儿爬了一会儿就觉得浑身燥热；可刚把毛衣脱下，山风一吹，又感到了一丝凉意，又得赶快把毛衣披上。就这样，我们走走停停，停停走走，不紧不慢，缓缓地往上爬。

　　台阶还在一级级向远方延伸，雨儿的体力渐渐不支，只能一步一挪动，我嘲笑她是小脚老太赶路——一步三摇。路程过半，雨儿实在爬不动了，我鼓励她说："我们休息一会儿吧！坚持！只要坚持，就能很快爬上金顶的！"

　　雨儿说："你看我这个样子，能不能爬上金顶哟？"

　　我打气说："我们大老远来到湖北，来到武当山，不就是为了锻炼毅力吗？风景，总是生长在山之峰巅，我们总不能半途而废、功亏一篑吧！——万一今天不能爬到金顶，我们就在路上随便哪个地方，找一户农家住下，明天继续爬山，好吗？"

　　听了我的话，雨儿点了点头。

　　就这样，我们走一路，歇一路。不久，遇见几个返回的人，一问，才知道，只要再走 20 分钟，就能到金顶了。雨儿一听，顿时来了精神。我对雨儿说："你已经闻到梅子的气味了！"

　　雨儿不解地望着我。我说："你忘记啦？《三国演义》里不是说，曹操一次行军，部队因缺水而疲惫不堪。曹操心生一计，鞭指前方，道：'前面不远处有片梅林。'将士听说有梅子，口水都流出来了。不一会儿，就走出了困境。——刚才那几个返回来的朋友，就是曹操，你就是曹操手下的士兵。"

"去你的！"我还没有说完，雨儿给了我一拳。

　　但"望梅止渴"般的条件反射，确实让雨儿精神倍增，脚步也轻快多了，欣喜之情，从她的脸上显露出来。我们加快了脚步，很快就到了金顶——天柱峰。

　　建在天柱峰上的太和宫为武当一绝，用巨型条石砌筑的城墙，居险临危却又坚固稳重，犹如一道青石铁环围绕金顶，城墙四周建筑了四座天门，以象征天阙。四座天门临绝云空，极力渲染着天庭仙界的威严。平台四周的栏杆上，挂着粗重的铁链，铁链上扣着密密麻麻的同心锁。原来，有很多情侣来到武当山，买把小锁，刻上两人的名字，再把钥匙扔进山涧，以示永不分离。我和雨儿也挑选了一把精致的小锁，雨儿虔诚地将它锁在铁链上，然后，一挥手，钥匙在空中划过一道弧线，被扔进了山涧。我遥遥望着，仿佛是天宫仙阙缥缈在云雾之中。山顶的香火炉散发出浓郁的香烟，时见道人盘发穿梭。我想，这个习俗是不是源自天宫？说不定，天人的情感也和我凡人相同。难道，神仙也担心情人的背叛？

　　金殿俗称"金顶"，很小，不足20平方米，建于明永乐十四年（1416年），高5.54米，宽4.4米，进深3.15米，全部用铜铸鎏金构件组装而成。是我国现存最大的铜铸鎏金大殿。铆榫拼焊，密不透风，68个玲珑精巧、栩栩如生的铜兽分立檐脊之上。额枋及天花板上，雕铸流云等装饰图案。金殿内供奉着"真武祖师大帝"的鎏金铜像，重达十吨。两旁有金童拿着文簿，玉女托着宝印。水火二将执旗捧剑，这组雕像，刻画细腻，性格鲜明，相互照应，浑然一体，被誉为我国明代艺术之宝。神案下置玄武，俗称"龟蛇二将"，蛇绕鼋腹，翘首相望，生动传神，巧夺天工。殿内金匾上的"金光妙相"四字，是清代康熙皇帝的手书，为铜制鎏金铜匾。藻井上悬挂一颗鎏金明珠，人称"避风仙珠"。传说这颗宝珠能镇住山风，不能吹进殿门，以保证殿内神灯长明。其实山风吹不进是因为殿壁及殿门的各个铸件，非常严密、精确。殿外是白玉石栏杆台，台下是长约1500米的紫金城。城墙由巨大的长方形条石依山势垒砌而成。

登上金顶，山风愈劲，我赶忙让雨儿穿上了外套。站在金顶远眺，只见山峰缥缈，索道上的缆车像朵朵白云，在缆绳上缓慢地蠕动。

> 平桥通九渡，仙迹想群贤。
>
> 旆动烟云外，兵连草水间。
>
> 宁辞将命辱，共得入仙便。
>
> 回忆田横客，空思向海边。

我吟诵着明代诗人方升在武当山的题诗《天津桥》，心里不禁感慨万千。在古代，从秦皇汉武以来，想成仙成道的如过江之鲫，但有几人真正抛得开人生的俗务？诚如《增广贤文》所说："山中常见千年树，世上难逢百岁人。"正因为人生苦短，道家自古以来才一直提倡养生，这实际上就是相对延长人类自身的生命，从而有更多的时间，创造更多的物质、精神的财富。难怪鲁迅先生于1918年8月20日给许寿裳的信中曾说："前曾言中国根柢全在道教，此说近颇广行。以此读史，有许多问题可以迎刃而解。"

古人云："海到尽头舟为岸，山登极顶我为峰。"在武当山这最高处，我和雨儿的心里都一片轻松。现在，回头看看来时的路，也不觉得苦与累了。此时此刻，爬山过程中的苦与累，全都变成了美好的回忆。一个人，无论何时何地，都要充满信心，坚强。攀登高峰，不但是体力的考验，更是毅力的较量。

我感觉自己就是"力拔山兮气盖世"的强者，是我不断鼓励女友雨儿，并和她一起战胜了一路上的困难，一起攀上了金顶。

转念一想，人生不也如此吗？以后的人生之路，也需要我和雨儿齐心协力，更需要我们互相呵护，互相珍惜，互相鼓励。也许，前行的路上有不少的沟沟坎坎，可只要我们奋力攀登，"会当凌绝顶"，我们就能攀上我们人生的"金顶"，"一览众山小"，饱览人世间大好的风光……

康定，永远的梦中情人

一

谈旅游而不言四川，到四川而不去三州，去三州而不游康定，说不定都会给你造成很大的遗憾。

康定系汉语名，因丹达山以东为"康"，取康地安定之意，故名"康定"。古为牦牛国疆域，唐宋属吐蕃；元置鱼通长河西宁远军民宣抚司；明置长河西鱼通宁远宣慰司；清雍正七年置打箭炉厅，光绪三十四年（1908年）改设康定府；1939年建西康省，设省会于康定，1950年3月康定解放，为甘孜藏族自治州的政府驻地。

康定古称打箭炉，传说因蜀汉丞相诸葛亮南征孟获，遣将郭达在彼处（今康定）造箭得名。据说郭达将军昼夜造箭3000支，造完箭乘仙羊而去，后人为纪念郭达造箭有功，把康定城东北一座大山取名郭达山。清咸丰年间，在郭达山下建有郭达将军庙。后人考证，诸葛亮远征孟获，纯属南征，不是西进，派郭达造箭纯属虚构。其实，打箭炉是藏语"打折渚"的译音。"打"指大地山流来的打曲河（雅拉河），"折"为折多山流来的折多河，"渚"是雅拉河、折多河两水汇合之处。到清光绪年间，康定已成为中国西部最繁华的商品集散地。但汉族商人一旦从南门或北门进入藏区（今甘孜州南路、北路地区），便宛如置之异域，于是称之为出关或到关外。而出东门则如还乡，故称之为进关、关内。

二

康定名气最大的地方，恐怕得数跑马山了。游览康定而不去跑马山，简直无异于入宝山而空回。

登临跑马山有三条小径，各有情趣。从东关上山那条路上，你会看到一些奇形怪状的石头悬在陡岩上，那些方正巨石是"宝贝石闸"。石闸对面，有根像拇指的高矗石柱，藏语叫"砣卡卓"。砣，石头，卡卓，是谢谢的意思。仿佛在欢迎大家的光临。转过去就是酷似石龟背负的东关亭。在六角亭中远眺，雅拉雪山似白帽白袍的仙翁晶亮诱人，近处郭达山高踞云天，诞生《康定情歌》的雅拉河水秀山青。向上走去，就能看到"渔翁垂钓"、"犀牛望月"等石景，让你顿生情趣。从中间这条路上去，石梯会让你步步登高，山径在松杉密林里弯来拐去，涛声鸟鸣，使人神清气爽。随幽径向上攀，猛见飞云廊横在山间，上了台阶，一对石狮踞于前，笑迎游人。进入长廊，在栏杆旁坐下小憩，幽雅让你失去倦意，由此向上，石梯小径仍然曲曲弯弯，一片清幽。西面那条路是从公主桥边上去的，半山腰有座咏雪楼让你歇步观赏，倚栏抬望眼，古炉城去关外的茶马古道弯曲于山间，今天的川藏国道蜿蜒于其左。冬春之际，山川冰雕玉砌，倘若赏雪赋诗，必赋出佳作。现在，已建起跑马山缆车，可乘缆车而上，俯览康定城的全貌，但骚人墨客的诗兴肯定也大打折扣了。

三

康定确实是一个好地方。

康定城被三座山亲切地拥抱着，东面这座山是仙女山，藏名叫拉姆则，山神是珠峰的大姐扎西泽仁玛仙女；清代嘉拉王明正土司常年举行赛马会，从此人们才叫跑马山。昂立东北面这座山叫郭达山，绵延西部的这座山名叫子耳坡，坡上山峰叫阿里布谷山。三山后面有雅拉雪山、贡嘎山、折多山紧相护卫。康定城就在万山拱卫中生存；城南奔来的是折多河，城北流至的是雅拉河，在郭达山脚汇合后相拥东去就叫康定河或炉水。

康定有山有水，是山水城市，城镇就建在河水两岸，人们要交往就出现了桥。古时康定城河上是"溜筒索桥"，以后是木桥，清代建为廊桥，再是钢筋水泥桥，五十年前许多文人词客都咏吟过这康定十景之一的"四桥雪浪"。今天的桥是近二十多年来新修的，折多河两岸公路两旁的临河街市、房屋装饰，全是不同风格的藏式工艺美化，加上四座桥不同的风貌，你一定会感到康定城新的气质。晚上，这一带金碧辉煌，五彩缤纷，叫人仿佛走在仙宫玉阙中。康定古城，曾是嘉拉王明正土司的行辕，驿馆锅庄设立场所，各路土司上京奉贡朝觐集中地。明清时成了南茶马古道上集散茶马的重镇，历代中央政府为了"卫藏安康"，这里成为军旅、戍边、大臣屯兵必经之地。

康定城乡温泉众多，雅拉河流经的北郊约四公里地的二道桥温泉是强身疗疾、度假休闲好去处。在天然温泉中洗澡，别有风味。清乾隆时打箭炉同知符兆熊见此处温泉宜人，修简晒浴室沐浴，城里人也常去，为便浴者休息，修了一座楼阁，取名望江楼。民国时，刘文辉又扩展浴池，增加楼堂、茶园、花圃，供游人饮宴，国民党元老于佑任亲题"与点楼"，更添景观色彩。

一般人看到"与点楼"不知道出处，据《论语·先进》篇记载：子路、曾皙、冉有、公西华侍坐，孔子叫徒弟们各言其志，子路、冉有、公西华等人的回答，都不符合老人家的心意。孔子最后问曾皙（曾皙名点）："点，尔何如？"曾皙"鼓瑟希，铿尔，舍瑟而作"，回答说："我和他们不一样——我的理想是：暮春三月，着上春服，和五六个青年，六七个少年，一起到沂水游泳戏水，在舞雩坛上吹吹风，然后唱着歌归来。"夫子喟然叹曰："吾与点也（我赞赏曾点的志向）。"

可以说，"与点楼"三字不仅不显得不伦不类，反而是用典贴切，其命名既符合儒家的传统文化，又非常地切合实际。如今，二道桥几经改建，楼台亭阁，焕然一新，设施配套齐全，与点楼更添无穷的情趣。

四

在康定，你可以看到同西藏媲美的自然风光和民风民俗。

康定地形观山望日，分折东、折西两地，古有"西出炉关天尽头"之说。折西紧连乾宁、雅江两地，木雅立曲河贯穿塔公、营官、沙德等地，浩浩荡荡奔入雅砻江。雅拉贡布雪山洁白无瑕，古老的塔公寺，金碧辉煌。文成公主进藏，汉藏联姻，留下佛像，护佑草原。沿木雅立曲河前行，你所体悟到的不是绿水青山的悦目舒适，也不是流光溢彩的富丽堂皇，它之夺人心魄恰恰是那种现代文明看来一无所有的残破的"荒古"。没有比"荒"更博大和接近原始自然的意境，没有比"古"更曲折漫长的时光。时空的延续和纵深在这里以史诗般的景观让你感受到人类远古文明的最早形态，遥想人类文化发展与毁灭生生不息的无限循环。"蜀山之王"贡嘎雪山傲然耸立于群山之上，名为"白马洛珠"。贡嘎山的美、奇、秀声名远播，大小冰川三十多条在康定境内，茂密的原始森林、古老的贡嘎寺，梦幻般沉睡于岁月中，这里有你想象中的天地，还有你永远无法破译的千古之谜。

折东地区以鱼通、金汤、孔玉等为代表的河谷文化，沿大渡河两岸繁衍生息的藏汉人民，千百年来形成了自己独有的山地文化。康定地区金汤、鱼通、孔玉等地有大量新石器时代、战国、商周时代、汉代留下的很多石棺墓和陶体、陶器、石器等珍贵文物，有极高的学术价值。

康定境内大渡河沿岸群峰叠屏、江河奔流。雪山冰川、荒野草甸、河谷农田、原始森林密布其间。至今在崇山峻岭中，还能常常见到野牛、熊猫之类的珍稀动物。大自然，赐给这里的人们得天独厚的一切。

<h2 style="text-align:center">五</h2>

康定美丽、自然的风光，将我的思绪引向遥远的古代……

一阵滚滚尘沙在草原上腾卷，一群身着裘皮的吐蕃人唱着古老的藏歌，赶着一群良马，风尘仆仆穿越草原，在翻过最后一座大雪山以后，他们来到一块两江交汇的草滩上。这里水草丰盛，是牧马打野的最好地方；他们需要很好地休息一下，明天他们将走进古老的峡谷栈道，把一群良马赶往雅州府、芦山郡，或者碉门、荥经，换取汉区的边茶。他们在这里用三块石头支起锅桩，用白石夹着火草狠狠撞击，瞬间的电光石火点燃了火草，再把火草送到锅桩内的干柴下，在草滩上点燃了人类文明的第一把火。

也许正是这些先驱者支起的第一个生火熬茶烧饭的锅桩，确定了这个地方的历史命运，才有了后来这块地方的独特文化。以后的一千多年中，不间断的有马队从藏区出来，在这里打野后进入汉区；不间断的有马队从汉区驮来茶叶、丝绸，在这里打野后进入藏区，这两江相会的地方被人们称作"打折渚"。

藏族用马换取茶叶的交易在古代叫作"茶马互市"，这条横穿横断山脉的道路就是著名的"茶马古道"。清康熙三十二年（1693年），达赖喇嘛奏请打箭炉"交市之事"，康熙三十五年（1696年），康熙帝准"行打箭炉市，蕃人市茶贸易"。正是这一纸王命，使康定后来成了西陲重镇，成了藏汉物资文化交流中心，成了西南少数民族地区的政治、经济中心。

雍正八年（1730年）清王朝在康定依山临水修筑城墙三堵，并在三条进出口处修建了东南三座城楼，分别起名紫气门、南极门、拱宸门。民国十一年，川边镇守使陈遐龄修复东关城门时改紫气门为康定门，亲笔书写"康定门"三字匾额挂在东关城门上。——这便是康定那溜溜的城。

茶马古道，一条大西南的丝绸之路。国内的丝绸、茶叶等商品经过康定从这条路流向印度洋，外洋的商品也从这条道上流向康定，流向中国。在康定什么东西都能买到，于是康定有了"小北京"之称。20世纪40年代，上海、武汉、康定被中华民国定为全国"三大商埠"，上海、武汉、康定商会被定为全国"三大商会"。

历史上漫长的茶马互市，清末时的移民，使康定形成了以藏、汉民族为主体的多民族文化，由于茶马古道向东南亚延伸，也使她与世界文化结下不解之缘，不少康定人血管里流淌着藏汉人民共同的血液。20世纪初、中叶，中国一些著名学者、艺术家，如张大千、丰子恺、吴作人、叶浅予、戴爱莲、任乃强等，都先后到过康定，都对康定文化的发展产生了一定的影响。繁荣的经济必然产生杰出的文化；正是这种独特的康定历史文化，孕育了经典民歌《康定情歌》。

六

作为古代茶马互市的重镇，锅庄文化的发祥地，可以说，康定的闻名，更多地得益于那首传唱不衰的《康定情歌》。

> 跑马溜溜的山上
> 一朵溜溜的云哟
> 端端溜溜地照在
> 康定溜溜的城哟
> 月亮弯弯
> 康定溜溜的城哟
> ……

一曲溜溜的《康定情歌》蜚声中外，于是溜溜的康定城、跑马山使人无限神往。如今，《康定情歌》唱遍了整个世界，在首届中国西部康定情歌节上，《康定情歌》当之无愧地选为中国第一情歌，同时，还被选为联合国教科文组织向世界推荐的中国唯一一首民歌，成为世界十大经典情歌之一，被送上了人类发往太空的宇宙飞船，作为人类向宇宙其他生命的问候声音。

古今中外无数人士，因为《康定情歌》而与康定结下了不解的情缘。世界著名男高音歌唱家多明戈、卡雷拉斯、帕瓦罗蒂，中国声乐艺术家、中央音乐学院原副院长喻宣萱教授等成为"康定荣誉市民"。那么，《康定情歌》的作者是谁呢？《甘孜报》曾以悬赏万元重金寻求《康定情歌》的作者，引起州内外人士的关注和好奇，众说纷纭，最终成为一个谜。但是有一点是肯定的：它源于康定城郊的雅拉乡民歌中的"溜溜调"，又名"跑马溜溜的山上"，是一首民间创作的歌曲；抗战时期，经专业音乐工作者收集、加工、演唱后传遍全国。可以说，《康定情歌》是康定藏、汉文化交汇碰撞的结果，这是康定特有的地域文化孕育出的一枝奇葩。难怪朱镕基同志到康定，深情地赞叹："海外仙山，蓬莱圣地！"

康定，一座享誉世界的文化名城，一座跑马山名扬五洲四海，一曲情歌唱醉天下人。啊，康定，我永远的梦中情人，你这一幅永远画不完的画，你这一首永远写不完的诗，你这一首永远唱不完的歌哟……

北国江南潘安湖

一

风花雪月，良辰美景，可以说，每个人都渴望着一种特别的邂逅。没想到，在淮河以北的徐州，我也有了一场"艳遇"——正是江南莺飞草长的时节，因到商丘出席一个学术会议，乘便东往徐州，游览了贾汪区的潘安湖湿地公园。

也许，四川盆地的人，都天生地向往着盆地外面的世界，血管里流淌着李太白那种"五岳寻仙不辞远，一生好入名山游"的情愫。所以，什么剑阁之雄、夔门之险，对蜀人而言，"蜀道难"根本就不是问题。越过秦岭，一路迤逦而到中原、黄淮大地，就觉得一片坦途。特别是来到徐州，真令我眼界大开。

二

徐州是上古彭祖的故乡、大彭国所在地，也是汉高祖刘邦的故里、大汉王朝龙兴的地方。历史上，彭城、徐州两个名字交替使用，名头甚响，占据了中国历史典籍中重要的位置。相比而言，徐州的贾汪区、潘安湖，身为外地人，却知之甚少。好在这次到徐州，实地游览，弥补了很多不足，也填补了我脑海里关于它的知识的不足。

潘安湖、潘安古镇，与历史上"潘才如江"的潘安有何关系？带着这些疑问，跟着徐州的老章，缓缓而行，确乎增长了不少的见识。

三

潘安本名潘岳，字安仁，西晋文学家，河南荥阳人。《晋书》说他"姿容既好，神情亦佳"。他擅缀词令，长于铺陈，造句工整。据说晋武帝司马炎躬耕藉田，潘安作赋以美其事，洋洋洒洒，文过千言，辞藻优美，大得帝心。我们大学中文系的教材里，把潘安作为西晋文学的代表。潘安在文学史上有一定地位，套用一句时下的流行语言，他应该是一个忧郁的美男作家。

那么，潘安到底五官如何、身高几尺？中国的语言、文字，往往是含蓄的多，精确的少。宋玉所谓"增之一分则太长，减之一分则太短；著粉则太白，施朱则太赤"，即是这样的。虽说史书上并没有详细记载潘安的美貌，但他的美貌却是客观存在、毋庸置疑的。因为，在潘先生生前，他就拥有了大批"粉丝"，以致他每次上街，总有很多各种年龄层次的少女、妇女追捧，"掷果盈车"，让潘先生很是受用。

古人总结出完美男人的五项指标，居于第一的是要求男人需有潘安一样的美貌。爱美之心，人皆有之。看来，古今中外，概莫能外。

四

美男潘安为什么那么美？

在我看来，一个人的容貌，第一，与遗传有关；第二，大概与后天的善于保养、调理有关。而要调理，玄学兴起的魏晋时代，首先重视的，就是人与大自然的"亲密接触"。

大家看，随便翻开一部魏晋的史书，我们都可以看到这样的词汇：邺下放歌，竹林酣畅，兰亭流觞，南山采菊……魏晋人的散淡，至今还在中国文化史里泠泠成韵。潘安，就是徜徉山水的散淡人之一。他畅游天下，来到徐州，钟情于这里的佳山好水，驻足流连，留下美谈。

潘安古镇就是因为纪念他而得名的。

古镇位于徐州市贾汪区潘安湖湿地公园内潘安古村岛上，占地面积约 8 万平方米，是徐州市"三重一大"项目，也是潘安湖景区内一个重要景点。

古镇保持北方民居的建筑风格，并引入现代建筑元素，所有街道一式的旧青石板。蜿蜒曲折，移步换景，令人想起唐诗"曲径通幽处"的意境。同时，古镇借鉴了南方滨水建筑的空间体系构造，内、外湖驳岸亲水平台、曲折长廊，更增加了与自然契合的朴素秀气。古镇的中心，是气势宏伟的大戏台。戏台上下两层，青砖灰瓦，飞檐吊脚，栗色雕花大门古朴厚重，为戏台烙上了传统文化的标志符号。古戏台背后是一潭碧水，也是古镇的"心"，从这里伸展出三条水系，如同古镇的"动脉"，与潘安湖相勾连，将古镇所有的水涌动成

"活水"。

整个古镇,建筑工艺古老,木雕石刻、一砖一瓦,均为收购的老砖老瓦。《庄子·山木》曰:"既雕既琢,复归于朴。"青石小巷,青砖黛瓦,古树苍藤,处处古色古香,古貌斑斓。

孔夫子说:"知者乐水,仁者乐山。"(《论语·雍也》)游山玩水,乐在其中。难怪,潘安会有那么姣好的容貌!

五

潘安是一个历史人物,他流连于徐州的山山水水,在这里留下足迹,这是历史常识。但我搜索了我有限的知识,典籍中似乎没有对潘安湖的记载。

老章说,潘安湖这里原来是权台矿和旗山矿采煤塌陷区域,蓄水而成。听了老章的话,我不由得恍然大悟。

老章说,潘安湖生态经济区位于贾汪区的西南部,地处徐州主城区与贾汪城区中间地带,距两地均约18公里。规划总面积52.89平方公里,其中核心区16平方公里。现在,一期工程全面结束,投资14亿元,开园总面积达11平方公里,水域面积9.21平方公里,栽植大树16万棵,花卉植被100万平方米,水生植物98万平方米,品种300余种,大小19个湿地岛屿。

以前,从报刊上看到,山西的煤矿塌陷区,湖南的天坑,都已经成为自然灾害了,地方政府很是头疼。没想到,在徐州、在贾汪,煤矿塌陷区竟然还可以进行生态修复,并积水而成偌大的湿地公园。

老章满含深情地介绍,潘安湖湿地公园是集"基本农田整理,采煤塌陷地复垦,生态环境修复,湿地景观开发"四位一体的建设模式,整个景区分为北部生态休闲区、中部湿地景区、西部民俗文化区、南部湿地酒店配套区和东部生态保育区五个部分，南北兼容，自然和谐，具有苏北独特田园风光的中国最美乡村湿地。

好个四位一体的模式！难怪，我的台湾朋友、著名散文家张晓风老师，2012年到徐州寻根祭祖时，这样评价潘安湖："一潭碧水，用人工的方法，补救了另外一次人工的失误。"

六

老子曰："祸兮，福之所倚。"人间万事，好与坏，善与恶，祸与福，是辩证统一的，往往可以互相转化。但如何"转败而为功，因祸而为福"，那就值得为政者考虑了。

习近平同志在不同场合都强调过："心无百姓莫为官。"为官一任，就要造福一方；手握公权，就要为民办事。否则，啥也不能，为啥选你？啥也不干，要你干啥？

是啊，民生不是抽象空洞的理念，而是实实在在的开门七件事——柴米油盐酱醋茶。民生应该落实为群众触手可及的利益，这考验着领导干部的责任担当。这方面，号称百年煤海的徐州、贾汪就做得非常不错。2013年11月，潘安湖水利风景区被水利部评为第13批国家级水利风景区；2014年6月，经全国旅游景区质量等级评定委员会评定，潘安湖湿地公园被评为国家4A级旅游景区。矿区的千百万百姓，为国家付出多年，如今，终于得到了美的回报。

七

在旅游时兴的当今，有人推崇周庄、同里，有人赞美丽江、大理。我和他们不太一样，我已经对潘安湖情有独钟了。

跨过"思晋桥"，迈上古村岛，时间仿佛穿越千年，让我去到西晋，去见证美男子潘安的风采。老章遗憾地说，如果晚来一个半月，将欣赏到潘安湖最美的景色。老章给我们吟诵了自号"彭城奔牛"的徐州诗人徐书信的一首诗：

> 鹭影飞舟何处饮，池杉岸柳初成荫。
>
> 潘安五月雨蛙鸣，璀璨榴花千里沁。

老章介绍，今年潘安湖湿地公园将依托潘安古镇，建设 4000 米水系景观带、潘安古祠、四大美男馆、煤矿博物馆等景点，一一具备。到时候，潘安古镇将与回龙窝历史街区、云龙书院一道，成为徐州古建筑群的典范，成为一颗扮靓潘安湖的璀璨明珠。如果明年再来的话……

朋友，打住！

请停一停，不必等"明年"，就在此时，就在此刻，漫步古镇，眺望潘安湖，在这北国江南，波光粼粼，芦苇葱茏，我这个蜀人，早已经陶醉得"乐不思蜀"了……

龙缸诗意

　　在城市待久了，成天车水马龙，高楼大厦，难免会生出一丝厌倦。东晋大诗人陶渊明诗云："少无适俗韵，性本爱丘山。"看来，古代的诗人和我等凡夫俗子一样，渴望回到和平、宁静的大自然。

　　世间的风景也好，名胜也罢，好多地方都显斧凿之痕，有堆砌之迹，而缺乏自然之趣，天成之韵。走过千山万水，说到大自然的诗意，云阳龙缸是当之无愧的一个。如果说天下之美，美在龙缸，这是毫不过分的。

　　龙缸位于距云阳县城80公里处的清水土家族乡境内。龙缸国家地质公园是以龙缸岩溶天坑为主、石笋河与老龙口峡谷为次，兼顾草场生物景观和土家族人文景观的大型综合性地质公园。

　　龙缸之所以得名，大概是因为其状为一罕见的环形天坑，形似一口水缸。天坑其口椭圆，口径有两三百米。口下有一约两丈长的天然条石平伸入其内，宽约尺余，可于此俯伏窥视坑内特异景物。缸壁上部藤萝覆盖，野花点缀；下则石壁如削，呈青灰色。好事者若向坑内投石，那么需要几十秒钟方能听到回声。根据经验，天坑估计总有三四百米之深吧。坑边一俯，坑内绿意盎然；中若有声，似乎有小动物往来奔突。而坑的四围，灌木与乔木郁郁葱葱，呈现一片生机。

云阳当地的朋友告诉我，这是中国第三、世界第五的大天坑，有个美称叫"天下第一缸"。是啊，人谓弥勒佛大肚能容，容天下难容之事；我看龙缸大缸能装：装幽、装静、装韵、装味，到此一游，俗心如洗，心气为之一爽。

当然，一个景区要成为遐迩闻名、令人神往的名胜，只有山还不行，还得有水。山是静静的画，水是流动的诗。

云阳就在长江边，得上天之钟灵，一条小河穿境而过。石笋河是长江的支流，柔美而惊险，清莹而多姿。看惯了浑浊的城市排污河水，一旦身临其境，我顿时不觉自失。

这里峡谷幽深，小河蜿蜒奔流。或飞泻成瀑，或积水为潭，或抛珠撒玉，或惊涛拍岸。静与动、山与水，构成了一幅张大千笔下的青绿山水画。由于河水对岩石的冲刷、溶蚀、雕刻，峡谷内形成了很多形态怪异的奇石，造型别致的奇峰。真有点南朝吴均《与朱元思书》所说的"奇山异水，天下独绝"的味道。孔夫子说："知者乐水，仁者乐山。"龙缸的山与水各有千秋，相得益彰，孔子强调的仁、智都是我们的人生追求。即使岁月空伤流逝，雕龙翻作雕虫，力不能及，浮云帆远，我们也一样心向往之。

徜徉于此，深深呼吸，我不仅感受到大自然的鬼斧神工，还更多地感受到人与自然和谐的物我合一。

朋友说，还有个老龙口峡谷，又名海螺溪，河溪时而潜入地下，时而奔涌地表，很有特色。可惜，因为行程安排太紧，我不能去了。不过，朋友安慰我，说是每到一地，最好能留有遗憾。有憾则牵挂于心，萦绕于怀，甚至悄然入梦，也才会有下一次的造访登临。

是啊，世间没有了无遗憾而十全十美之事。老子所谓"少则得，多则惑"是也。山是眉峰聚，水是眼波横。龙缸，宁静、幽美、充满诗意的龙缸，如果假以时日，我相信，养在深闺的你，必定会被越来越多的人认识、亲近、青睐。那时，我再来登临送目，感怀赋诗……

人祖山寻幽

一

走过千山万水，迭经风风雨雨，五色令我目盲，五音令我耳聋，我已伤痕累累，身心俱疲。

忽然想起《竹里馆》："独坐幽篁里，弹琴复长啸。深林人不知，明月来相照。"

表面看来，王摩诘玲珑精致的小诗，充满一种散淡，散发几分从容。可是，我读来为何却感受到一种独坐的冷清，一种失意的忧伤？

也许，闪烁的霓虹迷乱了我清澈的双眼？

也许，喧嚣的红尘昏暗了我跋涉的山路？

就在读诗的那一瞬，我的身体忽然渴望暂时的歇息，我的灵魂忽然渴望些许的休止。

可是，市声盈耳，哪里才能寻得一片宁静？满眼沧桑，哪里才能得到一丝安慰？

没想到，在人祖山，我竟觅到了意外的收获。

二

人祖山西与壶口瀑布为邻，海拔 1700 余米，其美景名闻遐迩，堪称华夏一绝。

太史公在《史记》中说它是一个荒凉的地方，叫狄城或翟城。那个在外逃亡十九年，然后以高龄而登王位的晋公子重耳，避骊姬之难时，就曾在此长住五六年。至今，阅读《史记·晋世家》，还勾起我无限的遐想。

北魏那个跋山涉水的郦道元，在《水经注》中谓之风山。因为，远古以五色石补天的女娲，就是风姓。言之凿凿，令人不疑。

后周的太尉赵匡胤黄袍加身之后，"人根之祖曾在吉州"才开始名扬四海。

从此，人们将风山改称人祖山。

莽莽苍苍的大山，林荫蔽日，清凉透心，苍松翠柏，一望无际。古老、悠久的历史，让我思越千载。

三

从壶口而来，黄河那震耳欲聋的巨大声响，还回荡在我的耳边。

最近这两年，我总感觉对什么都无动于衷，做什么都萎靡不振。也许，古人"见惯不惊"四字，正为我辈今日而设？

自从踏上这　块土地，作为一个南方人，我的心便日日经受着洗礼。

黄河、黄土、黄种人，华夏的先民们，曾经在这一片土地上生长、繁衍。黄河滚滚南流，不知道经过了千百万年。奔流不息的黄河，就这样，孕育了生生不息的先民。

"黄河在咆哮！黄河在咆哮！"战争的硝烟已然消散，可七十道的年轮却深深印成中华民族的心痕。

山西，临汾，吉县；人祖山，抗日，大捷……

一个一个的词汇，像鲜活的鱼，争先跳出我的脑海。

这片土地曾经血战，这方人民曾经不屈。

落日的余晖拉长了我的影子，我将疑惑的目光洒向苍莽的大地。

四

在人类的共同记忆中，都曾经有一次大洪水。

因此，西方有诺亚方舟的传说，见之于《圣经》；东方则有大禹治水的故事，家喻户晓。

《尚书·尧典》曰："汤汤洪水方割，荡荡怀山襄陵，浩浩滔天。"

试想：

洪水淹没丘陵高山，聪明的女娲、伏羲兄妹二人，登上人祖山，避过了洪水。

为传宗接代，女娲、伏羲结为伉俪，繁衍了一地人口，让东方的世界初露文明的曙光。

这是何等地神奇、何等地伟大！

也许，有人对此会不以为然，但科学的考古驱散了传说的迷雾。

——2001 年，中国考古十大发现之首的距今万年之久的柿子滩，新近考察发现的水獭坪，古人类文化遗址群赫然展现在人们面前。

——品种多样的新旧石器、陶片等文物，使女娲、伏羲的口头传说变成了有历史确证的事实。

——娲、羲二皇，已经走下神坛，还原为有血有肉的人。

五

人祖山的人文遗存众多，仅历代庙宇，即达200余处。

看——

"人祖庙"是人祖山景区的核心景点，在人祖山主峰之巅。这里，建有"娲皇宫"和"伏羲皇帝正庙"。要说祭祀女娲、伏羲，这是中国现存最早、最负盛名的场所。

"玄天上帝庙"和孔山寺，建在峭壁绝顶。这里，有女娲、伏羲兄妹测天意而合婚所留下的滚磨沟、穿针梁，以及真正意义上的"洞房"；有女娲抟黄土、甩泥绳造人的上、下造化坪；

……

我知道，我知道伏羲、女娲的传说。

在这里，在人祖山，不仅瑰丽清幽，美景让人流连忘返，而且传奇斑斓，让人浮想联翩。

六

如今，女娲和伏羲之中华始祖的神圣地位，已经不可撼动。

人祖山，当然成为了"中华人祖圣山"。

这里不仅人工建筑奇特，而且自然风光旖旎。

春则百花盛开，清香扑鼻；夏则山清水秀，赏心悦目；秋则果实累累，心旌摇动；冬则白雪皑皑，素裹银装。

中华民族五千年的文明，打上了五千年农耕的印记。以农业立国，最重要的生产力，当然是人口的增殖。

正因为如此，每年农历七月十八，人们群聚于人祖山，朝山集会，纪念女娲、伏羲初定婚姻之功。

人祖山伏羲殿殿门楹联，更是让人过目难忘："滚磨联姻名重华夏无双祖；结绳布卦功绍古今第一人。"

七

我们从哪里来？我们向何处去？

这些看起来不值一哂的形而下的问题，却包含着多少引人深思的形而上的哲学思考啊。

难怪，一千三百年前我的那个四川老乡，东渡黄河，北上幽燕，孤独地站在黄金台上，临风而叹："念天地之悠悠，独怆然而泣下！"

弯月如钩，大地睡了，群山睡了，唯独大唐诗人陈子昂醒着。

有时候，路虽漫漫，上下求索，往往催生出痛苦的诗篇。

曹孟德对酒当歌，李太白举杯邀月，范仲淹把酒临风，岂非此类？

是啊，天地有语，大山有言，人祖山女娲和伏羲的美好传说，启示我们做一个平凡的人，才是生活之至美。

正如东晋大诗人陶渊明《饮酒》诗所言："结庐在人境，而无车马喧。问君何能尔？心远地自偏。"

今天，走过千山万水，迭经风风雨雨，在这里，我伤痕累累的心已然修复，我疲惫的灵魂，已得到了大自然轻轻的抚慰。

欲寻清幽处，小住人祖山……

洱海望月

苍山、洱海，位于云南大理白族自治州。我的老乡、明代蜀中状元杨升庵笔记有曰："山则苍茏垒翠，海则半月掩蓝。……一望点苍，不觉神爽飞越。"阅读至此，令我对大理心生向往。

就这样，一次偶然，我和家人来到了大理。

一

人生之路上，我们常常渴望一种铭心的艳遇。在大理，这种渴望很容易被满足。大理流行这样的一副联语："下关风，上关花，下关风吹上关花；苍山雪，洱海月，洱海月照苍山雪。"风、花、雪、月，大理，就以这种种"艳遇"，让游客心旌摇动。

漫步古城，你会发现好多稀奇古怪的人：有追逐梦想的少年，也有游山玩水的青年；有携妻避世的匹夫，也有笃定安详的夫妻。各色人等，宁静安详。也许，紧张的大城市生活让我们身心俱疲，才让我们在此稀释生活的沉淀，觅得岁月的静好？

在我们随意性的散步途中，一座陵墓突兀于眼前。仔细一看墓碑，"总统兵马大元帅杜文秀墓"十一个字赫然入目。墓前，立着著名历史学家白寿彝先生的序文及重修碑记。一时，我记忆的闸门打开，我的思绪飞向近一个半世纪之前的晚清。

二

现在，我们生活在太平盛世，更多的关注自身的发展，口袋的消长，三餐的质量。

但杜文秀生活的时代不同。

杜文秀通晓伊斯兰经典，还曾经中过秀才。但就是他这样有"功名"的人，也受到官府的欺压，族人还遭到屠杀。为了讨一个公道，杜文秀曾经跋山涉水，辗转万里，到京城控告，但告、诉无门。1856年，在太平天国农民起义的大背景之下，杜文秀率众"革命清朝，救民伐暴"，坚持了十八年之久。最后，为了大理免遭清军屠城，杜文秀自服毒药，后赴清营，被清军将领岑毓英、杨玉科所杀。

历史是一本厚重的大书；只不过，在当今商潮滚滚的时代，它早已蛛丝蒙卷，少有人读。幸而大理的百姓，还记着这位曾经让大理"安居乐业，夜不闭户"的"总统兵马大元帅"。右望苍山，左邻洱海，一代风云人物，就这样静静躺在大地的怀抱。

也许，在大理古城，身为游客，你不属于你，我不属于我。我们都属于路途，属于远方，属于山水林园，属于风花雪月。

但杜文秀属于大理，属于这一方他曾经付出的土地，他曾经深爱的人民。他的一切，都已融入古城，融入七里桥乡，融入下兑村，静静地融成了一道绕不开的风景。

三

很喜欢"天镜阁"这个名字。

古人谓镜子曰"鉴"，"鉴"多系铜镜。入清以后，才有西洋传来的玻璃镜。古诗中写美人照镜，如果不是像木兰那样"对镜贴花黄"照铜镜，一般就会面对一盆水，或者站在平静的河边、水边整理一番。所以，那时候把这种"照镜子"，叫"鉴于水"。《三国演义》中的司马徽号称"水镜先生"，大概来源于此。北宋诗人刘攽《雨后池上》曰"一雨池塘水面平，淡磨明镜照檐楹"，就是以这样的情形作比。

而"天镜"很多时候指的是月亮或者湖面。宋之问谓"石帆摇海上，天镜落湖中"，萨都剌谓"西湖天镜碧堕地，吴山蛾眉春入窗"，皆是这样。因此，以"天镜"为阁名，的确诗意盎然，令人浮想联翩。

天镜阁在洱海东岸的玉案山上，山势到这里忽向洱海伸去，成为一个半岛，名曰"罗荃半岛"。三面临水，悬崖壁立，地势险要，有山环吞海，澄海如镜之势。自明代建"天镜阁"后，便成了大理洱海四大名阁之一。

登上天镜阁，只觉得天风高敞，俗心一洗。远望苍山，白雪皑皑，晶莹洁白，蔚为壮观。俯视洱海，时而碧波荡漾，令人心旷神怡；时而波涛汹涌，令人惊心动魄。苍山、洱海浑然一体，有如相依相伴的亲密恋人，让人爱怜顿生。

如今，天镜阁已成为大理的一个著名景区，是观赏大理苍山、洱海风光的最佳去处。登高望远，景象万千，令人神清气爽。

四

傍晚，我们坐在才村附近的一处湖岸石阶上，静静地聆听洱海的声音。

天还没黑尽，一弯月儿却已出来。仰望洱海月，我不由得想起白天听导游讲述的一个传说。

"洱海月"被白族人民称为"金月亮"，无时无刻不在唤起人们对美好生活的追求。传说月宫里的公主思慕人间，来到洱海边，与渔民岸黑成婚。为了帮助渔民多打鱼，她把自己的宝镜放在海中，照得鱼群清清楚楚。渔民打鱼多了，过上了丰衣足食的日子。公主的宝镜在海中变成了金月亮，世世代代放射着光芒。

洱海是一个风光明媚的高原湖泊，呈狭长形，南北长四十公里，面积二百多平方公里。自古生活在这里的白族人民，多么渴望无论是洱海、还是生活，一切都那么地"风平浪静"啊。平淡才有味，平安才是福。一个简单的传说，包含着多深的意味。

洱海风拂浪拍岸，洱海风息浪无声。时光就这样不知不觉地逝去，月儿已爬上当头。

据说，西汉司马相如为中郎将，观洱海风景后叹曰："此水可当兵十万，昔人空有客三千。"南诏王曾经命人在洱海中的一块大礁石上，刻下"国门在此"四个大字。古代，洱海不仅仅是"天镜"，同时也是"天堑"。

如今，令我等欣慰的是，国泰民安，吉祥万家，古人之慨，已为陈迹。如果司马相如复生，一定会惊呼不可思议吧？

旅行家阿瑟·米兰达在其著作《人一生要去的五十个地方》中说："一个旅行者如果走到大理，就再也不想离开。"

诚然，如果论情调，大理肯定没有丽江的繁华与浮躁；如果论风景，大理也没有梅里的雄奇与险峻。大理只是依山傍水，风光明媚，平平静静，如此而已。

但自从我在地图上看到大理，我的目光便再也不忍移开；自从我一次偶然走进大理，我的梦境从此便五彩斑斓。

人曰，前生五百次的回眸，换来今生的一次擦肩而过。大理，这一次的擦肩而过，我将时时祝福你笑靥如花，祝福你美丽依然……

浣花溪畔彩笺香

一

四川被高耸的山脉围成了一个盆儿，"蜀道之难，难于上青天"。上古时，封闭在其间的古蜀国无舟车之利，绝少对外交流，境内水旱相接，属于蛮荒之地。秦蜀郡太守李冰与其子二郎凿离堆，修都江堰，穿内、外江，"旱则引水浸润，雨则杜塞水门"，引溉郡田，沃润千里，水旱从人，不知饥馑。把西蜀荆棘之地，化为锦绣繁华之府，沃野千里，号为"陆海"，又称"天府"。

在我的印象中，四川虽然与外界几乎隔绝，但历来就是中国的大后院。它常以其博大的胸怀接纳四方来客：刘邦以四川为老巢，出兵关中，"蜀汉之粟万船而下"，手中有粮，心头不慌，最终一统天下。诸葛亮给刘备挑选发家的地方，一下子就想到了四川。国家有难，那些不爱江山而爱美人的君王们总爱"幸蜀"，因为躲在这个富饶的盆儿里既安全又安逸：唐明皇躲在这儿哭他的胖玉环；唐僖宗躲在这儿逃避黄巢的追捕；慈禧太后据说也是准备躲到这儿来的，只是因为留守大臣与八国联军达成了和议，才止步于西安；蒋介石也跑来躲到峨眉山，逃避日本人的炸弹。"天下熙熙，皆为利来；天下攘攘，皆为利往"，那些商贾、难民、僧侣、迁客，就更不用说了。同时，四川盆地四周那峥嵘的剑阁，凶险的江流，难越的鸟道，高耸的层峦，都不约而同地抗拒着外边惨烈的战火、连年的天灾与不息的人祸；当然，还抵挡着来自中原地区强势文明裹挟的暴风骤雨……

　　大后院总相对地显得平静而祥和。正因为如此，从古到今，入川，便成了一些人的必然选择；到唐代，四川更成为众多文化人的集散地：李白之父李客将家从碎叶城迁居穷乡僻壤的四川江油的青莲乡。李白成人以后，顺流而下，"仗剑去国，辞亲远游，南穷苍梧，东涉溟海"，拉开了盛唐诗坛的大幕。后来，杜甫一家从长江逆流而上，为躲避战乱而前往成都，长住浣花溪畔。浣花溪的流水声便和着杜甫的《茅屋为秋风所破歌》，成为中唐诗坛的一声重重的叹息……

　　就是在这样的背景之下，一个才女横空出世了！

二

　　在诗圣杜甫坠江而死之年，有一个女婴在西京长安一个薛姓的官宦之家呱呱坠地。不久，其父因官入蜀，举家迁往成都。20年后，薛家此女初长成，也移居浣花溪畔。艳丽无比的容貌，敏捷灵动的才思，五百多首经过时间检验流传后世的诗歌……浣花溪因诗人的卜居，显得神秘而浪漫；浣花溪因才女的俯就，格外美丽而感伤。

　　也许真的因为物华天宝，故而地灵人杰。在天府之国长大的薛涛，八九岁就晓声律、通诗文。据传，其父薛郧看庭中有一棵梧桐树长得正茂，便以"咏梧桐"为题，先出两句："庭除一古桐，耸干入云中。"薛涛应声而道："枝迎南北鸟，叶送往来风。"我不是诗人，我对诗歌的理解仅限于皮毛；但我总觉得某些诗歌，似乎是诗人自己人生命运的谶语：孟浩然诗云"不才明主弃，多病故人疏"，结果终身潦倒，成为被"明主"所弃的悲剧人物；李清照诗云"人生能如此，何必归故家"，结果不到中年即流离失所，从此再也没有回过自己的故乡济南。读薛涛的续诗，我就读出了一些不祥之兆；难怪，据说薛父对此黯然不语。后来薛父死，薛家孤儿寡母无以度日。万般无奈之中，薛涛沉沦为一名乐妓，薛家孤女身入教坊、迎来送往的身世，恰恰印证了薛涛续诗乃薛涛自己人生命运的谶语。

历史告诉我们，一个朝代由盛而衰，往往是从追逐声色的享受开始的。南朝陈后主"门外韩擒虎，楼头张丽华"，死到临头还在高奏《玉树后庭花》；五代南唐的李后主，在宋军即将过江的时候，还在与小周后半夜里"金雀钗，红粉面，花里暂时相见"地偷情作乐。唐代是中国历史上的盛世，在其由盛转衰之际，青楼妓馆、教坊声乐呈现畸形的繁荣。官府招妓，军营养妓，名士纳妾，似乎和现在的"包二奶"一样，成为一种时尚，一种风流。

总之，薛涛十六岁时彻底地脱胎换骨，在"大气候"之下，入了乐籍。

乱猿啼处访高唐，一路烟霞草木香。

山色未能忘宋玉，水声尤是哭襄王。

朝朝暮暮阳台下，雨雨云云楚国亡。

惆怅庙前多少柳，春来空斗画眉长。

官宦子女天性中的超拔与狂傲，使得薛涛在教坊中如鱼得水；才色俱佳，锦心绣口，更使得她很快成为"超级女声"，被官府相中，招为官妓，悠游于达官宴乐之所。在官府的一次宴会上，薛涛以上面这首《谒巫山庙》，深得西川节度使、驻扎成都的韦皋的赏识。韦皋节度西川，内安诸侯，外抚夷越，颇有政绩，时人誉为"诸葛后身"。在文治武功的炫目光束下，韦皋与僚友把酒相欢，总是让薛涛出场压轴。席间举杯频频，座中笑浪喧喧。薛涛斟酒，陪饮，行令，和诗，抚琴，起舞，无不赢得一片赞扬。"今年欢笑复明年"，做官的时候，有美酒，有佳人，日子便格外地滋润。韦皋自有名妓在府，倍加珍视。越是珍视，薛涛的美名与文名便传得越远，远播中原的昌盛之邦，远播南方的蛮夷之地。某年，南越派使者献上一只孔雀，韦皋喜爱非常，依薛涛的建议，在府衙内专辟一方鸟池，并架起鸟笼，由薛涛率众官妓共同喂养。有才女、珍禽藏于成都府，四方之士无不慕名而来。成都府，因为薛涛的缘故，便成了西蜀的"终南捷径"。来客们往往先以金银玉帛、珍画古玩贿赂薛涛，投石问路，以求引进。薛涛出生于官家，金银珠宝，什么没有见过？所收金帛全数交给韦皋。不料韦皋非常恼怒，竟然以为薛涛心中另外有人，一怒之下，韦皋将薛涛逐出成都，罚赴四川的松州（即现在的松潘，高寒艰苦之地）充军。

自古以来，我们四川就出产才子、才女，随便挑选一个才女，都让堂堂须眉不敢小觑：守寡的卓文君，因为听了司马相如的一曲《凤求凰》，便敢于与之私奔，表现出对世俗的蔑视和对自由婚姻的渴望与决绝；后世的花蕊夫人对君王孟昶的投降，敢于写出"十四万人齐解甲，宁无一个是男儿"的诗句，对君王的"不抵抗主义"进行了猛烈的鞭笞。生长在西蜀这片土地上，薛涛具有了这方水土的辣劲，即便是威震一方的韦皋，又能奈何？

不过，年方二十的薛涛，毕竟要承受荒草连天之苦、蛮敌骚扰之痛。幸好，有自己的亲生老母相随，差可慰藉。一路之上，于晨昏交接之间，薛涛举目苍凉，发现自己渺小得如同蓬蒿间乱飞的萤火虫，只能发出些微冰冷的光芒；而天上一轮清冷的明月，恰似可望而不可即的幸福，如同曾经拥有、现在对自己无情的官人。在生存受到威胁时，薛涛不想在松州那个地方白白葬送自己大好的青春，她泼洒自己出类拔萃的诗情，写下了著名的《十离诗》：

出入朱门未忍抛，主人常爱语交交。衔泥秽污珊瑚枕，不得梁间更垒巢。——《其五：燕离巢》

皎洁圆明内外通，清光似照水晶宫。只缘一点玷相秽，不得终宵在掌中。——《其六：珠离掌》

跳跃深池四五秋，常摇朱尾弄纶钩。无端摆断芙蓉朵，不得清波更一游。——《其七：鱼离池》

……

这些诗，都是借物喻人，婉转曲折，细腻地表达了作者自己对正常生活的向往。但全部十首诗，并不作摇尾乞怜状，同样很有分寸，传达出一个女性对重新回到成都这座红尘都市的愿望。十首诗传回成都，大权在握的韦皋大人经过重新审视，也许是良心有所发现：将士戍边，都是艰难备尝；美人投荒，又将会如何困苦？不管怎么说，毕竟是自己曾经用过的人。所以，韦皋一纸命令，薛涛一行被接回了成都。

有人将苦难看作是人生毁灭性的灾难，似乎一落苦难之中，此人便终身残疾，只有等死了。其实不然。对一个敢于忍受一切侮辱而痴心不改的人而言，苦难难道就不能成为一笔不菲的财富吗？

感谢上苍，总是给薛涛这种坚强的人以超越常人、超越自我的"炼狱"的机会；感谢苦难，总是给薛涛这个才女以表达的良机。正是因为苦难，薛涛才以她的《十离诗》驰名唐代诗坛，在薛涛自己的诗歌艺术上，达到了新的高度。——回到成都，薛涛自然脱去乐妓之身，以一民女栖居进成都西郊的浣花溪。

三

浣花溪，浣花的小溪，好一个诗意盎然的名字。浣花溪，从它定名以来，便注定了从此将与诗人结下不解之缘……

在薛涛隐居浣花溪之前二十年，大诗人杜甫就曾在此寄居，留有不少安身立命的慷慨之歌，也留下了暂得安宁的半隐生活，"安得广厦千万间，大庇天下寒士俱欢颜"，那是诗圣普度众生的情怀；"花径不曾缘客扫，蓬门今始为君开"，那是一个好客的老人对友情的期盼。浣花溪，因为杜甫的垫底，便有了一层厚重的思想底气，有了一种恬静的浪漫气韵。正因为如此，浣花溪畔的薛涛，其诗歌生命便充满了一种不可小觑的张力。只是，杜甫不会想到，仅仅二十年，浣花溪换了主人，穷愁潦倒之气便被自然典雅的清香所代替。而薛涛生命里的第二个春天，也从浣花溪畔开始起航。

"前溪独立后溪行，鹭识朱衣自不惊。"说是隐居，其实薛涛挺忙乎：广植菖蒲，酬唱诗歌，互赠墨宝……闲暇时则常着一袭朱衣，在屋边、溪前、溪后徜徉一番。浣花溪，因为薛涛的入住而热闹起来，因为诗意的名字和浪漫的环境而吸引了众多的文朋诗友。蜀中几任节度使的车马，曾经在这里行过；中晚唐才俊刘禹锡、杜牧等诗坛巨擘的博带，曾经在浣花溪的春风里飘拂。再后来，大名鼎鼎的中唐状元、诗坛大腕元稹，也慕名而来。元和四年（809 年）

三月，在司空严绶的撮合下，薛涛在梓州结识了任东川监察御史的元稹，很快就爱上了这位比自己小十岁、却又名满天下的风流才子。这时的元稹新科未久，政治上尚能刚正不阿，他久慕薛涛之名，常悒郁于怀抱；这次，他主动申请监察东川，正是为会薛涛而来。一见面，薛涛笔走龙蛇，作《四友赞》，赞砚、笔、墨、纸云："磨润色先生之腹，濡藏锋都尉之头。引书媒而黯黯，入文亩以休休。"使这位"贞元巨杰"大为惊服。次年二月，元稹因得罪宦官被贬为江陵府士曹参军，薛涛写下《赠远二首》，情真意挚。然而，元和六年，元稹于妻子韦丛死后在江陵贬所纳安仙嫔为妾，元和十年又续娶裴淑为妻。长庆元年（821年），薛涛因元稹入翰林，寄去自创的"深红小笺"（即后世所称的"薛涛笺"）；元稹在笺上作《寄赠薛涛》一诗，结尾有"别后相思隔烟水，菖蒲花发五云高"之句；薛涛后来也写了《寄旧诗与元微之》，其中有"长教碧玉深藏处，总向红笺写自随"的表白。但婚姻终归是一种缘分，前卫的"姐弟恋"多年，元、薛的姻缘却始终未能缔结。这，或许就是所谓的天命？

薛涛终生未字，致使后人有"孤鸾一世，无福学鸳鸯"（樊增祥《满庭芳》）之叹。也许因她早年的营妓生活有污名节，也许因她恃才自负，追求一种平等、忠诚的夫妻关系。在《春望词四首》的第三首中，她沉痛地抒写了自己爱情理想破灭后的悲愤心情："风花日将老，佳期犹渺渺。不结同心人，空结同心草。"没有知心的人，宁可独身。从这里，我们也不难看出薛涛独特的个性。

薛涛在浣花溪畔度过了三十多年。在人生的多半岁月里，在与纷纷浊世相对独立的半隐生活里，我想，这位飘逸坚韧的女子，是否已开始感到人生巨大而无助的寂寞与凄凉？

四

残阳如血。

一江瑟瑟的落霞从浣花溪延伸到成都城内的碧鸡坊。碧鸡坊，成都四大名坊之一。晚年的薛涛，告别了浣花溪，告别了那些同样苍老的菖蒲草与芙蓉树，移居到这里，一身道服，素面朝天。

薛涛建起了一座吟诗楼。于是，无数个落日的黄昏，我们便看见她独立吟诗楼上，望着楼下纷纷扰扰的红尘，眼里幻化出自己这几十年坎坷的人生经历。在孤寂中，薛涛等待着自己生命中最后的一圈年轮。回想起来，有时候，在不测的命运面前，一个人是显得多么无奈啊！

如今，千载而下，斯人已驾鹤西去，唯有薛涛笺、薛涛井，留给我们作凭吊之资。满城婆娑的芙蓉树，已不见了踪影，但蜿蜒的浣花溪，依然流淌；薛涛自制的彩笺发出的淡淡的花香，让我们陶醉不已。穿过长长的时空隧道，我仿佛看见一个美丽而憔悴的身影，在菖蒲遮掩的浣花溪畔，迤逦而行；不时，远处还传来她那清朗的吟诗声……

烟花三月下扬州

现在的都市人，往往钟情于所居住城市的地标，开口闭口，自豪之口吻见矣。因此，一座城市，在内，应该有其灵魂；在外，应该有其名片。要知道，没有灵魂的城市，难免如楼兰，渐渐湮没于历史的大漠；没有名片的城市，难免如泥沙，随文明的江河呼啸而下。千载而后，这样的城市，只配活在考古学家的案头，不容易占据人们的心灵。

而一提起扬州，很少有人不能脱口而出"故人西辞黄鹤楼，烟花三月下扬州"的诗句。的确，已有近 2500 年历史的扬州城，经过汉、隋、唐、元、明、清几大王朝的兴迭，勤劳的扬州人民创造了灿烂的文化，留下了大量的古迹。而在有关扬州的众多诗文中，我的蜀中老乡李白的《黄鹤楼送孟浩然之广陵》，知名度非常之高；如果来一次网民投票，它很可能会过五关斩六将，一举夺魁，当之无愧地成为扬州的"名片"。

要说李白，不能不先说说李白所居的四川盆地。

上古时，封闭在其间的古蜀国无舟车之利，绝少对外交流，境内水旱相接，属于蛮荒之地。真正的是"蜀道之难，难于上青天"，交通很不方便。生活在四川盆地的普通百姓，要想出一趟远门，到川外去看看，对古人而言，是非常困难的事。正因为相对闭塞，因此一般的川人便安于现状，喝喝茶，谈谈天，晒晒太阳，打打麻将，自给自足，小日子过得滋滋润润。所谓"天下未治蜀先治，天下已乱蜀未乱"，这样的民谚，便是这种生活情形的侧面的反映。除非川人不出川，只要一出川，就可能成为各个领域的顶尖高手。你看，西汉的司马相如、扬雄，一到京城，"北漂"没有几天，就震惊文坛，成为"大腕"；北宋的苏洵，一个 27 岁才知道发愤读书的农夫，带着苏轼、苏辙两个儿子，一到京城，就让身居高位的文坛盟主欧阳修老先生吃惊得眼睛都鼓圆了。

在众多的川籍名人之中，恐怕得数李白的名气最大。

郭沫若先生考证，李白祖籍陇西成纪（今甘肃静宁），隋朝末年，其祖先迁徙到中亚的碎业，现在大约属于吉尔吉斯斯坦。李白就诞生于此。按照当今一些国家的国籍法，李白应该属于"外国人"。五岁的时候，其父李客率家人迁居四川江油。李白就在山清水秀的江油长大，从此又成了地地道道的四川人。

李白小时候有点懒，还爱调皮捣蛋；只是在遇到那个在溪边用铁棒磨针的老太婆后，才发愤读书。这也很正常。因为，聪明的小孩一般都好动而顽皮。发愤向学以后，李白"五岁诵六甲，十岁观百家"，"十五观奇书，作诗凌相如"。看来，少年的李白很有"速成"的意味，如雨后的春笋，呼啦啦直往上冒。成年后，李白又凭借家境的殷实，财力的丰赡，闲踏青山，闷游绿水，活脱脱一个游山玩水的爱国"驴友"。于是乎有了"君不见黄河之水天上来，奔流到海不复回"的大气磅礴，有了"且放白鹿青崖间，须行即骑访名山"的无尽浪漫，也才有了"飞流直下三千尺，疑是银河落九天"的奇思妙想。

当李白初到京城长安的时候，他在酒店邂逅了慧眼识才的诗坛前辈贺知章。那时，李白还是一介布衣，诗才也"小荷才露尖尖角"。贺知章展读李白的《蜀道难》，映入眼帘的是行云流水般的文字，是字字珠玑的佳句；他似乎看见那怪石嶙峋的山路，滚滚回旋的激流，直插云霄的山峰，深不见底的峡谷。似乎听见古木丛中，杜鹃哀号，猿猴悲啼；而狼牙道上，长蛇横过，猛虎出没，更是让人胆战心惊……贺知章连声惊呼，说李白简直就是"谪仙人"。要知道，贺知章那时已经是副宰相级别的高官，比李白大40多岁。但贺老前辈与青年布衣李白，一个没有官员的臭架子，一个没有初涉文坛的拘束。二人一见如故，开怀畅饮。大概贺知章也是一个不拘小节的大人物，那天身上没钱买酒，竟毫不犹豫地解下佩在身上、显示官品级别的金龟，换取酒菜。后来，贺知章在玄宗面前极力推荐李白，玄宗将李白召进宫中，任为供奉翰林。从此，"李翰林"声名鹊起，天下知闻。多年后，倦鸟知还、身归江湖的李白，还怀着无比感激的心情，深情地回忆贺知章：

> 四明有狂客，风流贺季真。
>
> 长安一相见，呼我谪仙人。
>
> 昔好杯中酒，今为松下尘。
>
> 金龟换酒处，却忆泪沾巾。

可以说，正是因为身处四川盆地的一些优秀的川人，不甘于平庸的生活，心中一直怀着"出去"的强烈愿望，才会有李白式的"仗剑去国，辞亲远游"，从而用自己星座的光辉，照亮诗坛、文坛的天空。

二

李白的一生，与山水结下了不解之缘，一生的诗作，绝大部分与山水有关，就是一些送别诗，也离不开山或水的背景。比如《黄鹤楼送孟浩然之广陵》。

黄鹤楼位于武昌蛇山，据《南齐书·州郡志》记载，古代传说，有仙人子安尝乘黄鹤过此，故名。黄鹤楼与湖南岳阳的岳阳楼、江西南昌的滕王阁，并称为"江南三大名楼"。元人辛文房《唐才子传》载，李白登上黄鹤楼，本欲赋诗，因见崔颢《黄鹤楼》诗，即为之敛手，感叹道："眼前有景道不得，崔颢题诗在上头。"

可能有的人会说，李白那样的大诗人，居然也有写不出的时候，看来李白也不怎么样！我想，这是对创作规律一点也不懂的门外汉的说法。一个作家，一个诗人，并不是什么时候都能写出传世佳作的。作品的产生，显然是多方面因素综合作用的结果。李白在黄鹤楼搁笔的故事，并没有贬低李白的盛名，反而宣示了李白的谦逊，向世人充分展示了大诗人虚怀若谷的风范。另外，也说明了崔颢的诗确实写得漂亮。南宋诗论家、诗人严羽在《沧浪诗话》中说："唐人七言律诗，当以崔颢《黄鹤楼》为第一。"可是，就在这著名的黄鹤楼下，诗仙李白却写下了一首千古流传的送别诗。

唐玄宗开元二十七年（739年），李白畅游襄阳，访问孟浩然。孟浩然年轻时即摒弃富贵荣华，四十岁时才到长安一游，结果出仕无望，于是一辈子隐居襄阳，徜徉在山林间，布衣终老。每当皓月当空的良宵，孟浩然总是把酒临风，一个人月下独酌。有时候则于繁花丛中，饮酒观花，流连忘返。他那种布衣诗人之散淡，他那种无欲无求的胸襟，让李白非常钦羡。李白在其诗中甚至发出"高山安可仰"的感叹。所以，在孟浩然乘船前往广陵的时候，李白在江南名楼黄鹤楼挥毫写下《黄鹤楼送孟浩然之广陵》。

广陵，就是现在的扬州。自古写扬州的诗词很多，什么"天下三分明月夜，二分无赖是扬州"（徐凝《忆扬州》），什么"嘹唳塞鸿经楚泽，浅深红树见扬州"（李绅《宿扬州》），什么"十年一觉扬州梦，赢得青楼薄幸名"（杜牧《遣怀》），这些都写得很好，堪称佳作；但读来读去，总感觉纯粹写自然的成分多了一些，纯粹写自己的感慨多了一些，显得太直接了。在众多写扬州的诗词中，李白这首诗称得上是描写扬州的最优秀的诗篇。为什么会这样说呢？

一个高明的诗人，他要揄扬一个人，要赞美一个地方，他一般不会直接说那个人漂亮，或者那个地方很美。如同一个小孩想吃糖，他往往不会直接向你要糖吃，他可能问你，你那个盒子里装的什么东西；他暗示你，他对那个东西很感兴趣。

李白这首诗就是这样的作品。

要知道，古今的艺术是相通的。这首诗有点像电影的特写镜头。你看：地点——长江边的黄鹤楼、长江那头的扬州；时间——烟花三月；人物——诗人李白与孟浩然。一首离别诗，其涉及的背景是江南名楼黄鹤楼，涉及的人物是盛唐时代的两个著名的布衣诗人孟浩然和李白。这样风流潇洒的诗人，在春意正浓的烟花三月，在著名的黄鹤楼下，在开元盛世的年代，一次简简单单的送行，竟然营造出一种充满无比的诗意的离别氛围。

也许，有的人可能会这样问：扬州就真的那么好？扬州就真的值得李白那样向往？

三

是的，扬州就是那么好，好得让李白无限地向往！

如果谁不相信，那就请先看一组资料：

前1500年，淮夷人在今扬州的蜀岗之上建立邗国。

前486年，吴王夫差在邗国的基础上筑起邗城。春秋称为邗沟，战国因扬州是广阔的丘陵地区而改称为广陵。

前106年，吴王刘濞在蜀岗之上筑起周长14.5里的广陵城。

东汉末年，战乱迭起，广陵城郭为墟。六朝时期，广陵曾有过三次有关筑城的记录；著名的淝水之战，其指挥部在广陵。后来，隋炀帝在此修筑江都宫，唐代筑起周长7公里的子城。唐文宗开成三年（838年），日本园仁和尚经过扬州，在其《入唐求法巡礼行记》中说："扬府南北十一里，东西七里，周四十里。"宋以后就更不用说了。如果有人不知道"淮左名都"、"竹西佳处"的扬州，就像现代人不知道北京、上海一样，将会被人笑掉大牙。

就这样，几千年来，扬州以其独冠天下的美，屹立在长江的下游。

扬州的美，首先美在她的水。

扬州城没有山，别处人家可以峰峦翠叠，水瘦山寒。欧阳修津津乐道的那种"环滁皆山也"的境界，扬州是没有的。但扬州多的是水。扬州境内河湖广布，水系纵横，滩荡密织。历史上，扬州就因"州界多水，水扬波"而闻名天下。总的格局是"襟江枕淮"，宝应湖、高邮湖、邵伯湖在其腹，京杭大运河纵贯南北。因此就有了里下河那稻香藕肥的鱼米之乡，有了那乡土文化的渔鼓花香。在唐代，扬州城"园林多是宅，车马少于船"（姚合《扬州春词》），简直就是"中国的威尼斯"。水系的缠绵婉约，迂回萦绕，顺街走巷，曲意承欢，润泽了扬州这一方水土，更养育了扬州这一方风雅的文化和堪比帝京的风物。历代文人对扬州似乎也特别钟情。你看，西汉辞赋家枚乘在其名作《七发》中，这样形容："春秋朔望辄有大涛，声势骇壮，至江北，激赤岸，尤为迅猛。"可见广陵潮之气势，简直是惊天地、泣鬼神。东汉唯物论者王充在《论衡·书虚篇》记叙："广陵曲江有涛，文人赋之。"三国时魏文帝曹丕看到广陵潮，发出惊叹："嗟呼，天所以限南北也！"而南朝的乐府民歌《长干曲》里那柔顺如水、弱质如花的女人，则用吴侬软语低声吟唱"逆浪故相邀，菱舟不怕摇。妾家扬子住，便弄广陵潮"的小调。

扬州，既有烟波浩渺，也有小桥流水；既有曲水流觞，也有汪洋恣肆。波澜壮阔的广陵潮，让扬州人敞开胸怀，接纳八方的宾客；温柔多情的湖荡水，让扬州人静静憩息，安享天赐的鱼米。缘水而兴的扬州人，就在这一方土地上，蕴积着安闲，蕴积着风雅，创造文明，推动着历史。

扬州的美，还美在她的花。

历史上，扬州最阔气的时代大约要数隋唐。扬州是隋炀帝的"旧镇"，他当皇帝前曾当过十年的扬州总管；扬州山明水秀，柳媚花娇，使得他一直念念不忘，所以即位后三次下扬州（当时叫江都）看琼花。每次到扬州，隋炀帝都会广征美女，他选的千名"殿脚女"年龄都在十五六岁；不但要求皮肤白皙，脸蛋甜美，还特别要求体形修长，更能展现出曲线美。想不到，当年的选美要求与今日时兴的审美标准竟如此相似！难怪，直到今天，还有人感叹隋炀帝的选美眼光，多么具有超前的意识。

琼花的名气如此之大，那么它究竟是一种怎样的花呢？

琼花原产于我国江苏等地，为暖温带半阴性树种。较耐寒，能适应一般土壤，好生于湿润肥沃的地方，长势旺盛，萌芽力、萌蘖力均强，历史上扬州盛产琼花，可惜到清朝时已湮灭不存。传说，琼花原生于天上，一日有仙人降至扬州，夸说琼花之美，世人不信，仙人便取出一块白玉种在土里，顷刻间发芽、长高、开花，花色如玉，人们遂称之为"琼花"。据说隋炀帝专门开凿运河，就是为了前往扬州观赏此花。北宋时宋仁宗曾把琼花从扬州移植到汴京御花园里，但第二年就枯萎了，只好又送还扬州，琼花到了扬州复茂如故。金国的海陵王攻占扬州后，又把琼花连根拔起掠去，幸而有道之士对残根辛勤培育，才使琼花绝处逢生。南宋的孝宗听说琼花极美，又把它移往临安宫中，但琼花到了临安便憔悴无花，只得又遣还扬州。因为琼花有冰肌玉骨之质，它又与宋之兴俱兴，与宋之亡俱亡，故曾被人视为吉祥的象征。1962年5月，扬州大明寺发现尚残留琼花一株。苏北农学院植物教授徐晓白和园林管理所专门研究了绝迹扬州的琼花，使之重新繁殖、推广。1985年，扬州市人大会议决定琼花为扬州市的市花。经过多方面的努力，如今大明寺、瘦西湖、琼花观等处多植琼花，琼花总量达1500多株。扬州琼花盛开，清香四溢，把古城扬州点缀得分外妩媚，吸引了大量中外游客。

四

　　不过，同属金陵地区，气候无差，杭州、苏州、南京都曾有人移栽过琼花，却总是难以成活，北宋大臣韩琦诗云："维扬一株花，四海无同类。"欧阳修任郡守时，因扬州琼花"世无伦"，而在观内琼花树旁筑亭，其匾额上书"无双亭"，以作饮酒观赏琼花之所，并作诗曰："琼花芍药世无伦，偶不题诗便怨人。曾向无双亭下醉，自知不负广陵春。"

隋炀帝兴师动众地跑到扬州来看琼花，盖迷楼，最后就死在这里，其人固然很有些荒唐，而扬州的魅力却也因此得到一次高强度的证明。"罄南山之竹，书罪无穷"的隋炀帝是扬州美女的罪人，但大运河的开发确实使处于水运枢纽的扬州显示出日益重要的作用。唐人皮日休在《汴河怀古》中这样评说："尽道隋亡为此河，至今千里赖通波。若无水殿龙舟事，共禹论功不较多。"

扬州，经隋唐的经营，唐宋文人的青睐与追捧，早打磨得风华特立，雅韵独具。于是，就有了杨柳堆烟，云水流韵。朱帘翠幕里，吴侬软语，说不完的浓艳，道不尽的香靡。文人唱和，才子流连，说不完的风雅，道不尽的风流。

连唐朝那个一贯以"弃轩冕"、"卧松云"著称的前辈诗人孟浩然，高洁清雅之余也未能免俗，在烟花三月的佳日，不顾高仰他的晚辈诗人李太白的盛情挽留，也赶趟儿似的独自奔去参加风雅名士的扬州之会。

对这样的扬州，一生好游的李白心生向往，就显得非常的自然。

你看，春暖花开的三月，古城扬州瘦西湖的秀色，小秦淮河的春波，每一条古巷，每一座小桥，每一处亭台楼阁，都是那样地如诗如画。在这中间，又加上千古名花——琼花那淡雅的风姿，独特的风韵，以及种种富有传奇浪漫色彩的传说和逸闻逸事。扬州，就这样，既实实在在，又朦朦胧胧，让人远观可见其美，近触可感其亲。

而黄鹤楼下的李白，伫望孟浩然的轻舟孤帆远去那令人向往的扬州城，想象着孟浩然就要去消受广陵的大好春光，聆听维扬的吴侬软语，不由得诗潮涌动：

故人西辞黄鹤楼，烟花三月下扬州。

孤帆远影碧空尽，惟见长江天际流。

古诗里的春天总是最美好的，万物苏醒，春光明媚，什么都是刚刚开始的，什么都是希望满怀的。在这个春天里，应该到扬州去看一看，这个时候正是那里最美的时候。那里的天气，那里的烟柳，那里的琼花，都带着浓浓的春的气息。李白的怅然自不必说，在"惟见长江天际流"的凝望与礼送里，自然流露出想去扬州而暂时不能的无限的怅惘。

不用说我们也可以猜到，一旦李白有机会到扬州，一定会兴致高昂，挥毫留诗。彭湃先生在《瘦西湖印象》中说："当李白亲自到了扬州后，却没能留下任何与扬州和瘦西湖有关的诗句。"这显然是不确切的。就在送孟浩然去扬州后不久，李白也去了扬州。初到扬州，李白就有《秋日登扬州西灵塔》诗，其结句云："玉毫如可见，于此照迷方。"在扬州，李白与一些年轻的文朋诗友意气相投，纵情游玩，他后来在《上安州裴长史书》说："曩昔东游维扬，不逾一年，散金三十余万，有落魄公子，悉皆济之。此则白之轻财好施也。"李白性格豪爽，喜好交游，当时既年轻富有，又仗义疏财，朋友自是不少。当他挥手向扬州说再见的时候，一首《广陵赠别》的诗又泻出于他的笔端："系马垂杨下，衔杯大道间。天边看绿水，海上见青山。"就是离开扬州，李白也给扬州留下了珍贵的墨宝。

扬州，我虽然只去过一次，但短短的半个月徜徉，她的绰约风姿，早已深深地印在我的脑海。她那春秋时期的运河，汉代广陵王的墓，南北朝的古刹大明寺，隋代的迷宫、隋炀帝陵，那数不清的楼台亭阁和美丽园林池沼，那多才多艺的"扬州八怪"，那耿耿风骨的散文家朱自清，在我的梦里频频出现。但愿，但愿烟花三月的时候，我能再一次去到那"淮左名都"，去领略"竹西佳处"的她的明秀溢彩与潋滟波光……

性灵乐章

DI SAN JI
XING LING YUE ZHANG

第三辑

永恒的悲怆

一

你哭了！

你踽踽登上高高的幽州台，环顾空旷的四野，原本豪侠的你，竟悲怆地哭了！

二

这不就是风云变幻的战国时代那著名的黄金台吗？当年燕昭王发民工筑此高台，置千金万金于其上，以待国士之至。后来，乐毅来了，带着他那满腹的计谋。乐毅率兵伐齐，大破之。以弱小之燕，竟能打败强大之齐，真真出人意料。再后来，苏秦兄弟也来了，带着他们那狡黠的洛阳市民的智慧。苏秦身佩六国相印，率五国之兵而攻秦。不可一世的虎狼之秦，竟不敢开函谷关而迎敌，成为天下笑谈。黄金台的构建，为远离中原的燕国迎来了多少复兴建国的良机。

三

弯月如钩。

在淡淡的月光下，古台的四周渐渐地蒙上一层薄薄的岚霭，远处的群山，则更加显得莽莽苍苍。大地睡了，群山睡了，先前还闪闪烁烁的几点农家灯火，也相继睡了。一只失群的鸿雁扇动着无力的翅膀，揪心地哀鸣着，从不远处飞过。四围，只有深感大难将至的促织，在这孤寂的秋夜，沙哑地唱着秋的最后的挽歌。

你饱经风霜的两鬓，你充满忧虑的额头，是否也森然生凉？独有漂泊在外的游子，才最能感知物候的变化。在本该与世同睡的时候，你却出乎意料地，痛苦地，痛苦地，痛苦地醒着。

四

大唐的威风，已传遍四夷。东北的渤海，北边的突厥，西边的中亚，南边的交趾，不是都臣服了么？操着不同语系语言的肤色和相貌各异的人们，熙熙攘攘，穿梭在东西南北的大路上，行进在弯弯曲曲的夕阳古道中。有的人因财色以交权豪，有的人因时运以挑荣位，有的人通过婚姻而巴结上权贵，有的人故意摆弄毁誉而操持着生杀予夺的威柄。在世界这个最大的舞台上，每日、每时、每刻，不都上演着和即将上演千种开头、万种结局的悲喜之剧么？

而你，却从山清水秀、沃野千里的蜀中，爬过艰难的蜀道，经繁华的长安、洛阳，无端却被秋风误，流落到这黄沙直上、满目疮痍的塞外苦寒之地。

五

历史上那些轰轰烈烈的英雄豪杰到哪里去了？那些各领风骚的历代帝王们到哪里去啦？

在这举目无亲的夜，你就这样幽幽地坐着，听任汩汩的血在血管内流淌，让生命的利齿，一点一点地咬啮你自己无奈的躯体。

如钩的残月，颤颤巍巍地向西滑落。独坐秋夜，你无拘地放肆着自己对人生的思考。也许，这燕地的地标，可以毫无限制地让你倾泄你的愁思，也可以让你放纵自己难言的悲怆。

六

面对这无始无终的时间，环顾这无边无际的空间，在这静寂的秋夜，你聆听着生命之壶倒计时的嘀嘀嗒嗒。茫茫的宇宙中，匆匆几十年的生命之光算得了什么。你致君无路，报国无门，一腔热血与满腹经纶，却不能得到尽情发挥的机会。昔日的前圣们，你不能与其同时；异日的后贤们，你不能与之共事。

秋天虽是些令人悲伤的日子，它何尝又不是一个收获的季节。

前不见古人，

后不见来者；

念天地之悠悠，

独怆然而涕下！

感谢上苍，感谢上苍在人类需要思考的时候，让你，陈子昂，我的蜀中老乡，在渐渐强劲起来的秋风中，独立于燕地高高的黄金台上，以诗化的语言，倾诉出无与伦比的悲怆。

七

古人不见今时月，今月曾经照古人。是啊，宇宙是万物的旅馆，光阴是百代的过客。人生真的如草，如蓬。渺小的自我，又哪里能主宰自己的命运？

因此，在千古的不变与变换的千古中，你竟哭了！

在诗的王国、诗的世界里，你以你这一曲《登幽州台歌》，高标独领。你在一千三百年前那个平常的秋夜的一串串理性的思考，让你自己与斑驳的幽州古台熔铸为一道独特的风景。

于是，千百年来，你让多少志得意满的墨客骚人，在你的面前，在你这永恒的悲怆面前，诗囊空空，一贫如洗……

热闹的孤独

一

真的，在大家都说你飘逸、豪放、浪漫的时候，我却发现你其实非常地寂寞，非常地苦闷。

二

你确实豪气干云。"十步杀一人，千里不留行"，你的剑术真的那么精？邯郸道上那些慷慨悲歌的燕赵侠客们，竟然对你佩服得五体投地。"五岁诵六甲，十岁观百家"，你自幼出入于儒、释、道，如一只辛勤的蜜蜂，在盛开的百花中忙个不停。所以，你才最有资格，藐视那大网般的科举，"仰天大笑出门去"，以天下为任，以功名自许。也难怪，你慧眼微睁，便识中兴名将郭子仪于草莽之中，交诗圣杜甫于年少壮游之时。仅此，你就足以傲视天下了。

三

长安的政局，如同一盘永远下不完的围棋，奇谲诡异，变幻万端。你天生谪仙的孤高，是不是只配去写《清平调》那种歌功颂德、点缀升平的文字？摧眉折腰、低声下气的应酬，未必不给你以难言的苦闷？

四

离开京城，远离管弦，对你未尝不是一件好事。幽、险、秀、雄的蜀中山水，孕育了你探访名山的嗜好。赐金放还，你遍游天下。庐山的瀑，天门的水，黄山的松，天姥的雷，化作你笔下的潇洒。黄鹤楼下好友孟浩然远去的孤帆，桃花潭边村人汪伦自酿的米酒，你都品出了特殊的人情，纯朴的风味。

可是，一旦静下来，你仍想起往日的壮志。"但得东山谢安石，为君谈笑静胡沙"；羽扇纶巾，上阵却敌，那才是你应有的风采。可惜，声名在外的大唐，只顾排演皇上新制的《霓裳羽衣舞》，正忙得一塌糊涂，不可开交。

五

又是一个春天。又是百花争艳的季节。

人生如雨，岁月不居。这样的春天已度过多少个？这样的春天又还会有多少个？

不需要什么佳肴，只需一壶浊酒。倚在洁净的山石上，看那一轮满月，渐渐爬上当头。抬头是月，低头是影。对此良宵，对此美景，管他朝如青丝暮成雪，对酒当歌，对月当舞。你粗犷的歌声响起来，唱得明月徘徊于中天；半醉半醒的舞姿旋起来，伴着地上的影子如柳随风。你真的是要与圆圆的月儿永结无情之游？你真的就那么超凡绝俗？

六

有酒有月，既歌且舞，看起来那么地潇洒，那么地热闹；我读来却怎么心如铅注、幽愁暗生？

月儿孤孤地挂在天上，风儿凄凄地拂过面颊；每一口甜甜的米酒，品来都是一丝苦涩；而向春竞艳的百花，在惨白的月光下痛苦地抽泣；偶尔，一两声鹧鸪的哀啼响起，赓即，便是山鸣谷应，让紧皱的心为之更紧……

七

李白啊，我的蜀中老乡！一千三百年前，你在花间独酌；一千三百年后，我在灯下独品。

透过表面的热热闹闹，我看见的是你那寂寞、孤独而又苦闷的背影……

岁月静好

红尘喧嚣，摸爬滚打，心上已是一层层结痂的老茧，一切似乎都已不在话下。可每每回忆起老家河湾那儿时的百草园，那洁白的沙滩，那灿烂的云霞，我总是心旌荡漾。

放翁谓曰："世味年来薄似纱，谁令骑马客京华。"只有漂泊在外的游子，才最能感知人情的冷暖、世态的炎凉。因为，但凡是一个人，心之深处都会有一块最柔弱的地方。佛家谓之情缘，武术家谓之命门。说来好笑，佛家眼中之"情"，竟然就是武术家心中之"命"，真可谓奇哉怪也。也许，"情"能夺"命"？或者，"情"和"命"本就是一分为二、合二为一？

年轻的时候，曾经向往李太白那种"平明相驰逐，结客洛门东"的豪情；人到中年，则对王羲之茂林修竹、流觞曲水的雅量高致特别地欣赏。可惜，如今壮志成虚，霓虹幻眼，采菊东篱、把酒桑麻的闲情早已不复存在，曼管柔弦、仰观俯察的逸致，也已消磨殆尽。

回首这些年蹒跚的步履，有时涕泗滂沱，有时感慨万端。想来，人生本就是一出活剧，花开花落常在，啼笑皆非难免。怜则见花溅泪，恨则冷若冰霜。

秋月与春花共享，潮涨与日落同观。所幸，曾经的泪，掉在地上，不仅发芽，而且生根，开花。我的土地是一块方形的荧屏，我的种子是一个个象形文字。晴也好阴也好，风也罢雨也罢，我总是兢兢业业，劳作在我的南山坡上。

人食五谷，乃有七情。但有时感情投入越深，随之而产生的各种情绪，却最能伤人。所谓多情不寿、情深不永是也。而要回到良田美池、桑竹翠绿的桃花源，肯定也不是太现实；因为，那样的大同世界毕竟是陶渊明笔下所虚构。既然桃源不可得，那就自种桃花三两株，自栽几干老梅，再移一丛毛竹，如何？桃之夭夭，梅开五福，竹报三多。一切从自己做起，生命，自然便会酝酿出无限的生机和乐趣。

近岁以来，很喜欢号称晚清中兴四大名臣之一的李鸿章的对联："享清福不在为官，只要囊有钱，仓有米，腹有诗书，便是山中宰相；祈寿年无须服药，但愿身无病，心无忧，门无债主，可为地上神仙。"是啊，但得彭祖寿，何人敢轻文。"山中宰相"陶弘景那样的人物，成本太高；不过，逍遥自适、快乐满满的地上神仙，却是人人可做。

时光荏苒，岁月静好。我有时痴痴地想，什么时候能再回老家，像儿时一样，躺在沱江边那一片洁白的沙滩上，头枕双手，看落霞与孤鹜齐飞，赏秋水共长天一色？

心语

一

独坐黄昏，我想起与你之约。

二

十八年的岁月，似风，似水，了无痕迹。万般的无奈，穿过我这纤纤十
指，向深不见底的心洞，涩涩滑落。

你翩翩而来，踏着白雪，走进我仄仄的视野，我寂寞的生命，顿时一片光
辉。那一段时光，虽然有许多难言的苦涩，但有你的日子，毕竟，我的童话便
五色缤纷。

三

蓝色的月亮已再难一睹，"围城"里的人真的都想冲出去吗？太多的甜蜜，让我在纷繁的世界，渐渐地迷失了自己。

问世间情为何物，直教人生死相许？苍天不语，只有一丝儿微风，无声地撩过我短短的发际。

四

不期而至的小雨，淅淅沥沥。我的思念，也变得湿漉漉的，毫无头绪。

归期是不是已经邈邈难寻？我心船的风帆，将待你而振。巴山的夜雨，涨不涨秋池，你说，又有什么关系？

五

想起与你的约定，便想起三生石畔，那个斜阳无语的黄昏。我的心事，顿如春潮，起伏不已。也许，命中注定，我的今生是那相思湖畔搁浅的小舟啊。

六

从此，我枯瘦的心情，在那一片羞涩的红叶上，漫画你如花的名字。

Oh，my dear！为了等你，我已在岁月的风里，伫立了整整一个世纪……

宁国寺听雨

我到宁国寺的时候，灰蒙蒙的天下起了小雨。

宁国寺，唐代叫"德纯寺"。古籍上说，位于资中城北栖神山，现在的地名，叫资中县重龙镇宁国寺村。这座寺庙始建于汉献帝建安五年，就是公元200年，距今1800多年了。据说，唐代时候香火鼎盛，为蜀中著名佛教禅源。中国历史上唯一的女皇帝武则天，赐德纯寺为"菩提道场"，赐德纯寺住持智诜为国师，并将禅宗的传法信物——木棉袈裟赐予智诜禅师。于是，德纯寺成为木棉袈裟的最后归藏地。当时新罗国的三太子无相禅师曾在此修行14年之久，然后去成都，创建了大慈寺，并由此创立了与禅宗的南宗（顿悟派）和北宗（渐悟派）齐名的保唐——净众禅派，成为禅宗历史上的一朵奇葩。

不过，无相禅师传法于无住禅师，结果，由于主客观的种种原因，保唐——净众禅派在宋代以后湮没于浩瀚的历史海洋。南宋以后，德纯寺更名为宁国寺。直到20世纪初，敦煌石室遗书被世人发现，保唐——净众禅派才得以重见光明，德纯寺才重新为人所知。当我们的目光穿过历史的尘埃扫视这朵奇葩的时候，我们才发现，她虽然那么地沧桑，但她却那么地神奇，那么地充满一种巨大的吸引力。

可惜的是，保唐——净众禅派的祖庭——资中宁国寺，自宋以后，多灾多难。到解放的时候，寺庙颓败，荒草连天。以后又经历解放初的毁寺办学，"文革"中的扫除封资修，宁国寺已经变得岌岌可危了。

世纪之交，通过全国八大高僧之一的清德大和尚的努力，通过大和尚的高足、资中重龙山永庆寺住持智常法师的努力，通过资中名人铁波乐居士的奔走呼号，宁国寺在中国佛教、特别是禅宗的地位，引起了资中县各级党政部门的高度重视。几年来，各方投资近千万元，原来住在宁国寺的几户人家，彻底搬迁了；县城到宁国寺的路，变成了一条漂亮的水泥路；宁国寺的五重大殿，修葺一新。仅清德老和尚一个人，就倾其所有，投入了将近300万元的资金。台湾地区的证严法师曾经说："发多大的心，就会有多大的力；发多大的愿，就会享多大的福。"2009年11月11日，宁国寺修复落成典礼暨宁国寺开光大典，隆重举行，市县领导欣然光临，僧俗两界2万人到会。宁国寺，这座巴蜀名刹，焕发了无限的生机。

现在，在宁国寺，一早一晚，可以听到欢快的鸟鸣。宽敞的僧房，整洁的环境，清幽的气氛，慈祥的塑像。资中籍在外名人徐和平先生慨然出资，宁国寺从福建浇铸了大铜钟，建起了气势恢宏的钟鼓楼。《百丈清规·法器》："大钟，丛林号令之始也。朝击钟即破长夜，警睡眠；暮击鼓则觉昏衢，疏冥昧。"唐宋以降，寺宇多建钟鼓楼于佛殿两侧。钟鼓之声，与时推移；年年岁岁，循环不已；警醒世间，早弃苦海。在啾啾的鸟鸣中，晨钟暮鼓，宁国寺的一切，确实让人心清如水。

雨还在淅淅沥沥地下，我忽然想起宋代词人蒋捷的词《虞美人·听雨》：

少年听雨歌楼上。红烛昏罗帐。壮年听雨客舟中。江阔云低、断雁叫西风。

而今听雨僧庐下。鬓已星星也。悲欢离合总无情。一任阶前、点滴到天明。

看，词人为我们描绘了三幅画面："少年听雨"的画面，由"歌楼"、"红烛"、"罗帐"等绮艳意象交织而成，传达出春风骀荡的欢乐情怀。尽管这属于灯红酒绿的逐笑生涯，毕竟与忧愁悲苦无缘，而作者着力渲染的正是"不识愁滋味"的青春风华。"壮年听雨"的画面，以"客舟"为中心视点，而在四周点缀以"江阔"、"云低"、"断雁"、"西风"等衰飒意象，映现出在风雨飘摇中颠沛流离的坎坷遭际和悲凉心境。"而今听雨"的画面，则刻意凸显出僧庐之冷寂与鬓发之斑白，借以展示晚年历尽离乱后的憔悴而又枯槁的身心。"悲欢离合总无情"，是追抚一生经历得出的结论，蕴有无限怅触，不尽悲慨。"一任阶前、点滴到天明"，似乎已心如止水，波澜不起，但彻夜听雨本身，却表明他并没有真正进入超脱沉静的大彻大悟之境，只不过饱经忧患，已具有"欲说还休"的情感调节和心理控制能力。三幅画面前后衔接而又相互映照，艺术地概括了作者由少到老的人生道路和由春到冬的情感历程。其中，既有个性烙印，又有时代折光：由作者的少年风流、壮年飘零、晚年孤冷，分明可以透见一个历史时代由兴到衰、由衰到亡的嬗变轨迹，而这正是此词的深刻、独到之处。

雨还在下着，我的思绪穿越了时空，和古人神会。我在遥想盛唐的风采，我在倾听大宋的禅音。我想，如果我们多愁善感的词人能到宁国寺来，闻一闻钟，听一听雨，看一看宁国寺1800多年来经历的忧患与沧桑，他一定会有新的感受吧？

夏日絮语

一湾浅浅的流水在我们中间绕过，蒹葭被秋风渐渐染黄，白露不知不觉地从天而降。你在水的那边徘徊，秋风撩起你的秀发；我在水的这边伫望，望着汤汤的流水呆呆地痴想。

校园的鸟啼唤醒沉睡的朝阳，向春竞艳的是青春的梦想。可我的面前是一座无法逾越的高山啊，那高山有如太白鸟道，梦想的双翼，最终折断了扇动的翅膀。

四年，整整四年，我的心就这样随着默默无闻的梧桐，黄了又绿，绿了又黄；这个世界霓虹闪烁，五光十色，我的目光却越来越迷离而惆怅。

可记得那一顿散伙饭，记得那一首《我们》，回响在四灶食堂："但愿今宵留给我们一个难忘的回忆，一个粉红色的充满忧伤的回忆……"

时光如水，亦如那曾经多变的少年的心事，蜿蜿蜒蜒，静静地流淌。

美好的回忆总令人难忘，难忘的回忆却令我忧伤。

执手分道，小晏那种"几回魂梦与君同"的情感顿时溢满心房，汽车的笛声却毫不知趣地陡然拉响。

从此，天各一方，对你，我只能隔着茫茫人海，一片惆怅。

人曰，前世五百年的回眸，才换得今生一次擦肩而过的时光。

二十五年前，我们如蒲公英随风而扬；二十五年后，我们紧紧地相拥于人生的他乡。

凝眸，短暂的相聚后是不尽的愁郁；举杯，豪壮而饮的是淡淡的忧伤。

往事如烟，随着我的滴滴泪水而渐渐凸显；汗下如雨，簌簌滴落的却是不尽的苍凉。

分分合合，聚聚散散，一切总是前生注定，无关此刻百结的愁肠。

日子如风，抓不住尾巴；逝者如斯，干旱的田地，有时得靠苦难的泪水去滋养。

相思总是太瘦，瘦成一弯新月；十指总是太宽，宽得留不住年轻的梦想。

山高水阔，我的脚步已踉踉跄跄；长铗归来，我心之莽原，竟是一片荒凉。

今夜无月，长夜未央。我的双眸，已失去少年的欢畅；我的词典，已写满人世的沧桑。

我的土地是一块方形的荧屏，我的种子是一个个文字的形象。

晴也好阴也好，风也罢雨也罢，我劳作在我的南山坡上。

月下，荷锄归来；抬头，阡陌伸向远方。

五千年的大书，任我随意翻阅；五千年的故事，由我一目一行。

Oh，my dear！

我不能给你整个的世界，我只能用我的文字，为你构筑华丽的殿堂。

让疲惫的灵魂静静地栖息，在静静的殿堂安放梦的衣裳……

哪天陪你去听雨

小时候听广东音乐《雨打芭蕉》，总为那娴熟的技巧、跳动的音符而赞叹。这几天蓉城多雨，忽然心动——哪一天能和你一道去听雨，那该多好……

既然是"哪一天"，日子就暂不能确定；也许是"壬戌之秋，七月既望"，也许是"可怜九月初三夜"。总之，最好是一个傍近黄昏的时候，或者是一灯如豆的秋夜。

既然是"听"，那么视觉的因素完全可以忽略，因为不必去看那偎翠倚红，不必去看那如龙车马。选一个小镇，选一个小亭，或者小阁，或者廊子，歪在美人靠上，双眼微闭，暂时只凭双耳，去感知这个世界。

这时，是需要你伴在身旁的。多一个人，情绪便会得到适当的发酵。若能有一张木桌，两把竹椅，则更佳。茶呢，不要太浓，浓而苦涩，呷一口则眉蹙，会伤了情绪，妨了意境。只需一壶淡淡的明前，或者毛峰。茶香氤氲，氛围顿起。

六尺开外，应该是一丛肥润的芭蕉，叶子或昂或耷，或疏或密，自自然然，随风点头。这时，"嘀嗒嘀嗒"，芭蕉叶上传来一阵骤响——雨来了。不大，也不小；但应该时而疏时而密，时而疾时而徐。若珍珠落盘，若玉指叩心。

你和我，就这样静静地，坐着，听着，品着。时间不能凝固，情景难以定格，但在那雨打芭蕉的天籁之中，在心与心的契合之中，我和你，将与天地一道，慢慢变老……

今夕何夕

2014年8月21日，寻湿地之幽，览邛地之胜，观月女之塑，浴海风之润，宿于月城西昌名仁大酒家。夜不能寐，静坐玄想，不觉入神。

——题记

这是嫦娥飞升的小舟吗？

看，那一弯新月，竟挂满愁郁的相思。

你薄薄的嘴唇一张一合，五千年的轮回，便如一管漆黑的洞箫，呜呜地穿过秦汉的风流，缓缓地吹奏着牛女隔河相望那无奈的故事。

抬头，月光如水，静静地倾泻着丝丝缕缕无眠的情绪；低头，水如月光，微风扬起那如泣如诉万端的思虑。

月不解影，影徒随身；长铗陆离，难舍难分。

哑然四顾，云水茫茫，天意淼淼，兀自忧伤。

木边之目，看不见天际那一抹狭长的光亮；心上之田，已不知荒芜了多少道人世的沧桑。

花开无语地，花落奈何天。

既没有蔡中郎榻边那一段焦桐，也没有李义山手中那一桢锦瑟。任他沧海月明，由尔蓝田日暖。云舒云卷，云起云飞；水拍石岸，柳拂双颊，愁郁的情绪，总会随风而散。

灭烛光满，披衣露滋；永夜难遣，今夕何夕……

春日遐想

　　飞蓬带走了日子，红尘沧桑了岁月。不经意间，揽镜自照，才悄然发现，而今朱颜已改，鬓角纹秋。

　　三十年的似水流光，就这样弃我而去么？烟消云散，消散的不仅仅是曾经天真的梦想，还有那一段无邪的青葱。

　　独倚窗前，凭栏远眺，思绪纷纷，缠络纠结。

　　也曾勤耕笔砚，翰墨淋淋；也曾风华正茂，热血沸腾。

　　也曾指点江山，粪土王侯；也曾剑器浑脱，豪气干云。

　　到于今，山山水水，明明秀秀，只剩得残阳一抹，天地一痕，雪泥一缕。

　　开辟鸿蒙，谁为情种？仿佛自天而降的两滴雨，我们不期而遇于人生的驿站。便只为天荒地老，便道是暮暮朝朝。

　　犹如学步的婴儿，我们就这样牵着，扶着，哭着，走着。磕磕绊绊，从此到彼，奔向那一无可知的未来世界。

　　陌上人如玉，此情世无双。可是，蹒跚的岁月总会有黄叶飘飞的时候，美丽的梦想总会带来美丽的忧伤。

少年听雨，红烛罗帐；壮年听雨，江阔云低。

人生如书，总是这样一页一页地轻轻翻去；人生若寄，总是这样不知不觉地渐渐老去。

洞箫呜呜，如泣如诉；倚歌而和，余音袅袅。

执子之手，婆娑相对；轻抚心痂，泪已滂沱。

去的尽管去了，来的尽管来着。风香翰墨，雨润琴书；情澜春媚，婉语飞光。

Oh, my dear，难道还需要华丽的舞台？还需要闪烁的五彩？

桃李春风，江湖夜雨，于今都已无关紧要。只要青山不改，就会绿水长流；只要夕阳依旧，必定我心依旧……

看云

　　锦城的天总是灰蒙蒙的，好天气总是神出鬼没，难得一见。没想到，这几天竟然连续的好天气。于是乎每天上午 10 点，我都到驷马桥边坐一坐。远处车水马龙，近处草木葱茏。一边仰观俯察，享受风物之美；一边抚今追昔，拨弄心琴之弦。

　　驷马桥以汉武大帝时期著名的辞赋家司马相如的遗踪而闻名。相如当年虽穷斯滥矣，却心高齐云，离开成都的时候发誓，以后不混出个人样，非高车驷马，不入此城。据说，我们的大辞赋家还将自己的誓言书之于桥柱。前年台湾地区著名散文作家张晓风女士来成都，我差一点陪同她来此寻幽访古呢。不过，往事越千年，就算去到驷马桥下，恐怕也只会看到一水南流，司马之迹，再无觅处。

　　唉，风云雷电，花鸟虫鱼，驷马桥边的野花野草，就这样静静地生长了数百千年，相如时代的升仙水，如今变成了沙河。宇宙为万物之逆旅，光阴乃百代之过客。人生岁岁，江月年年，一切都在改变；唯一不变的是"天似穹庐，笼盖四野"，亘古如此。

就这样静静地坐着，品着，想着，我的思绪也随云而散。

打小，我就喜欢看云，就像那时喜欢在沙滩上玩一样。云与沙有一个共同点，那就是其形多变，变幻莫测。你看，有时如棉，有时如鳞，有时如山，有时如水。静若飘烟，动若奔马，明若可鉴，暗欲摧城。其千姿百态的变化，常常令我浮想联翩，惊诧莫名。

何况，天有四季，春夏秋冬，云之形、云之态，又别有面目，回味无穷。所以，如果四时都能详观云之或动或静，或明或暗，则必定妙趣横生，自得其乐。

上午的阳光煞是和煦，这样的阳光正适合晾晒郁郁的心情。水流无声，但四围高低错落的各式林木，竟然漾起一片森林的气息。而那树枝上欢歌的小鸟，竟如音乐之悦耳，让我从内到外，四肢百骸，充满一种说不出的舒坦。

就这样静静地看，就这样静静地想。美酒成都堪送老，芙蓉花发五云高。如果司马相如生活在今天，他还会爬过艰难的蜀道，不远千里，到京城长安那米珠薪桂之地，去当北漂一族么？我想，他一定舍不得离开成都，说不定会像我一样，一杯清茶，一把躺椅，沙滩水岸，慵看云卷云舒……

随感

"我是你河边上破旧的老水车 / 数百年来纺着疲惫的歌 / 我是你
额上熏黑的矿灯 / 照你在历史的隧洞里蜗行摸索……"

这是舒婷的诗吧？心情郁闷的时候，总会不自觉地跳出这么几句。

作为较有代表性的朦胧诗，理解上何尝不可打破诗题的限制。能否这样理解：有一架咿咿呀呀老掉牙的水车，孤独地立在一湾水边，寒来暑往，春花秋月，千帆竞发，百舸争流……几百年的风风雨雨，撕裂了他的喉咙，以至于一晨一昏，他那苍老的声音拂过精神的原野，穿过深邃的矿洞，让历史之树枝叶披拂，沙沙作响……

在我看来，老水车不异于一个饱经风霜、满脸皱纹的老人，虽则冷眼旁观，但看在眼里，痛在心里。宫阙成土，烟水苍茫，血水和着泪水，只能吞到肚里。

有些人，非得经历炼狱之苦，才会有心灵之痛；有些事，非得经历沧桑之变，才会有啼血之悲。工部的"感时花溅泪，恨别鸟惊心"，后主的"别是一番滋味在心头",皆此之类。梁启超评辛稼轩《青玉案·元夕》曰:"自怜幽独,伤心人别有怀抱。"真是中肯之极。

细细想来,人生真的如雨,或雨疏风骤,或满城风雨,或东边日出西边雨,或秋风秋雨愁煞人。那么,我又是那雨幕中的哪一滴?

蒲公英可以御风而行,作逍遥之旅;作为一滴微不足道的雨点,我却无法预知将洒落在哪个地方。天苍苍,野茫茫,我也无法选择与哪一滴雨点不期而遇。宿命,宿命,仰天长啸,我只能归之为无法逃脱的宿命。

十八岁那年,一只小鹿不经意间的一个回眸,我少年的心事顿时化为一坛绍兴老酒。从此,默默地雪藏了整整三十年,沉甸甸的三十年。

如今,三十功名,已然化作尘土;华年锦瑟,惜乎难成其韵。酒香氤氲,举杯邀月,琥珀色的酒液惨白了朦胧的月光,摇曳的月影漾起心的涟漪。

可是,燕子去了,还会再来;花儿落了,还会再开;我那流逝的少年时光,何时还能再回?

今夜无月

一

不知这一觉睡了多久，仿佛过去了整整的一个世纪。

这是国庆十一的晚上；不，看看时间，应该是十月二日的凌晨。

四围很静，静得只有唧唧的虫声鸣响于耳际。但又让我越发疑心：也许并无虫声，而是我的一种幻觉？

记得大约四十五年前，几个儿时的玩伴在球场上搞沙子，不小心抛沙入耳。从此，每个寂静的夜晚，总有虫声陪伴着我。我对此也曾坦然，也曾疑惑。因为，无论身处僻远的小镇，还是蛰居车水马龙的都市，"虫声"都别无二致。难道，真是两耳的幻听？

二

在唧唧的虫声中，总是渴望月光如水，洒我床前。

月，无论新月还是满月，总易勾起人的联想。一般人常常因月怀人，惹动相思；若是诗人，有月有酒，迷蒙呓语，则往往好句连连，缀而成诗。太白所谓"我歌月徘徊，我舞影零乱"是也。可是，春，江，花，月，夜，张若虚笔下这些词意朦胧、诗意氤氲的字眼，数十年后，在诗仙的笔下，却成了热闹过后百年的孤独。

想来也是，繁华消歇，难免是粗头乱服的怅惘。一样的月儿，当然有迥异的感受。王国维所谓"有我之境"，盖如此乎？

三

我非诗人，更无诗人情怀。然儿时的记忆，似乎总与月儿有关。或许，汩汩流淌的血脉里，我也有一种深深的月儿情结？

"月下飞天镜，云生结海楼"，动中有静，静中有动，思绪与月光同洒，豪气与白云齐飞，这比曹孟德"月明星稀"的忧思更易入耳，也更有诗意。毕竟，情是流动的水，月才是浪漫的诗。

而我，梦中醒来，良夜难遣，虫声唧唧，不免触动心底最柔弱的那根琴弦。

四

我从哪里来？我向哪里去？凡人如我，也有陈子昂幽州台上那样失眠的叩问。

也许，我的前生就是灵河岸边那一株病怏怏的绛珠草？

或许，我是三生石畔月下骑牛吹笛潇洒而过的牧童？

剪不断，理还乱，惆怅与落寞，为什么总如心上漫过的那一片荒草，越是秋深，越是衰败，令人心悸？一花一叶，一草一木，为什么总是滴落相思的弯月下离人的点点泪珠？

五

今夜无月，一股莫名的情绪，弥散向无言的夜空。

凭栏而望，唯见远处闪烁的霓虹，和着四围唧唧的虫声，孤独地弹着无奈的秋曲……

来生，我愿做一滴露珠

古人云，至人无梦。我本布衣，躬耕于笔砚，苟活于红尘，见春心喜，逢秋伤怀。时不时还拍案惊奇，怒发冲冠。所以时不时也做一些稀奇古怪的梦。比如在马路边捡到一分钱把它交到警察叔叔手里边，比如牵一牵颤颤巍巍的老奶奶过马路，或者乘一片红红的枫叶逍遥飘荡于万顷碧波之上。总之，要么得到老师表扬，整一根棒棒糖来舔起耍；要么冯虚而行，志在远方。

所以说，从小到大，做梦无数；不过，梦醒时分，难免惘然而惆怅：不知是庄周梦蝶，也不知是蝶梦庄周。色耶，相也，已然难分。

梦毕竟是一种太虚，而一切幻境，皆是虚妄，这还容易理解。

最不可理解而令人恐惧的，莫过于死亡。

儿时，小镇久不久总有一家发丧。那时的天很蓝，水很清，而人情很纯。于是乎一家出殡，几乎全镇相送。老妈那时常抱着我，默默进到送葬的人流，在抬脚棒的嘿佐声与玩意儿的吹打声中，沿两条街转上一圈，缓缓来到墓地。然后看人们如何落棺，如何掀土，这其中还夹杂逝者亲属的呼天抢地，并噼噼啪啪的鞭炮，风中飘落的买路钱。

送葬一般是在早晨，此时天色尚未大亮，似乎天幕低垂，灰灰蒙蒙。待逝者安息，老妈便将我左臂上的小白花解下，拴在墓地的桑树上，完成最后一道仪式，然后回家。

那时便想，死者躺在棺中，那是何等憋气，何等寂寞！如果有蚂蚁爬到脚心，爬到脸上，甚或钻进鼻孔，痒得不耐，又该如何？至今想来，都汗毛直竖，不寒而栗！

所以，多年后读《史记·吕不韦列传》，读到始皇祖母夏太后的遗言，就一下子激活了儿时的记忆。庄襄王母夏太后死。夏太后子庄襄王葬芷阳，"故夏太后独别葬杜东，曰'东望吾子，西望吾夫。后百年，旁当有万家邑'"。她老人家也是害怕身后寂寞的主，需要几万人熙来攘往地陪伴她。

送葬多了，于是乎生出对死亡的恐惧。想来也是，双眼一闭，一个鲜活的生命便没了。从此，这个世界的一切，便与他无关。黄土一垄，荣华富贵，顿时化作浮云。即使以八千岁为春、以八千岁为秋的大椿，最终也会枯萎，倒下，零落成泥。生命如花，既有花开之艳，必有花落之悲，此《庄子·逍遥游》所谓"朝菌不知晦朔，蟪蛄不知春秋"。而那个苦大仇深的哈姆雷特，也才会犹疑不定："生存还是毁灭？这是个问题。"

关于生死，佛家应是最为达观者，所谓跳出三界外，不在五行中，脱离六道轮回之苦，往生西天极乐。弘一大师圆寂前题曰："悲欣交集。"所谓物来则映，物去不留，空中无迹，水面无痕，不悲不喜，来去从容。这才是佛的境界。可惜，钝若我等，只希望祈福延年，青春永驻。明知鬼话，偏偏舒服。

所以，如果有来生，我愿作佛前那一盏灯，荧荧之光，烛照蒙昧。

或者，如果有来生，我愿作清晨那一滴露，晶莹剔透，映日之辉。

北方有佳人

一

　　在我从前的印象中，中国古典美女大多产自江南水乡：和范蠡一道功成身退的西施，出身浙江；伤心远嫁塞外的王昭君，家住三峡；开启三国一代纷争的貂蝉，史书虽无明文记载，但看其聪明伶俐，估计多半来自江南；那个为贪图享乐、差点亡国的唐玄宗背黑锅而遭绞杀的杨贵妃，出于四川。不论是桨声灯影的秦淮河边，还是浓抹淡妆的西子湖畔，温婉可人的女子，"轻解罗裳，独上兰舟"，演绎着灵动而清秀的工笔仕女图，令骚人墨客驻足流连。"沾衣欲湿杏花雨，吹面不寒杨柳风"，江南女子，便是仲春时节轻轻地拂过大地的和煦微风。

　　而北方却不同。北方初春草木萌发，万物争荣；仲夏黄沙直上，马蹄声声；深秋雁鸣啾啾，衰草连天；冬天白雪皑皑，一片酷寒。在那样的环境中，有的是铁马金戈，有的是剽悍强劲；少的是婉转的歌喉，少的是柔弱的腰肢。和江南女子相比，北方水土滋养下的佳人应该是：一袭淡黄的衫裙独立风中，散乱的发丝和黄衫在风中一起飞舞。苍茫大地下，风过云疏处，这里的女子多了几分粗犷，多了几分清冷，多了几分率性，多了几分洒脱。如果说江南女子颜如玉，温润细腻；那么北方女子则冷如冰，晶莹剔透，有时还会折射出刺眼的光。江南女子是工笔画，北方佳人则只是写意画。

可是，在阅读《史记》和《汉书》的时候，透过史书的字里行间，我的这一看法不得不做一些改变；因为，我看见了一个令雄才大略的汉武帝闻名倾心、扼腕长叹、如同谜一样的朦胧的北方佳丽。

二

汉代是中国历史上统一的多民族的封建中央集权制国家。由于辛辛苦苦推翻了暴秦的高压统治，战胜了强大的竞争对手项羽集团，剪除了可能对王朝统治造成威胁的彭越、英布、韩信等异姓王，因此，从汉高祖开始，王朝的几乎历代君王和各级官吏都耽于享乐。经过所谓"文景之治"，武帝继位以后，更是有过之而无不及。正是在这种背景之下，李夫人凭借其兄的一首乐府歌曲，踏上了中国历史的舞台。

大凡一个稍微有点名气的人初次出场，总是要经过精心的安排。比如《红楼梦》中的王熙凤，在林黛玉初进贾府的时候，一句大声武气的"我来迟了，不曾迎接远客！"先闻其声，后见其人，令读者和黛玉一起纳闷："这来者系谁，这样放诞无礼？"李夫人的出场，也不例外。

司马迁《史记·外戚世家》说，李夫人是中山人。汉代的中山，大致在现在的河北定县、唐县一代。正史里面关于她的籍贯的记载，再也找不出更多的文字了。但"李夫人"是她入宫后的称号，硬说是名字却也有些牵强。不过，历史却就是这样一直习惯性地错着。就如同几十年前，人们称呼某人为"张氏"、"王氏"一样，"李夫人"仅仅是她的一个符号而已。同时代的卓文君，有自己的名字；稍后的王昭君，有自己的名字；再后的蔡文姬，有自己的名字。我想，也许李夫人本来有自己的名字，在她的时代，中国男尊女卑的风气还没有后世严重；只不过，可能因为汉武帝对她特别宠幸，只允许大臣称呼她"李夫人"，才导致其名字的失传吧。

汉武帝时代，君强臣弱，悲剧家族无数，李家就占了两个，一个是陇西飞将军李广一门战将，另一家就是中山李延年歌舞之家。李延年一家，用后来的话说，就是红粉世家。李广利、李延年、李夫人兄妹，谜一般地半隐在历史淡淡的影子中。李延年当时是宫中的乐师，相当于皇家音乐技工；据专家推测，李夫人早年很可能是一个沦落风尘的卑微女子。不然，即便出身平民（血统高贵自不待言），都很值得史官大书特书的。在长安城日日夜夜的颓废、欢娱的笙歌里，她舞袖云风、翻红射霞。在经历了这青楼、乐坊里太多的风月旧事后，她厌倦了纸醉金迷，渴望着有朝一日过上平民夫妻粗茶淡饭的生活落。不过，她做梦也没有想到，某一天，繁华显赫的皇宫生活竟突然出现在自己的面前；幸运之门，竟在刹那打开！

三

《汉书·外戚传》载：（李）夫人兄延年性知音，善歌舞，武帝爱之。每为新声变曲，闻者莫不感动。延年侍上，起舞歌曰："北方有佳人，绝世而独立。一顾倾人城，再顾倾人国。宁不知倾城与倾国，佳人难再得！"上叹息曰："善！世岂有此人乎？"

做音乐技工的李延年赋此歌，显然目的明确，那就是——向当今皇上推荐自己的妹妹（就是后来那位神秘的李夫人）。你看他用意何等巧妙！只需要一阕短歌，就能使雄才大略的武帝闻之而心旌摇动，立马生出一见伊人的欲望。这在我国古代诗歌史上，恐怕是绝无仅有之例。

走笔至此，不由得让我想起同是汉武帝时代的另外一个著名人物司马相如登上历史舞台的典故："司马相如者，蜀郡成都人也，字长卿。少时好读书，学击剑，故其亲名之曰犬子。相如既学，慕蔺相如之为人，更名相如。……相如得与诸生游士居数岁，乃着子虚之赋。……居久之，蜀人杨得意为狗监，侍上。上读子虚赋而善之，曰：'朕独不得与此人同时哉！'得意曰：'臣邑人司马相如自言为此赋。'上惊，乃召问相如。相如曰：'有是。然此乃诸侯之事，未足观也。请为天子游猎赋，赋成奏之。'上许，令尚书给笔札。……奏之天子，天子大说。"

不知道上古的行贿受贿、请托送礼之风是不是没有现在这么严重；读一部《史记》，因被别人举荐而登上中国历史舞台的人，简直比比皆是。司马相如为汉代辞赋大家，被作狗监的同乡杨得意举荐，举荐者正大光明，毫无顾忌；被举荐者受之坦然，毫不掉份儿。同样，李延年向天子举荐自己的亲妹妹，也没有一点顾虑。

听到李延年的歌曲，汉武帝发出了"世岂有此人乎"的感叹。汉武帝好像很容易就被诗词引发共鸣，虽乃穷兵黩武之主，但同时是个敏感的性情中人，假如他不做皇帝，在艺术鉴赏上说不定能小有所成，令后世的唐玄宗、李后主之流汗颜不已。

平心而论，在李延年之前，许多诗、赋中就对佳人之美有过精妙的描摹。《诗经·卫风·硕人》表现后宫丽人，有"手如柔荑，肤如凝脂，领如蝤蛴，齿如瓠犀，螓首蛾眉。巧笑倩兮，美目盼兮"之句，被清人姚际恒叹为"千古颂美人者无出其右，是为绝唱"。要想出新，只有在表达上有新的创意。李延年知道，南国佳丽多杏目柳腰，清艳妩媚；北国美人多雪肤冰姿，妆淡情深。因此，其歌以"北方"二字领起，可谓先声夺人。

试想：晶莹素洁的美人独立于怅惘的寥廓之下，风沙迷了双眼，叫人只见一个模糊的剪影。你有过这种感觉吗？大漠或者戈壁上，刺眼炙人的太阳下，风卷着细小的沙子划过脸庞，风速慢了，就像按摩；风速快了，又像刀割。敦煌壁画上的飞天今天仍留有未褪尽的淡淡色彩，长长的水袖和绸带随大漠之风一起纷飞，舞动着丝路上的花雨。身为一代雄主的汉武帝，长期和匈奴、大宛、月氏、楼兰打交道，当然见过飞天一样的西域胡旋舞；说不定，李延年第一句没有完全唱完、还在拖音的时候，汉武帝就已经进入了"角色"，浮想联翩了。

四

现代美学家说，距离是一种美，这是我们自然界的法则。距离可以产生浪漫，而浪漫是一种美；距离可以产生绚丽的光环，可以讲出娓娓动听的故事，可以奏出动人心魄的乐章。一切空灵虚幻的美，朦胧诗意的美，都是因为有了距离才产生的。所以说雾里看花，所以说水中望月。

其实，对诗词、歌曲而言，最打动人心的词章，不在于夸张的铺陈，而在于将人心设置在一种可至与不可至那"两可"之间的距离，抓住人们常有的那种"畏"而可"怀"、"难"而愈"求"的微妙心理，这才能产生异乎寻常的效果，最终打动一个人的心弦。"蒹葭苍苍，白露为霜。所谓伊人，在水一方。

溯洄从之，道阻且长；溯游从之，宛在水中央。"（《诗经·秦风·蒹葭》）深秋的时节霜露已降，自己的恋人长发飘飘；她在河对岸踽踽而行，我在河这边望而兴叹……一种若隐若现的身影，一种似有似无的惆怅，让千年而后的读者也不禁神往。总之，从先秦以来，中国传统文学就娴熟地运用了"距离美"的创作技巧。

也许，汉武帝还在心里连连感叹不可思议；没料想歌曲的结尾却突然一转，化为深切的惋惜："宁不知倾城与倾国？佳人难再得！"在中国，红颜总寄寓着"倾城""倾国"的灾难。普通人家强调"妻贤夫祸少"，妻子贤惠，丈夫就不会有太大的麻烦；万一丈夫有天大的麻烦，那只能是妻子不贤惠的结果。而"普天之下，莫非王土；率土之滨，莫非王臣"，天子以四海为家，以万民为子，也可以天下的女子为妻。天后聪明，那是沾了天子"雨露阳光"的恩泽；天子荒淫，以至亡国亡身，那是天子耽于女子而遭致的祸殃。难怪前人说："夏亡于妹喜，商亡于妲己，西周亡于褒姒。秦以吕易嬴，赵姬之功；晋牛继马后，光姬之力。"总之，从天子以至庶民，功则归之于夫君，祸则归咎于女子，这已成为中国历史的一条铁律。

李延年知道天子自小受这样的训诫，听得多了，"倾城""倾国"之说，正好激发他逆反的心理。就像美味的河豚一样，食之恐怕中毒，弃之其味之美又甚为可惜。不过，倾城、倾国的佳人，毕竟是千载难逢、不可再得啊！"欲擒故纵"之词，牵起了武帝的胃口，引发了他强烈的失落感。他懂得皇帝最想要的正是最难得到的东西，比如大宛的汗血宝马，比如这歌里若隐若现的北方佳人。就这样，李延年将妹妹顺理成章地推上了当时女人们向往的极致。

五

有人说，男人征服了世界，便征服了女人；而女人只需要征服男人，便能征服世界。

从古到今，一个有作为的君王大都有着极强的征服欲，这征服欲除了体现在对土地的征服，还体现在对女人的占有。秦皇汉武，唐宗宋祖，成吉思汗，康熙大帝，概莫能外。汉武帝一生中并不乏美人陪伴左右。可是，不论金屋藏娇的主人公陈皇后阿娇，服侍皇上更衣（入厕）得幸的卫皇后子夫，还是早逝的王夫人，晚年那个可怜巴巴的小姑娘钩弋夫人，都和李夫人不一样。她们的形象是实实在在、血肉丰满的，而李夫人只是一个虚幻缥缈的影子。她在史书中的出场，就像蒙上了一层纱巾；甚至，史学家对她的笔墨，还不及因她的裙带关系而贵为贰师将军、海西侯的长兄李广利。

古人云："爱众不长，多情不寿。"李夫人的出场是一首朦胧诗，她的退场同样堪称一幅朦胧画。李夫人早逝，在她重病期间，她拒绝汉武帝的探视。汉武帝忍不住来看她，李夫人却用锦被蒙住头脸，在锦被中说道："妾久寝病，不可以见帝。愿以王及兄弟为托。……妇人貌不修饰，不见君父。"历史上常有"红颜薄命"之说，而这偏偏就让李夫人这绝代红颜给摊上了。李夫人入宫一年多，因产后失调，从此委顿病榻，日渐憔悴。但也许她见惯了太多的风花雪月，更深知在那险象环生的后宫禁苑，色衰就意味着失宠。在即将离开这个世界的时候，她牵挂的是她最亲近的人。李夫人子封昌邑王；对两个哥哥，李夫人以前从没有向皇上要求封赏，可汉武帝在她死后却主动封其二哥李延年为协律都尉，封大哥李广利为贰师将军。汉武帝一生开疆拓土，重点经营北方和西北，很有一番作为。但他总是任人唯亲。以前卫皇后在世的时候，他重用卫青和霍去病舅甥二人，打败匈奴，"封狼居胥"，取得了一系列辉煌的胜利；可他重用李广利的结果，却是李广利战败，投降了异国。——不过，即使诛灭了李家，汉武帝对李夫人的怀念仍然"涛声依旧"。——当然，这是后话。

"鸟之将死，其鸣也哀；人之将死，其言也善。"临终而念其亲，乃人之常情。和乃兄李延年一样，李夫人也深知距离之美的道理。她死后，所有的美好都将凝固在时间里，化作永恒，她再也不用担心和掩饰了。汉武帝伤心欲绝，以皇后之礼营葬，并亲自督饬画工，绘制他印象中的李夫人，悬挂其画于宫中；他旦夕徘徊瞻顾，低声吟诵着刚刚写就的《李夫人歌》："是邪？非邪？立而望之，偏何姗姗来迟！"对她生的儿子昌邑王刘贺，则钟爱有加。——刘贺在武帝驾崩之后，做过短暂的皇帝。——以后的几年，汉武帝对李广利、李延年兄弟俩纵容到了常人不敢想象的地步……

六

不管承认不承认，女人的美丽，天生要靠一个男人来表现的，即使有人要对此给予鄙视，但结果都是客观存在的。不论是恋情还是爱情，不论是喜剧还是悲剧，人生的大幕都必将以一种令人惋惜的相同的方式降落；即使是孤单一人的美丽，也会因为孤单而使人怜惜。

往事越过两千年，在如豆的灯下阅读《史记》与《汉书》，李夫人的影子，仿仿佛佛就在我的眼前——依然是那一袭红裙罗衫，依然是那样地小袖凌波，依然是那样地清尘迤俪，依然是那样地玉人徜徉。我似乎看见在汉武帝那巍峨入云的甘泉宫中，层叠的纱帐重帷后，灯影在烛光中摇曳；李夫人飘然而来，又飘然而去，她的风韵，仍然是那样地姣好如初……

唉，宁不知倾城与倾国，佳人难再得！

怅望读书台

一

四野莽莽苍苍，蓊蓊郁郁；涪江滚滚南去，奔流不息。登上金华山巅，极目远眺，我的思绪穿过千年的尘封，似乎回到了那风起云涌的大唐。

红尘喧嚣，即使再疲惫，我们总是身在路上，心在远方。自古以来，这成了一条铁律。特别是生长在四川盆地的人。

盆地如同母亲的子宫，让胎儿备感亲切，但也令胎儿对外面的世界心生向往。世间的诱惑，总是那么多：功名、利禄，娇妻、美妾。但蜀道艰难，长安也居大不易。要想越过蜀道，到外面去大干一场，总得有打拼的"本钱"。

对蜀人而言，这"本钱"，只有读书。

君不见，相如赋，健笔凌云；扬雄笔，洋洋洒洒。但他们哪一个不是靠读书而来？

正因为如此，蜀地留下的读书台也特别多。梓潼城南长卿山，至今存留有司马相如读书台；绵阳凤凰山左翅膀端之山畔，有扬雄读书台。而我现在所登临的，是大唐陈子昂的读书台。

试想，假如没有青少年时代的刻苦攻读，怎么会有司马相如以后那以凤求凰、琴音传情的美谈？怎么会有扬雄那卓绝于众的《法言》《太玄》，传之后世？

二

说到读书，古人似乎总得选一处偏僻的地方。因其偏僻，所以幽静。那时大概人口也不多，地广人稀，自然界的植被也就特别地好。

金华山的环境，就是在今天，也非常适合一颗颗读书种子的生长。

山名金华，镇也以山而名曰金华镇。自西魏置射洪县，到 1950 年 1 月县治迁太和镇止，历 1400 多年，金华镇向为射洪县治所在地。金华山的主体，位于大金华旅游区的北区，汉代名"烟墩岭"。从其命名，可以想见先汉时候金华山的植被比现在还要好得多：抬眼绿海无边，山巅云雾缭绕，涪江若带，江山瑰奇，真不愧为蜀中名山。

金华镇自置县到新中国成立初，一千多年间，一直是商贾云集之地，兴旺繁盛。一直到县治迁太和镇后，金华镇才在岁月的长河中渐渐落寞下来。不过，"祸兮福之所伏"，也因为由县变成镇，金华虽错过了现代化建设的进程，一大批古镇建筑却因祸得福保存下来。那烟熏火燎的百年老屋，那光滑、蜿蜒的街道石板路，那小巧、古朴的戏台，那历经千年仍然枝繁叶茂的黄桷树，还有斑驳的四大城门，庄严的道宫道观，一切都诉说着历史的辉煌。

一直到 20 世纪 90 年代，改革开放之后，毁的毁，拆的拆，一夜之间，一切都要推倒重来。等到跨入新世纪，阆中古城一枝独秀的时候，金华镇才蓦然发现，历史似乎给他们开了一个天大的玩笑。至此，剩下的不多的古建筑，便成了弥足珍贵的东西。

幸好，在那拆拆拆一波高过一波的大潮中，陈子昂读书台还保存完好。

三

大清光绪版《射洪县志》记载，金华山之得名，是因为"其山贵重而华美"。由来地灵生人杰。陈子昂，就诞生在这片土地上。陈家住金华镇武东山下，其故宅今属金华镇武东片区沙嘴村张家湾。

《新唐书·陈子昂传》载："父元敬，世高赀。岁饥，出粟万石赈乡里。"所谓"高赀"，意谓资财雄厚、富裕之家。《汉书·货殖传》曰："王孙大卿，为天下高訾。"看来，陈家是当地的土豪，但也慷慨豪爽，赈济乡里，一次性就能捐出一万石的粮食。那时的一石，大约相当于53公斤，一万石就是53万公斤、106万斤，这在当时，甚至现在，都不是一笔小数目！

陈子昂的父亲陈元敬虽然因为赈灾，"举明经，调文林郎"，获得了一张官方认可的所谓"官身"，但恐怕没有多少文化，也就任由儿子任性胡来。所谓有钱就任性，陈子昂长到十八岁，还"未知书"，因为是富二代，崇尚侠义，好使气，有决断。似乎除了读书，什么射弋啊，赌博啊，都能应付裕如。

如果沿着这样的轨迹继续发展，也许，陈子昂最多就是一个承继家业、令人艳羡的富家翁，或者坐吃山空、难以守成的败家子。如果是那样，那个"常恐逶迤颓靡，风雅不作"（《修竹篇序》）耽于文学、风骨铮铮的陈子昂，我们到何处去寻？那个"念天地之悠悠，独怆然而涕下"（《登幽州台》）感天动地、悲怆永恒的陈子昂，我们到哪里去找？

四

现在看古代四川的读书人，有一个既有趣、也令人百思不得其解的现象：历史上，在文学、艺术上有较大名气、巨大成就的四川人，他们的师承往往都不甚了了。

比如：有谁知道司马相如的师父？有谁知道扬雄的师父？有谁知道陈寿的师父？在陈子昂之后，李白的师父是谁、三苏的师父又是谁？

要知道，马扬李苏，他们都不是凭空生长出来的，而是经过严格、扎实的基础训练，才具备了腾飞的"本钱"。难怪，唐人魏颢在《李翰林集序》中这样总结："剑门上断，横江下绝，岷峨之曲，别为锦川。蜀之人无闻则已，闻则杰出。"

所以，研读陈子昂的诗文，我总时不时想起他那不知名的师父。《新唐书》本传载："（子昂）它日入乡校，感悔，即痛修饬。"那个师父能将一个桀骜不驯的公子哥儿，调教成一个临窗静读的文人雅士，实在令人感佩之极！这样的情形，与当年孔夫子收子路（仲由）为徒弟的情形，何其相似。

金华山上有金华道观，物换星移几度秋，岁月沧桑使人愁。虽历经近1500年的盛衰变化，但殿宇楼阁，鳞次栉比，香烟云雾，古风犹存，游人香客，往来不绝。拾级而上，陈子昂的遗迹，时时、处处自然而然地显露出来。

比如，金华道观名曰"玉京观"，大概是北宋真宗赐的名，就出自陈子昂的《修竹篇》："永随众仙去，三山游玉京。"三山是传说中的海上三神山蓬莱、瀛洲、方丈，玉京泛指仙都。用在这里，合情贴景，再合适不过了。

再如，金华山整个山势呈一个大的马鞍形，其前山是主峰，前山之山脚有桥，名曰"虹飞桥"。因陈子昂《登金华》诗曰："鹤舞千年树，虹飞百尺桥。"

看来，因为读书，陈子昂已经脱胎换骨，神采飞扬，已不再是原来那个提笼架鸟、斗鸡走狗的浪荡少年，而变成了一个心有所想即能吟咏成诗的翩翩公子了。腹有诗书气自华，诚哉！

五

穿过雕梁画栋的虹飞桥，顺左上三十余级石阶，即可到达金华山前山门。站在前山门，一眼望去，层层石阶直上山头，两旁千余株古柏，荫翳蔽日；山上云环雾绕，若明若暗；行于山中，山巅滴翠，颇有王摩诘笔下"山路元无雨，空翠湿人衣"之味。身在此山，令人仿佛置身世外仙山之中。

陈子昂就在这样的仙山胜地，静静地读书三年。听山鸟嘤嘤，对涪江品茗；凭栏远眺，云凝雾障，烟波浩渺，水天一色。若换了我，在此读书，一坐三年，岂非人生之一大快事。

古人读书，无非三坟五典，八索九丘。但究竟读了些什么书，史籍已无具体的记载。正如读书台上感遇厅中的一副楹联所言："所读何书，上有遗篇传墨翟；其人如玉，无须后辈铸黄金。"看来，和我同疑的，可谓大有人在。我常想，如果能将古人所读之书的细目考证出来，对今人研读古籍，读书成才，肯定大有裨益。

不过，除了参加科考的必读之书，我相信，陈子昂还更多地阅读了大量的"闲书"，像诸葛孔明那样泛览百家，"观其大意"；还更多地密切关注着时局的变化，关注着百姓的日常生活。

那个曾经剑走偏锋、靠"终南捷径"入仕的诗人卢藏用，在《陈子昂别传》中，简练地叙述了陈子昂读书向学的经历："（子昂）因谢绝门客，专精坟典。数年之间，经史百家罔不该览。尤善属文，雅有相如、子云之风骨。"

六

学成文武艺，售与帝王家。整整三年的发奋苦读，上天已将力拯颓风的重任，赐予了陈子昂。在《右拾遗陈子昂文集序》中，卢藏用饱含深情地称赞陈子昂的成就："卓立千古，横制颓波，天下翕然，质文一变。"

21岁那年，陈子昂告别蜀中父老，顺江东下，再北上长安，开始了他的"文化苦旅"。一首五言律诗，写出了他那时的风发意气：

> 遥遥去巫峡，望望下章台。
>
> 巴国山川尽，荆门烟雾开。
>
> 城分苍野外，树断白云隈。
>
> 今日狂歌客，谁知入楚来。

陈子昂的诗集中，律诗很少，但像《度荆门望楚》这样的作品，堪称初唐律诗中的佳作：笔调气势流畅，巴山楚水，壮丽山川，极写所见、所感。这首诗，风格上和其他诗人、和成熟时期的律诗，有着明显的不同。

陈子昂到长安后，可能隔了一段不长不短的时间，才"以进士对策高第"，正式踏上仕途。难怪，后世演绎出他"千金市琴"的故事：

陈子昂从蜀地来到长安，却一直寂寂无名。有一天上街，陈子昂见卖琴者一把胡琴索价千缗，引人好奇围观。他灵机一动，将琴买下，并请众人明天移驾宣阳里听他弹琴。翌日，很多人闻声而来争睹，陈子昂拿起胡琴，道："蜀人陈子昂，有文百轴，不为人知。此贱工之伎，岂宜留心？"说罢，当众将名贵的胡琴摔得粉碎，然后将他的诗文赠送给所有与会者。结果，一日之内，陈子昂声名鹊起。

《太平广记》引《独异志》的这个故事，透露的不仅仅是陈子昂那别出心裁的自我推销，更暗示读者，就是在大唐那样的圣明之朝，要想有一番作为，也委实不易。

<h1 style="text-align:center">七</h1>

唐代宗宝应元年（762年），诗圣杜甫拜谒读书台，写了两首诗，手迹石刻存于金华山门外的石华表上，右侧刻《冬到金华山观》，外侧刻《野望》。前诗有句："陈公读书堂，石柱仄青苔。悲风为我起，激烈伤雄才。"

一个"悲"，一个"伤"，对陈子昂的人生遭际，感慨万端。

陈子昂的人生命运，着实是一个悲剧：21岁入京；24岁举进士出仕；26岁、36岁时两次从军边塞；38岁（圣历元年，698年）时，因父老辞官回乡，不久父死。居丧期间，权臣武三思指使射洪县令段简，罗织罪名，加以迫害，冤死狱中。死时，才42岁！

但历史是后人写的，历史也是最为公正的。

在初唐的文坛，陈子昂异军突起，引领了一个时代，所谓一代唐音子昂始。读书台感遇厅后面的拾遗亭，有一副楹联，写得甚好："文誉擅初唐，正轨开先，无愧杜陵称哲匠；书台留旧迹，典型未远，永堪粉社作宗风。"

以严谨著称的司马光，在其名著《资治通鉴》中，引用陈子昂的奏疏、政论达四五处之多，清代王夫之在《读通鉴论》中，这样评价陈子昂："非但文士之选，而且是大臣之材。"

42 岁，正当人生的盛年，却挟才而去，命归黄泉，真真令人扼腕而叹！

不过，有趣的是，读书台居然还收藏着一块"臭石"。

明代嘉靖年间，担任云南副使的射洪人杨最，回乡时从曲靖县带回此石，放置在金华镇江西街一小院内。新中国建立后，射洪县文化馆将该石运往县城太和镇，埋于馆内葡萄架下。1983 年 9 月，运往金华山，收藏于比。

此石形如人脑，表面微光，色呈灰黑。原高约 1.2 米，经多年来搬运敲击，现余 0.6 米了。若以铁器击之，臭气顿出。清代诗人袁霖有《臭石歌》一首：

敲石得乐声，煮石得其味，
那见击石出臭气？
不信将石砥，臭即随手起；
遗臭千年存，谁知石端委？

大浪淘沙，时空飞越，1300 多年后的今天，提到"前不见古人，后不见来者"，谁人不知陈子昂？而那个仗势欺人的射洪县令段简呢？他除了受命害贤，在青史留下骂名，还留下了什么痕迹？

在我看来，也许，"臭石"就是对段简们最好的回报。

八

有资料说，大清康熙年间，射洪乡贤杨甲仁曾在陈子昂读书台讲学 20 年，留下了丰富的文化遗产。1950 年之前，此处属射洪县学堂旧址，20 世纪 70 年代射洪县的卫校曾设立在山中的道观内，为当时的农村医疗站培养了很多实用人才。读书台，自陈子昂之后，一直发挥着它社会教化的功能。

如今，仰望星空，唐诗的天幕上群星闪烁；无疑，陈子昂是其中较为耀眼的一颗。当年杜甫过射洪，游涪水，登金华，谒陈墓，观陈宅，在《陈拾遗故宅》中，杜甫表达了对陈子昂的仰望之情："公生扬马后，名与日月悬。……终古立忠义，感遇有遗编。"

的确，士有遇与不遇，正如太史公司马迁《悲士不遇赋》中所说："士生之不辰，愧顾影而独存。恒克己而复礼，惧志行而无闻。"宇宙无穷，人生有限，怀才不遇，壮志难酬……可是，恰恰是这样痛苦难言的人生遭际，成就了陈子昂，成就了唐诗。

陈子昂的诗，词意激昂，风格高峻，汉魏风骨，余响至今。"文起八代之衰"的韩愈曾说："国朝盛文章，子昂始高蹈。"（《荐士》）文宗在蜀，但愿陈子昂一脉相承的优良的读书风气，能若涪江一样，浩浩汤汤，长流不息……

钓鱼城遐想

中国历史上，在一个王朝的末期，农耕文明总是很难抵御游牧文明的进攻。于是乎常常发生两种文明的激烈交锋。二周之与猃狁，秦汉之与匈奴，隋唐之与突厥，两宋之与契丹、女真和蒙古，明代之与满洲，便是如此。金戈铁马、刀光剑影之际，往往惨烈异常。有的争战，甚至影响中国乃至世界历史的进程。

比如合川钓鱼城的抗元之战。

一

位于长江上游的合川（古称合州）城东五公里有一座山，名曰钓鱼山。其山突兀耸立，相对高度约 300 米。山上有一块平整巨石，传说远古时期，有一巨神于此钓嘉陵江中之鱼，以解一方百姓饥馑，钓鱼山由此得名。

钓鱼城就筑在此山之巅。

其地当嘉陵江、渠江、涪江之口，控扼三江，自古为"巴蜀要冲"。山下三江汇流，南、北、西三面环水，地势十分险要。

险要的山川，承平之时常有文人雅士登临送目，战乱年代却拉锯争夺。南宋末年，四川成为蒙古铁骑战略远征之地。为抗击蒙古进攻，巴蜀大地很多地方，都建起了关隘寨栅，以此牵制蒙古军队。嘉熙四年（1240 年），四川制置副使彭大雅，命甘闰在钓鱼山上筑城，作为合州军民避蒙古兵锋之地。

淳祐三年（1243 年），兵部侍郎、四川安抚制置使兼重庆知府兼四川总领兼夔路转运使余玠，采纳播州（今遵义）贤士冉璡、冉璞兄弟建议，遣冉氏兄弟复筑钓鱼城，移合州治及兴元都统司于其上。"钓鱼城"之名始传于世。宝祐二年（1254 年），合州守将王坚进一步完善城筑。

钓鱼城刚刚完善，宝祐六年（1258 年），蒙古分兵三路伐宋，一路攻江淮，一路攻襄阳，一路攻四川。蒙哥大汗亲率一路军马，进犯四川，于次年 2 月兵临钓鱼城。宋、蒙在钓鱼城的大战，由此展开。

古人云："人无远虑，必有近忧。"正因为有了"远虑"，提前进行了精心的准备，风雨飘摇的南宋，才在抗战中表现出一种顽强与坚韧，令人油然而生无限的感佩。

二

自古以来，钓鱼山就是官民宴游之地，为"合川八景"之一的"鱼城烟雨"所在地。

风景名胜，往往地在僻远；但钓鱼山离城并不太远，仅仅五公里。这里有山水之险，也有交通之便，经水路及陆道，可通达巴蜀各地。钓鱼城外城筑于悬崖峭壁之上，城墙系条石垒成。城内有大片田地和四季不绝的丰富水源，周围山麓也有许多可耕田地，城中还有好几十口水井。这一切便利，使钓鱼城凭借依恃天险、易守难攻的特点，具备了长期坚守的得天独厚的地理条件。王坚完善城筑之后，陕南、川北人民纷纷迁来，钓鱼城遂成为拥有数十万人的军事重镇。

合川军民的对手是怎样的情形？

当时，蒙哥大汗挟西征欧、亚、非40余国暴风骤雨一般的威势，趾高气扬、踌躇满志地来到合川，也许根本就没有将弹丸之地的钓鱼城放在眼里。

史载：开庆元年（1259）二月，蒙哥进驻石子山，亲自督阵攻城。从二月到五月，先后猛攻一字城和镇西、东新、奇胜、护国等城门以及外城，均被击退。六月，宋四川制置副使兼知重庆府吕文德率战舰千艘往援，为史天泽击败，退回重庆。蒙古军加紧攻城，仍不能破，其先锋大将汪德臣被击伤死去。蒙哥汗大怒，命军在东新门外筑台建楼，窥探城内虚实以便决战。七月二十一日，蒙哥汗亲临现场指挥，中飞石受伤。二十七日，卒。蒙古军遂撤围北还。

对此，明万历《合州志》载曰："元宪宗为炮风所震，因成疾，班师至愁军山，病甚……次过金剑山温汤峡而崩。"蒙哥大汗这位"天之骄子"，抱恨驾崩于现在重庆北碚的温泉寺。据《元史》本传及元人文集中的碑传、行状等所载，不少随蒙哥汗出征的将领战死于钓鱼城下，由此可以想见钓鱼城之战之酷烈。

蒙哥汗在钓鱼城下的败亡，导致蒙古这场灭宋战争的全面瓦解，使宋祚得以延续20年之久。进攻四川的蒙军被迫撤军，护送蒙哥汗灵柩北还。率东路军突破长江天险、包围了鄂州的忽必烈，为与其弟阿里不哥争夺汗位，也不得不撤军北返。从云南经广西北上的兀良合台一军，一路克捷，已经进至潭州（今长沙）城下。由于蒙哥之死，该军在忽必烈派来的一支部队的接应下，也渡过长江北返。蒙军的第三次西征行动停滞下来，缓解了蒙古势力对欧、亚、非很多国家的威胁，蒙古的大规模扩张行动从此走向低潮。由此，钓鱼城被西方人称为"东方麦加城"、"上帝折鞭处"。

以此开端，钓鱼城军民与蒙军经历大小战斗 200 余次，共同创造了钓鱼城 36 年攻防战争这一古今中外战争史上罕见的奇迹。不但使南宋朝延续了 20 年，还改写了世界历史。难怪，明代四川唯一的状元、《明史》赞为"记诵之博，著作之富，推慎为第一"的杨慎，在其钓鱼城怀古诗中发出这样的感叹：

> 钓鱼城下江水清，荒烟古垒恨难平。
>
> 睢阳百战有健将，墨翟久守无降兵。
>
> 犀舟曾挥白羽扇，雄剑几断曼胡缨。
>
> 西湖日夜尚歌舞，只待崖山航海行。

在杨慎看来，钓鱼城抗元，足以和唐朝安史之乱时期的睢阳抗战媲美。

三

刘子健先生在《背海立国与半壁山河的长期稳定》中论述道："如果从欧洲史上看，蒙古人攻无不克。而南宋对抗蒙古，前后有四十多年。和波斯印度等各国来比较，南宋绝不能算弱。不但是军事力不弱，而且政治的黏着力相当强，一直抵抗到最后，不用说别的，这团结力比北宋就强。以往史家，实在没有理由来忽略这'虽败犹荣'的事实。"

放在南宋抗战的大背景之下，钓鱼城的抗战，我们也可作如是观。

不过，一部中国历史，很有点像一个人阴晴不定的性格——有时候温文尔雅，有时候怒发冲冠；有时候吟花弄月，有时候仰天长啸。壮怀激烈的钓鱼城抗战，不可能一直抗下去，持续百年、千年；随着元朝开疆拓土、中央集权制度的确立，不可避免地要有一个了结。这和三国归晋，隋立一统，北宋代周，等等，并无二致。问题在于，谁，以什么方式，重纳一统之中。

要知道，钓鱼城抗战再"坚苦"、再"卓绝"，南宋最终还是灭亡了；钓鱼城抗战开城投降的结局，让后人如同享受大餐的老饕，任何人、任何时候，都可以有自己的见解，都可以评论一番。

战争末期，南宋钓鱼城的守将是王立，四川制置使兼知重庆府张珏的副将。张珏回守重庆，钓鱼城的防务交给了王立，任命他为"安抚使兼合州知州"。王立是身经百战的将军，守钓鱼城是有功的。在重庆陷落以前，他尽职尽责，守土如命。1278年春天，重庆被汉奸赵安出卖而城破。重庆失守之后，钓鱼城腹背受敌。在元军四面攻打时，王立想到过死，但又下不了决心，想投降，又怕保不住性命。他的矛盾心情，被身边的"义妹"熊耳夫人所知。

熊耳夫人本姓李，是元军战将熊耳的夫人。在此之前，元军占领泸州，熊耳率军驻守，熊耳夫人随军到了泸州。宋军收复泸州时，熊耳被王立击毙，熊耳夫人被宋军俘获。她在混乱中没有暴露真实身份，谎称姓王。宋军带回钓鱼城后为王立所得。王立对外说是他的义妹，让其照顾老母，实际成了王立不公开的宠室。熊耳夫人还有一重身份，元朝安西王相李德辉的同母异父之妹。

熊耳夫人获知王立的心事，策动他投降。1279年元月，李德辉请示忽必烈后，王立得到元军不屠城的许诺，于是率领钓鱼城10万军民投降，正式结束了钓鱼城36年的抗战生涯。

四

中国历来有"耻事二姓"的传统，其土壤之深、影响之广，可谓妇孺皆知。在这样的文化背景之下，因为投降，王立、熊耳夫人、李德辉成为后世备受争议的人物，那就再正常不过了。

钓鱼城之战结束二百多年以后的明朝弘治五年（1492年）春天，在朝中当官的合州人王玺回家乡守孝期间，约同乡、在贵州当官的陈揆，一起登山，同游钓鱼城。他们感念钓鱼城名将王坚、张珏的忠烈丝毫不亚于在安史之乱中坚守睢阳城的唐代将领张巡、许远，然而却没有给他们建祠留存后世，甚是遗憾。王玺回朝，上奏孝宗皇帝，皇帝恩准，于弘治七年（1494年），初建成王张祠，供奉王坚、张珏牌位。

以后的二百六十多年间，王张祠几经破败，几经修复，直到清王朝乾隆二十四年（1759年），修整一新，请进了钓鱼城之战中有功的余玠、王坚、张珏、冉进、冉璞五个人的牌位，改名为"忠义祠"。

改名后的忠义祠完工不久，苏州人陈大文当了合州知府，他执意在忠义祠内加进了王立、熊耳夫人、李德辉的牌位。陈大文撰写碑文阐述了自己这样做的理由。这块碑如今尚保存完好，上刻"或以（王）立降为失计"，而"所全实大哉"；并称李德辉与熊耳夫人使钓鱼城军民免于蒙元将士的寻仇报冤屠戮，"实有再造之恩"。

到清光绪十八年（1892年），遵义人华国英任合州知府，在募资兴修忠义祠廊舍以后，又坚决地将这三个人移出了忠义祠。并且怒斥陈大文之举为"不知何心"，申斥王立为叛臣、降人，根本不能享受后人的瞻仰、祭祀。他刻碑撰文申斥王立"为宋之叛臣，元之降人"。为充分显示自己的观点，华国英还在厅堂楹柱上，正气凛然撰写下一副对联：

> 持竿以钓中原，二三人尽瘁鞠躬，直拼得蒙哥一命；
>
> 把盏而浇故垒，十万众披肝沥胆，竟不图王立之心。

到了当代，争议依然不息，大多数人都认为熊耳夫人和王立是叛徒，是民族败类，是祸水，应该遭到唾骂。

在此，我无意为王立们翻案，因为历史的基本事实摆在那里；我也无意为王立们辩解，因为为他们辩解，在传统文化的氛围中，无异于自取灭亡。

记得二十多年前，余秋雨先生的散文《道士塔》，在叙述莫高窟的文物被外国学者盗走、中国无力保护之时，作者悲愤地感慨了几句："偌大的中国，竟存不下几卷经文！比之于被官员大量糟践的情景，我有时甚至想狠心说一句：宁肯存放于伦敦博物馆里！"结果，众多的非议顿时飞向了博学、善良、耿直的余先生。

五

郭沫若先生为现代大家，他在《钓鱼城访古》一文的开头说："自己是四川人，很惭愧，连钓鱼城这个辉煌的古迹，以前却不曾知道。"但他却可以这样写诗：

> 魂夺蒙哥尚有城，危崖拔地水回萦。
>
> 冉家兄弟承璘珍，蜀郡山河壮甲兵。

卅载孤撑天一线，千秋共仰宋三卿。

贰臣妖妇同祠宇，遗恨分明未可平！

在郭老先生的笔下，王立成了贰臣，熊耳夫人成了妖妇。

对此，我不敢苟同。

民间有谓，站着说话不腰疼。中国人很少设身处地为别人想一想。如果非得一心忠于前朝，那么，中国历史上那么多的改朝换代，恐怕我们的祖先都会因为殉情、陪葬而死绝了！

殊不知，天下大势，合久必分，分久必合，皆为自然。

明末清初的著名学者顾炎武，指出"亡国"与"亡天下"有很大的区别。他在《日知录》卷十三"正始"一条说：

> 有亡国，有亡天下。亡国与亡天下奚辨？曰：易姓改号，谓之亡国。仁义充塞，而至于率兽食人，人将相食，谓之亡天下。……知保天下然后知保国。保国者，其君其臣，肉食者谋之；保天下，匹夫之贱与有责焉耳矣。

用现在的话说，亡国是王朝更替，国君易姓；亡天下是民族灭亡，不仅亡国，还要灭种。

顾炎武本人曾接受南明兵部司务的任命，未到职，南京即被清朝攻陷。他提出"天下兴亡，匹夫有责"，影响很大。顾炎武和黄宗羲、王夫之号称明末清初"三大儒"。三大儒都曾接受过南明的任命，后来参加反清复明的活动，失败后均潜心学术。与顾炎武大致相同，黄宗羲也曾指出："天下之治乱，不在一姓之兴亡，而在万民之忧乐。"

我看，后世并没有要求顾、黄、王们怎样地为明朝殉情、陪葬。那么，我们有什么理由，要求饱经战乱之苦的王立们，在南宋灭亡之后，一定得为南宋殉葬？何况，那十万面目黧黑、衣不蔽体的钓鱼城军民，难道他们的性命就一钱不值吗？

郭沫若将熊耳夫人称为妖妇，并把王立、熊耳夫人与秦桧夫妇相提并论，予以痛斥。郭沫若的诗文，写于抗日战争那特殊的年代，其情可原，但其论实在是可悲。中国历史上的"女人祸水"思想，在号称民主斗士的笔下，真是自然流露。所谓才子，到底还是未能免俗。

在我看来，只要能换位思考，我们就能得出这样的结论——不仅王立，就是熊耳夫人这个在历史上留下一点点痕迹的一介弱女子，也应该得到正确的评价。说不上有功，却也无多大的过；或者说，至少算不得罪人。她那柔弱的双肩，实在承担不起亡国的罪名。

六

我对钓鱼城的神往，要追溯到 30 年前上大学的时候。那时，每次从南充到北碚，都要经过合川，要经过钓鱼城下。宋蒙对峙那一声声大炮的轰鸣，常常在我的耳畔回响。

佛家有言："法不孤起，仗境方生；道不虚行，遇缘则应。"2013 年 11 月 22 日，我因到北碚西南大学看望我的四姨妈李素清老人、到合川看望我的大表姑何秀贞老人，大表姐詹光玲、三表姐詹光灿特意陪愚夫妇到钓鱼城一行，了了我多年的心愿。

徘徊于钓鱼城的护国门、古军营、九口锅，瞻仰护国寺、忠义祠、上天梯，我的思绪飞向南宋末年那风雨飘摇、战火纷飞的年代，我也不由得佩服忽必烈那阔大的胸襟。

蒙哥大败于钓鱼城，抱恨长终，殒命前遗命："我之婴疾，为此城也；不讳之后，若克此城，当赭城剖赤，而尽诛之。"

但是，忽必烈却没有遵照其大哥蒙哥大汗的遗言行事。钓鱼城降元，王立提出的最重要的条件，便是不可杀城中一人。而这个条件，最终被已登上大元皇帝宝座8年的忽必烈所接受。要知道，在征伐世界的过程中，蒙古人杀人过亿，凡是抵抗的城市都被屠杀得干干净净。唯有钓鱼城，因为抵抗了36年，以其感天动地的壮举，全身而退，用实力让魔鬼放下屠刀。而忽必烈不计前嫌、一诺千金的风范，却少有提及，令人思古而叹。

钓鱼城中耸立一株桂树，据资料说，植于南宋高宗绍兴二十五年（1155年）。历近900年，仍然龙根九曲，凤冠高张，傲立天底，独撑苍穹。老桂树语沙沙，香流幽沁。听风声雨声，观月升日落，红尘迭劫，沧桑看尽，真可谓"兴，老桂睹；亡，老桂睹"。

桂树下徘徊，忽然想起钓鱼城摩崖石壁上的两句话："江流千古，民族千古。"一个人虽然可能轰轰烈烈，但在大自然的面前，永远是那么地渺小如蚁，甚至不如嘉陵江中的一滴水。只有我们的民族，才能如江之永，浩浩汤汤……

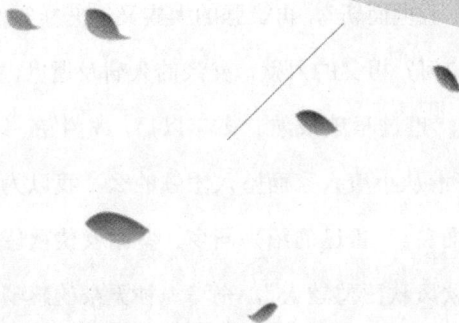

人物剪影

DI SI JI
REN WU JIAN YING

第四辑

今天，想起鲁迅……

今天，2016 年 10 月 19 日，我想起那个留着八字须的小个子绍兴男子。因为，八十年前的今天，凌晨五点二十五分，他离开了这个他所生长、所生活、所热爱、所诅咒的社会。

鲁迅的家族，是北宋周敦颐的后裔。绍兴新台门周家是一个大家，但《孟子·离娄》所谓"君子之泽，五世而斩"，再豪强的大族又能怎样？贾史王薛，百年簪缨，钟鸣鼎食，又能如何？祖父的入狱，父亲的久病及逝世，让少年鲁迅过早地担负起家庭的重担，也过早地成熟。多年以后，先生在《呐喊·自序》中这样沉痛地回忆："有谁从小康人家而坠入困顿的么，我以为在这途路中，大概可以看见世人的真面目。"鲁迅的绍兴同乡、鉴湖女侠秋瑾就义前所引清代诗人陶宗亮的诗句"秋风秋雨愁煞人"，充满一种无奈的感喟。在那个风雨如磐的特定时代，鲁迅那一代人，就是那样慢慢"愁"过来、慢慢"熬"过来的。

为此，从绍兴到南京，从南京到东京，从东京到仙台，鲁迅学军，学工，学医，从文……也许，他的初衷是为了"光大门楣"，但无论怎么说，这些经历，都极大地丰富了鲁迅的人生，开阔了鲁迅的眼见。从少年鲁迅到青年鲁迅，先生将苦难真正转化成了难以估价的精神财富，终于破茧而出，完成了从蛹到蝶既痛苦难言、又美丽无比的升华。

但世间上有爱鲁迅的人，就一定有恨鲁迅的人。有的人很厌恶鲁迅，说他心胸狭窄，说他不知宽容，说他睚眦必报，说他有失温柔敦厚之旨。实际上，鲁迅从没有私仇，也很难与人真正结下任何了结不了的恩怨。纵然兄弟反目、从北京八道湾搬出来，他也从没有说过兄弟周作人的任何一句坏话。他恨的是"千夫指"，他为的是"孺子牛"；他毕生所从事的，是从某一个具体的社会现象出发，思考、总结、归纳、提炼，上升到对人性的解剖和对社会本质的批判。诚如先生自己的诗句："无情未必真豪杰。"正因为爱之深，所以才恨之切、揭之透、批之烈。

鲁迅其实是一个很淡泊的人，他生前可能从没有想过要当什么大师、导师；在给夫人许广平的遗言中他就说过："孩子长大，倘无才能，可寻点小事情过活，万不可去做空头文学家或美术家。"八十年过去了，鲁迅的话言犹在耳；现在是"大师"帽子满天飞，魏晋玄谈唾沫横溅，实际上花里胡哨，于事无补。由此，正见先生的英明与伟大——虽然，鲁迅先生复生，定会坚决反对我给他加上"英明"、"伟大"这样的"头衔"。

余生也晚，《红楼梦》第115回所谓"久仰芳名，无由亲炙"是也；余才疏学浅，也无力对先生作过多的评论。"楼观沧海日，门对浙江潮"，但愿先生的风采，先生的深邃，先生的骨鲠，能一直激励着我，在文学之路上坚持走下去、走下去、走下去，一直走到诗意的远方……

谒贾平凹先生记

自古以来，国人很喜欢给别人戴高帽，一些人也总喜欢被别人戴高帽。似乎一经戴上"高帽"，便立即身价百倍，鹤立鸡群。于是乎，当今中国"大师"帽子满天飞；高帽之下，难免伪大师居多，令人厌而恶之。但"桃李不言，下自成蹊"，真大师却从来都是受人景仰的。习近平总书记在文艺座谈会上提到的"二贾"之一的贾平凹先生，就是中国当今文坛首屈一指靠实力说话的响当当的人物。

蒙平凹先生之邀，我和锦平率西南作家杂志社一行四人，大年初七，驱车北上西安，去谒见曾经数十次通话和短信往返但未睹真容的贾平凹先生。

正月初七是"人日"。传说女娲正月初一创世，七天内每天造出一种生物，前六天诞生了鸡、犬、豕（猪）、羊、牛、马，直到第七天正月初七才创造了人。历史上，唐代的高适、杜甫曾经在成都有著名的人日唱和。咸丰四年（1854 年），时任四川学政的何绍基在果州（今四川南充）主考，正月初六回到成都，拟就对联一副："锦水春风公占却；草堂人日我归来。"何绍基熟知高杜人日唱和的典故，特意沐浴静坐，宿于郊外。待到次日正月初七，才赶到草堂题写此联。我们选人日北上，也是为了表达对平凹先生发自内心的敬意。

傍晚到达西安。为了不耽误和平凹先生的见面，我们住宿在距先生第一工作室上书房最近的一家宾馆。晚饭后，到了先生那个小区，"侦察"了一番地形，才放心地回到宾馆。但上床之后，辗转反侧，总是难以入眠。于是，又在网上选读先生的文章。一篇《条子沟》，写尽一个小山村的沧桑；一篇《哭婶娘》，一篇《再哭三毛》，令我黯然泪下。网上闲逛之中，无意间进了先生的新浪博客，读了先生近些年写的一些序、跋、评。说心里话，这样"恶补"，并不是对平凹先生的一种畏惧，而是由衷的尊敬；因为，"功课"不做足，生怕在与先生的言谈之中"露怯"，坏了咱中文系的"名声"。

正月初八，穀日。一大早，沐浴更衣，以示虔诚。上午，我们比先生约定的时间提前24分钟赶到。站在先生的门口，几次想敲门，举起手，又无声地放下。先生是职业作家，长期熬夜，还是到约定的时间再敲门吧。凝神静气之间，忽听得窸窸窣窣一阵声响。估计是先生起床了，估计是先生在洗漱，估计是先生在准备……整10点，我领头，站成一路纵队。我抬起右手，中指轻叩三声。门开了。道声"贾老师好"，多年来只读其文、未见其人的贾平凹先生，便微笑着将我们让进了屋里。

于是坐下，于是品茶，于是闲谈，于是阵阵笑声冲淡了我们后辈谒见大贤那种拘谨和不安，气氛很快便融洽起来。

辛弃疾《鹧鸪天》曰："聚散匆匆不偶然。"人生本如飘萍，有缘则聚，无缘则散，冥冥之中一切似乎都早已注定。少年时代，我喜欢先生的商州系列散文和中短篇小说，读其书而想见其人。而今，看尽千山，阅尽红尘，当年仰慕的文学泰斗，就静静地坐在咫尺之间，真令人百感萦怀。

先生说，他一早就将茶煮好了，等我们的到来。细细一品，茶是上等的黑茶，加了铁皮石斛，还特意加了少许的盐。石斛为中华九大仙草之首，是附生草本植物，吸日月之精华，饮风霜而餐雨露，历来享誉极高。先生以这样的礼节招待，我们顿时心里热乎乎的，浑身十万八千个汗毛孔都充满了舒泰。

我们将给先生带的礼物一一取出，送给先生。这是什么什么酒，这是什么什么烟，这是什么什么茶。先生对四川的黄老五花生糖和资中冬尖很感兴趣。我介绍道，先生经常熬夜，晚上吃两块花生糖，喝一盏热茶，既暖胃，也充饥；冬尖是中国名产，开袋即食；下饭、炒肉丝、做臊子、做烧白，都是上佳之品。末了，我将我写的一幅题了"平凹先生正"的隶书扇面"春风徐来"赠送给先生。平凹先生微笑着，一一接过我们的礼物，一声声道"好"，然后收起来。他还表扬我扇面写得好，让我心里美滋滋的。

在上书房，先生为我们介绍了他的藏品。先生特意告诉我们，随便拍照，不要拘束。先生的书桌上，一副圆圈老花镜，一叠正在撰写的手稿。我们分别坐在桌前，留下了难忘的一瞬。锦平童心未泯，居然戴上先生的花镜，照了一个笑眯眯的单人照。也许，这样沾点文气，我和锦平都将写出更多、更好的作品。

我们和先生聊文学，聊各地的民风民俗，聊我们少年时代的文学梦，聊我们对先生三十余年的景仰，聊我们阅读先生作品的感受。我还对先生说起1992年先生创办《美文》的一些逸闻趣事，并向先生求证他的生日是不是阴历的二月二十一。平凹先生有问必答，解了我们心中很多的疑惑。先生还给我们讲解他每年抽时间下基层，到农村，深入生活，怎样去寻找创作素材，怎样激发创作灵感。

先生非常高兴地对我们说，上书房不是他最大的工作室，静虚村才是他藏品最多的地方。说罢，先生领我们去了几公里外的静虚村。

好大，好安静，好多藏品！这是我们跨进静虚村大门的第一感觉。

先生为每一尊大佛上香，然后给我们介绍主要藏品的来历。于是我们知道了佛音鸟，知道了越南花梨木，知道了战国的"方"，知道了北齐的文物。而我们，则争相用手机和相机，记录下很多珍贵的瞬间。先生逐一和我们每一个人多点、多次合影，没有一点不耐烦的样子。在给先生拍摄杂志封面照的时候，先生正襟危坐，表现得很严肃。我居然情不自禁地对先生说："贾老师，您随便一点，想抽烟抽就是。"先生于是点起一支烟，我按下快门，留住了永恒的瞬间。

对我们一行的到来，先生非常高兴，充满着法喜。对我们《西南作家》杂志的办刊理念和成绩，先生予以充分肯定。先生说："《西南作家》比某些省级官办文学刊物还办得好。"作为主编，一闻此言，真是激动万分。我知道，这是先生对我和我们《西南作家》杂志的鼓励。文学之路是艰辛、寂寞而漫长的，我们只有持之以恒、不断努力，才能不辜负先生的期望。关于文物收藏，先生对我们说："文物的聚散也是有定数的。有时候一件文物来了，很快能够引来另一件文物。"我想，是不是先生在借文物的聚散有缘，开示我们这样的禅机——一切随缘，该来的东西自然会来。在介绍文物收藏的间隙，先生居然哼着小调，轻松地迈着小步。我和锦平不由相视莞尔。真难得，我们目睹了先生的赤子情怀。

承蒙青眼，贾平凹先生爽快地答应担任《西南作家》杂志首席顾问。我当场填好聘书，先生与我和锦平拿着聘书，欣然合影。先生还在几本书上签下大名，赠送给我们一行四人。我得到的，是先生早年的中篇小说集《腊月·正月》。先生的硬笔字和毛笔字一样，铁画银钩，干净简洁，一如他为人的耿介实诚。有人说，贾平凹先生脾气很大，性格古怪。但正如著名报告文学作家尹西农先生所言，我和先生很投缘。我不仅丝毫没有感受到先生为人的古怪，反觉得先生循循如也，蔼蔼如也，言谈举止之间，让我们如沐春风，倍感亲切。

中午，先生带我们去一家小店，品尝著名的小吃岐山臊子面和西安肉夹馍。先生基本吃素，生活挺简单，一个肉夹馍，一碗豆豉汤，如此而已。在等待叫号的时候，先生踱出门外，点起一支烟，不经意地望着街对面，享受着片刻的闲暇。一缕阳光洒在先生的脸上，先生很是惬意。等肉夹馍和豆豉汤端上桌，先生就和我们一道，大庭广众之下，围桌而坐，左手拿馍，右手端汤，呼哧呼哧，颇有魏晋人之风采。真可谓大隐于市，无人识面。由此可见，文学不是热热闹闹的杂耍，作家、文学家的第一工夫，就是要耐得寂寞。

稼轩词曰："明朝放我东归去，后夜相思月满船。"

这次谒见贾平凹先生，对我和锦平的触动很大。我们都已过半百，人到中年。诚如锦平所说，中文系出身的我们，今生今世不能留下一部"做枕头"的书，我们将会遗憾终身。平凹先生是我们都极为敬重的文学前辈，我们唯有认真写作，实心办刊，才对得起先生对我们的关心和扶掖。

2月6日，在返回四川的高速路上，我填了一首《西江月》词，寄呈贾平凹先生，表达了我当时的心情：

诚恐诚惶北上，文学梦想牵怀。红尘琐事弃尘埃，谷日老天溢彩。

缘结大师千里，贾门立雪来哉。轶闻掌故话匣开，佛佑三生奏凯。

王蒙先生印象记

世间万物皆会老去，唯有文学和艺术永远年轻。在当代中国文坛，如果要评选创作常青树，无疑，王蒙先生一定会是那片森林中枝叶婆娑的一棵。

最早阅读王蒙先生的作品，还是 1980 年我刚上初中不久。记得那年五月号的《人民文学》刊发了先生的《春之声》。这个短篇小说，没有贯穿全篇的故事情节，而是借助主人公在特定环境下的心境、联想和下意识的活动，营造出某种典型意境，反映出社会生活和人的心灵奥秘，从而向人们传递着春天的信息。后来，又陆陆续续读了先生的一些作品，《海之梦》《夜之眼》《布礼》《蝴蝶》《风筝飘带》……先生小说的意识流手法，给我留下了难以忘怀的印象。

1984 年秋，我考入南充师范学院中文系，因为专业的原因，开始阅读王蒙先生早期的作品——长篇小说《青春万岁》，中篇小说《组织部来了个年轻人》，对先生的创作脉络更加地清晰了，王蒙先生也成为我所仰慕的作家之一。

人曰，万法缘生，皆系缘分。也许，冥冥之中，上苍对我和《西南作家》杂志特别地青睐。因缘际会，我终于见到了久仰的先生。2017 年 4 月 9 日下午 2 时 40 分，走进四川省图书馆七楼贵宾厅的时候，我一眼就认出了王蒙先生。

王蒙先生清癯而疏淡。先生虽然生于北京，但祖籍河北沧州。沧州是著名的武术之乡，也许先生自幼坚持锻炼强身，所以身体很棒，结实硬朗。当我将2017年第一期《西南作家》杂志赠送给先生的时候，先生一边翻阅，一边微笑着说："挺好，挺好！"先生问："封面这首写贾平凹的词是你写的吗？"我说"是"。先生道："很棒！很棒！"先生详细了解了四川省内省级、市级纯文学刊物的基本情况，还询问了我从前大学专业的情况。我说我今年已大学中文系毕业29年，先生默默地点了点头，说"好"。怀着对文学的敬畏，我将《西南作家》杂志创刊的缘起、运营的情况，向先生做了详细汇报。先生悄然动容，道："现今文学日趋边缘化，你们还在坚持，不简单！不容易！"

先生曾经担任过文化部部长，我大学毕业后长期在宣传、文化部门工作。如今，一老一少，在蓉城相见，真是得缪斯女神之助。记忆中，20世纪80年代，文学大潮一浪高过一浪，王蒙先生就是那众多弄潮作家中的一员。20世纪90年代中期以后，文学之潮渐渐消弭，很多曾经风云一时的作家，都归于岑寂；只有一些富有实力、富有才气的作家，坚持创作，笔耕不辍。不几年，文学的天空依然群星闪烁。王蒙先生就是其中较为耀眼的一颗。年届八旬，2015年8月16日，先生以长篇小说《这边风景》，夺得第九届茅盾文学奖。八十高龄，获此殊荣，老而弥笃，真是我们学习的榜样！

在我心中，王蒙先生一直是高不可攀的作家，"须仰视才见"；我也从没想到，能得到先生的接见。如今，和蔼、慈祥的先生就坐在咫尺之间。亲闻先生謦欬，得到先生肯定，受到先生指教，这对我这个从事职业写作的人而言，无疑是一次极大的鞭策。

告别王蒙先生的时候，只见窗外阳光灿烂。我心里很温暖——是啊，第九次全国作代会召开之后，文学的春天真正到来了。王蒙部长和其他文学前辈的鼓励，将令《西南作家》杂志在文学登顶之路上再上新的台阶！

佛是一座山

一

现在的都市人往往钟情于所居城市的地标，开口闭口，自豪之口吻见矣。因此，一座城市，在内，应该有其灵魂；在外，应该有其名片。要知道，没有灵魂的城市，难免如楼兰，渐渐湮没于历史的大漠；没有名片的城市，难免如泥沙，随文明的江河呼啸而下。千载而后，这样的城市，只配活在考古学家的案头，不容易占据人们的心灵。

而建县于西汉武帝建元六年（前 135 年）的资中，其城市名片，不用说，肯定应该是川中名胜重龙山。

二

要说知名度，重龙山之名可谓高矣：《新唐书·地理志》卷六就赫然记载其名，在资州所属八县中，它与"平冈山"一道，构成一道靓丽的风景，只不过那时它叫"崇灵山"而已。随着时间的推移，特别是"湖广填四川"六次大的移民潮波涛汹涌，移民而来的客籍人，将"龙文化"带到了资中；加之古今音变，一声之转，"崇灵山"一变而为"重龙山"。

身为资中人，我常常感到非常遗憾，因为资中、内江一带本属川中南浅丘，天生缺少名山；峨眉之秀，青城之幽，剑阁之雄，夔门之险，这里都没有。

但身为资中人，我又常常感到无比自豪，因为上天偏偏将重龙山赐予这方土地；"重龙山"异峰凸起，以其旖旎的风光，浓郁的佛国气息，成为遐迩闻名的川中名胜。

三

作为土生土长的资中人，第一次对重龙山留下较为深刻的印象，乃是我参加高考的前夕。

记得那是1984年7月6日的上午。我和几个同学爬上重龙山，来到永庆寺。记得当时县文管所还在永庆寺，我们一路溜达，一路浏览。等我们将东厢房展厅吾乡先贤骆成骧状元《殿试策》诵读完毕，跨出门槛，只见阳光满庭，耳畔传来啾啾的鸟鸣，顿时心情大好。一个同学提议去拜菩萨，大家就去到大雄宝殿，虔诚地跪拜、叩头、许愿。我当时默默地念叨："如果今年能考上大学，我一定来烧香、还愿！"

说来令人惭愧，我们几个学生，那时因为受所学的《政治经济学》的影响，居然具有了"马克思主义观"，认为"宗教是麻醉人们的精神鸦片"，以至于缺乏起码的宗教、文化常识，竟至于连"大雄宝殿"供奉的是谁，也说不出个子午寅卯。当时我们一致以为，大雄宝殿里那一尊慈眉善目的塑像，肯定是观音菩萨。

但说来也怪，偏偏就是在那一次永庆寺许愿之后，我如愿以偿地考入了师范大学中文系。可负笈异地的四年中，我因为这样那样的俗事，始终未能到永庆寺还愿；一直到四年后的 1988 年，才怀着一颗感恩之心，再一次跨进永庆寺的山门，虔诚地烧香、还愿，心头之结才豁然而解。

四

至于对佛学发生兴趣，至于对资中的佛教渐渐有所了解，还是我 1994 年工作调动到报社之后的事。

记得那是 1995 年夏天，一次偶然的机会，团县委的小桃问我熟不熟悉重龙山永庆寺的智常法师，她和团委的几个弟弟妹妹想到重龙山玩一玩。我说我不熟悉，但有他的电话。于是我翻出本子，给智常法师打了一个电话。没想到，从未深交的智常法师满口答应，欢迎我们去永庆寺交流；还说，晚上请我们吃斋。

就这样，当天午后，我和小都、小桃、小旻、小宏，来到了永庆寺。智常法师热情地接待了我们，一边领我们参观永庆寺的建筑，一边给我们介绍永庆寺和资中佛教的历史。"三武一宗"的毁佛事件，资中历史上佛教的几次兴废，重龙山永庆寺中兴之祖清德上人的传奇人生，当今党和国家的宗教政策……这些对法师而言无疑是"小儿科"、对我们而言如听天书、似懂非懂的东西，就从智常法师平静的叙述中如涓涓泉水，汩汩流出。我的心田，如久旱逢甘霖，顿时一片滋润。

傍晚 5 点，智常法师领我们到五观堂，吃了一顿斋饭。临别，他还给我们每个人送了几本佛学书籍，希望我们好好读一读。

五

从永庆寺回来，我就一直在想这些问题：佛教自西汉哀帝元寿元年（前 2 年）传入中国，历经多次磨难，但为什么生命力那样的顽强？中国文人，包括李白（青莲居士）、白居易（香山居士）、苏轼（东坡居士）这些大文豪在内，为什么会对佛教那么热心和执着？

一天，偶然翻阅马克思《黑格尔法哲学批判导言》，我被马克思的一句话深深震惊："宗教是被压迫生灵的叹息，宗教是无情世界的有情，正像它是没有精神制度的精神一样。"

读到这里，我恍然大悟：原来如此！

套用马克思的话，我们也可以这样说，佛教是一种以底层人民为基础的精神信仰，是无情世界里最为有情的凝聚剂。一切的真、善、美在佛教的世界里都得到肯定、赞扬和倡导，一切的假、恶、丑在佛教的世界里都得到曝光、否定和批判。

正因为有了"渔人"初入"桃花源"的那种"豁然开朗"，我和智常法师的接触也渐渐多了起来。

智常法师长身玉立，为人谦和，温文尔雅，循循善诱。我这个佛学的门外汉，在他的熏陶渐染之下，对佛学发生了浓厚的兴趣，从此，我们一起为资中佛教事业的发展力尽绵薄，也一起见证了资中佛教的中兴：

1996 年 8 月 9 日，资中县佛教协会成立，智常法师被一致推选为会长；

1997年元旦，智常法师创办了四川省唯一一张佛教专业报《资州佛教报》他亲自担任社长，我担任总编辑。我们一道设计版面，策划选题，邀请作者，讨论稿件，《资州佛教报》发行到国内各大寺庙，影响远及港澳台以及新马泰，很快得到国内外佛学界充分肯定；

2009年11月11日，巴蜀禅源宁国寺修复开光，僧俗两界上万人参加了开光典礼。

六

资中建县于汉武帝时期，至今已超过2100年，历史上产生过很多文化名人：唐代经学大师李鼎祚，至今仍是研究《易经》不可逾越的高峰；宋代词人李石，少负才名，作品婉约，为宋代词坛一代大家；南宋状元赵逵、清末状元骆成骧，更是资中有史以来光照史册、彪炳千秋的"双子星座"。

可是，在全社会商潮涌动，经济、文化发展日新月异的今天，资中显然落后甚多。有鉴于此，从外地而来、驻锡资中重龙山永庆寺的智常法师，本庄严国土、利乐有情之旨，发佛家大慈大悲之心，为资中的文化建设、社会发展，做出了不可磨灭的贡献：

他多年一贯，坚持助学，让考入大专院校的很多资中籍贫困学子，不再为缺衣少食焦心，而能安心求学于华堂之下，成为国家建设的栋梁；

他坚持敬老、爱老的传统，每年深入乡镇敬老院，让病残无依、高龄无助的老残人得到春天的温暖；

……

智常法师是中国山水田园诗之祖陶渊明的第42代玄孙，虽然出了家，但文化的因子在他的血脉中流淌。为了振兴资中的文化事业，他内引外联，积得巨资，在永庆寺建起了五百罗汉堂，使之成为成渝线上一大景观；他建起了永庆寺名人碑林，让风光旖旎的重龙山，注入了文化的新血液，重新焕发了蓬勃的生机；在他和清德上人、铁波乐居士的不懈努力下，东汉古寺宁国寺重建开光，吸引了国内外无数香客前来瞻仰；他成立起正学书社，团结了一大批书画家和佛学研究专家，为重龙山的开发献计献策；他定期、不定期亲自带队，率领资中县佛教协会的副会长、常务理事，到外地参观、游览，为资中佛教文化的发展考察、取经；一年一度的中韩国际佛学研讨会，他都鼓励佛协成员积极参与，甚至亲自撰文、参加交流……

此所谓发大心者，必有大力；发大愿者，必有大福是也。

如果要问资中近些年最大的发展是什么，我一定会不假思索地说，是资中佛教的振兴！

七

曾经有一段时间，我的人生处于低谷，心里异常苦闷。徘徊于人生的十字路口，面对未来我一片茫然。在那个时候，智常法师没有放弃我这个曾经的"俗友"，总是给我以鼓励，激发我的好学上进之心。

在智常法师的引导下，我对佛学知识有了逐渐深入的了解，也流露出皈依佛门的想法。谁知，智常法师竟将我无意中的一句话记在了心里。2005年元旦，智常法师以专车接我到内江圣水寺；在全国八大高僧之一的清德上人座下，我正式皈依佛门，成为临济正宗第五十一代、破山禅师下第二十一代俗家弟子。

这几年，特别是定居成都以后，因为俗事缠身，我的心很难得静下来。每次通话，智常法师都是勉励有加，并提醒注意呵护身体健康；在我的写作处于"瓶颈"的关头，智常法师总是耐心地以佛法相开导，醍醐灌顶，让我精神振作，心田澄明。

行文至此，忽然忆起2006年我赠给智常法师的两首小诗：

（一）

古刹钟声远，俗心一洗空。

冉冉日初起，啾啾鸟玲珑。

圣道三车演，济世佛法功。

晓霭纷纷散，芸芸礼大雄。

（二）

我本飘零客，凭君度此身。

雨分新与旧，交论浅和深。

天花方坠罢，开示警顽心。

佛门容乃大，笑煞世间尘。

在资中的几十年，有时感觉重龙山如小家碧玉，很是平常；而远离故土，才知道重龙山的平常，无不蕴含有其卓绝的地方。如果说重龙山是资中的名片，那么，智常法师就是重龙山旧貌新颜、振兴鼎盛当之无愧的灵魂。

岚光晓霭，鸟鸣嘤嘤，重龙山的一切还是那么的柔美多姿？天池水漾，香烟袅袅，永庆寺的一切还是那么的婉约多情？故乡一片月，偏向梦里圆。如今，重龙山的一草一木，已深深扎根于我的心中；永庆寺的一钵一磬，时时传响于我的耳旁。

　　走笔至此，我不禁向着南方，双手合十，在心里默默地念道：

　　山是一尊佛，一尊永远屹立在我心中的大佛；

　　佛是一座山，一座需要终生勤修仰视的高山。

祖母手中的年

二十世纪六七十年代，经济和物资普遍紧张，对我家而言，过年，成了不大不小的"问题"。

那个时候，我那才华横溢的父亲已经因病而英年早逝，老妈远在乡下，二姐小玲和四哥亚骐虽然初中都没有上成，却也莫名其妙地成了上山下乡的"知识青年"。街上只剩下我那70多岁的老祖母，还有残疾的大哥小骐，未成年的五哥幼骐，加上我这个没上学的小子。虽然日子艰难，但"年"还是得过的。当我母亲和二姐、四哥从乡下回来的时候，我们家的年，我感觉并不比别人家逊色多少。

这不，不到腊月二十三祭灶的日子，我们家就要开始大扫除，川话谓之"打扬尘"。这个"尘"字，从我那老祖母嘴里念出来，成了阴平，听来别有一番味道。"打扬尘"之后，就是置办"年货"。

那个时候的年货，也无非就是一块猪头皮，一块酱肉，外搭几斤香肠，如此而已。这些，在腊月初，老祖母就预备好了。那个时候，街上的人是发肉票，凭票买肉。在过年前，街道居委会通知几号票买半斤肉、一斤肉。老祖母很会持家，不管多穷，我们家总是多多少少有几块肉，过年绝对地有肉吃。除此，在年前，还要买一个大红公鸡。在祭祖之后，也祭一祭我们肚子里蠕动了好几个月的"馋虫"。

杀鸡当然是大哥小骐的事了。

大哥左脚因小儿麻痹留下后遗症，挂着拐杖。只见他左脚倚靠在拐杖上，让拐杖竖立在夹窝下。左手捏着公鸡的双翅，将鸡头扭转来，一并捏着。右手将公鸡颈下的一绺毛迅疾一扯，右手握着的菜刀从外向内飞快地一勒；左手将公鸡高高地提起来，将鸡血滴入一个装了半碗净水的土碗中。放净鸡血，随手将公鸡瓮入一个水桶。然后，老祖母将已经烧滚的水，淋在公鸡身上，就带着我们拔鸡毛。这个时候，五哥已将灶火烧得熊熊。等将公鸡煮得半熟，就捞起来，和一块方方正正的猪肉"刀头"一道，摆上桌子。当然，桌子上少不得还有一双筷子，一杯酒，一个碗。老祖母带着我们，给"老先人们"烧钱纸。一边烧，老祖母还要一边念："曾氏门中的公太、婆太，还有令琪你们几弟兄的父亲，都来领钱哦。保佑我们大家都顺顺利利，平平安安。"

我的老祖母虽然出身大族，但没有文化。不过，她很乐观，开朗，对生死看得很开。每年祭祖的时候，她都要给我们几弟兄说："以后我'老'了，逢年过节，你们要给我烧钱纸；烧的是时候，要念我的名字'何其英'，那样我才能收到你们的'钱'。"见我们点点头，老祖母就很满足，很高兴，起身做事去了。

年饭那一顿，掌灶、做菜的，自然是我的老祖母了。

在忙忙碌碌大半天之后，关了门，一家人围桌而坐，开始"过年"了。

吃年饭的时候，老祖母有很多讲究。一是不能掉筷子，说是掉了筷子，一年到头一家大小可能不太顺利；二是吃饭的时候要先吃饭，后喝汤，绝对不能用汤泡饭，说是吃了汤泡饭，以后出门，容易在路上遇雨。

对老祖母定下的这些规矩，我们至今都遵从无误。

那个时候，我们四川人喜欢过年的时候穿一件新衣服。特别是我们这些小孩子，还要出去乱逛，和我们街上别家的孩子比一比谁的衣服好看，川话谓之"赛宝"。为了我过年的那一身新衣服，我想，我那老祖母不知道动了多少脑筋，谋划了多少个夜晚。但不管怎么样，每次过年的时候，我都有一套崭新的衣服。

不仅如此，大年初一的早上，老祖母还要发给我一张一角人民币，让我高兴得几天都睡不着觉。晚上，睡在祖母的脚下，我总在考虑，这一角崭新的钱，我是像其他小伙伴一样拿去买零食呢，还是继续存着，以后买一本连环画？就是在如此"纠结"之中，我迷迷糊糊地进入了梦乡。梦中，我还紧紧攥着老祖母给我的那崭新的一角钱。

不知不觉之中，一晃，老祖母已经过世20多年了。如今，每次过年，我都带着妻子和女儿，将祭品摆上，然后恭恭敬敬给老人家上一炷香。在烧钱纸的时候，我们一起高喊："何其英老孺人，您老人家来领钱了哦！"

老祖母晚年耳朵"背"，听力不好。但我相信，当我那已经108岁了的老祖母听到她最小的孙子、最小孙媳妇和最小的曾孙女在大声地呼唤她老人家的名讳的时候，肯定会心满意足，肯定会非常高兴地看着我们欢欢喜喜地过年，看着我们顺顺利利地过日子……

忆先父祥钟公

今天，乙未年（2015）阴历四月二十五日，是先大人祥钟公（谱名祥玳）90 周岁冥诞。今年，也是他老人家累倒讲台 42 年。

先大人少孤，赖太母何其英老孺人含辛茹苦，乃得以就学、立业。自县男中毕业后，不到二十岁，即成为教师。共初，国家蒸蒸日上，一派新貌，奈政治运动接连不断，最终万马齐喑，黔首成愚。祥钟公颇具民主与法治新思想，当兹政治环境，只能成为时代旋涡中的一片枯叶，不能左右自己的命运。中年以后，祥钟公染疾身弱，以致最终不治。

母亲李太夫人 42 岁生我，祥钟公时年 41。我记事很晚，祥钟公唯有数事，略有印象：

其一，我小时素弱，李太夫人听信偏方，哺乳至我三周岁。四哥回忆，为了断奶，二姐小玲与四哥亚骐，携余至祥钟公任教之共农小学。印象中，共小为一四合院，多年后乃知其为一旧时土糖房，当地谓之漏棚。也不知在那儿待了几天，反正祥钟公甚是耐烦。每至夜半，必唤我小便，并给水果糖一颗。不知不觉之中，忘记了吃奶的事。据说，数日后回到老家，我还以此炫耀，以至多年后，李太夫人还记着我的断奶"名言"："耶，你们都不去嘞，爸爸叫我屙葩尿，吃砣糖。"祥钟公那种不烦繁琐，那种温温言语，至今刻在我的心上。

其二，"文革"中期，大哥小骐与世交大宝哥（福平）到天恩乡为生产队打草席，常把我带上。从苏家湾街上到天恩乡莫加墩，就一条大路。五哥幼骐回忆，1972年那年的重阳节，祥钟公正在老家休假。忽对我言："你找得到大哥那儿不？我想去看看你大哥他们。"我点点头。于是我在前，祥钟公在后，一路上父子无话，慢慢向天恩走去。到大哥他们那儿，坐了一会儿，我们父子又步行回家了。

其三，1973年，秋，我到祥钟公任教的共农小学发蒙。不知为什么，那时已有幼儿园，父母竟没送我去上；本可六岁、六岁半发蒙，父母也没让我去上学。一直到七岁半，才直接进小学。也许，是父母深知读书费神，怕我瘦弱的身体吃不消？"皇帝爱长子，百姓爱幺儿"，多年以后，我只得引用这两句俗语来作解。记得刚上学时，祥钟公在我的语文、算术书上，用恭楷写下"曾令琪"三字。现在想来，他的字在欧、颜之间，很有骨力。先大人逝世四十年后，叔父宗瑶公曾对我说，祥钟公是上过两年私塾的。难怪。

我发蒙不久，祥钟公即逝世了。先大人那满腹才华，我并未传下来一星半点。唉……

母亲朗读《鸡毛信》

我一直期望，还有三年，我就能好好地给母亲过 90 岁的生日。没想到，母亲在 87 岁的时候，竟离我而去，天人永别！

我家兄弟姐妹多，母亲 42 岁的时候，才生下我这个幺娃。

我记事的时候，家里就很穷。那个时候，我的大哥小骐与次兄亚骐，在街道草席社织席，母亲就在家纺线，为两个哥哥提供后援。我七岁那年，刚好上学，父亲就积劳而逝。蒙祖母、母亲的抚养和哥哥姐姐的扶助，我才得以读书问学。母亲是新中国成立前的高中生，在那个年代属于有文化的人。为了我的成长，母亲付出了太多的艰辛。至今，我还依稀记得，小学二年级的时候，我跑到街上的供销社，花了八分钱，买了一本文字版《鸡毛信》。可是，书上的字太多认不得。见我沮丧的样子，母亲就说，她给我朗读。我高兴地搬来两个凳子，母亲高坐，我坐在矮凳上。母亲手捧新崭崭的书，为我高声朗读，我们娘儿俩很快沉浸在小说的情节之中。母亲教过书，读起来绘声绘色。每当读到书中主人公海娃所牧之羊被鬼子杀戮，母亲声情并茂的朗读，总是令我潸然泪下……一直到读完，我还意犹未尽，扭着母亲再读。据说母亲的个性很强，脾气也很急躁。但对我这个"老幺儿"的要求，她却是"有求必应"。于是，母亲喝一点水，为我一次、二次、三次地反反复复耐心地朗读，直到我犯困才停。

至今想来，我后来能考上中文系，并从事自己喜欢的文学创作，和当年母亲那不知疲倦的朗读，显然是有因果关系的。

从师范学院中文系毕业后，我先是执教于某中学，后改行于一家报纸。无论我的工作怎样地调换，居处怎样地变动，母亲都随我迁徙。她为我做饭洗衣，还是像照顾小孩儿一样地照顾我。后来，我成婚了，有了女儿，母亲又主动担负起看护小女的任务。爱人是医院的护士，以前长期上夜班。可能是女儿在娘肚子里就习惯了"昼伏夜行"的夜班生活，女儿降生后，白天呼呼大睡，晚上却兴奋异常。为了让我多睡一会儿，常常是半夜三更的时候，母亲还带着女儿在转悠。那些年，我和爱人刚参加工作不久，工资低，条件差，加上自己不懂事，很让母亲受了一些罪。

母亲晚年，我们的条件得到了较大的改善。居住的房子，是我们买的130平方米的新房，母亲有了自己独立的卧室、独立的电视机、独立的卫生间。再后来，我的女儿考入了大学，我们的经济状况也得到了极大的改善。但母亲已经是80多岁的人了，腿脚不大灵便，病痛也渐渐多起来。但每次生病，只要几个儿女来到身边，只要看到孙子、孙女为她跑上跑下，她的脸上就会溢出满足的笑容。

可是，我真的没想到，母亲会在87岁的时候，永远地离开了我们！

《诗》曰："蓼蓼者莪，匪莪伊蒿；哀哀父母，生我劬劳。"我小时候身体很差，为了让我身体好一些，母亲听别人的"偏方"，坚持哺乳我到三周岁才罢。涓涓母爱，凝聚的是母亲对儿子的深深的期盼！

在母亲走后的这一年多，往往半夜醒来，我还感觉到母亲尚在，并没有远去。可是，环顾偌大的房间，却不见母亲那熟悉的身影。真是"子欲养而亲不在"，每念及此，我不禁泪如雨下……

吾家有女初长成

最近这十年，我最大的收获，不在于自己从一个县城搬家到省城定居；不在于自己从一个业余作家，成长为一个专业作家；而在于女儿曾潇然渐渐长大，大学毕业，参加了工作。

女儿是我生命的再现，是家族血脉的延续。

吾家有女，生活便充满无限的欢乐；吾家有女，人生便有了奋斗的目标。

我家世代书香，从我的父母开始，到我、到我的侄女，我家连续三代都是教师。如果从我的外公外婆算下来，我们家族的教师则多达三十人。受家庭环境的影响，女儿从小就对读书发生了浓厚的兴趣。

记得，大约是女儿1岁多一点的时候。那时我还在一所省级重点中学教书。一天，我带着女儿在家属区校门口玩。校门有两个大的石狮子，一大片菊花。我正在欣赏西下的夕阳，一个童声从我的背后传来："花落知多少哇！"

回头一看，女儿正背着双手，看着那一片菊花，小大人似的一边吟诗，一边点头。我对此感到十分的不解：我没有教她这首诗啊，她怎么会啦？回到家一问，我那从教师岗位退休的母亲告诉我，是她教了孩子孟浩然的《春晓》。对女儿的记性，我不吃惊；孩子就是一张白白的纸，可以任由家长描画；而令我吃惊的是女儿居然能对景吟诗，而且能诗、景相配。身为教师和父亲，我非常兴奋。我从大脑的"诗库"中搜索出从《诗经》到唐诗的名篇佳句，然后按时代先后排序，亲手给孩子编辑了一本蒙学诗集，以后，有点空就教女儿读诗。在我们所居住的那个小院，女儿银铃般的童声，便荡漾出一片诗的春天。

没想到，从此，女儿居然就那样一直喜欢诗词歌赋，从幼儿园，到小学，中学，大学，并喜欢上了写作。在她高二那一年，女儿加入了内江市作家协会，成为当年最年轻的市作协会员。山西的《青少年日记》杂志为此对女儿做过一次专题报道，一下子发表了女儿的好几篇文章。记得，女儿的一位高中同学就曾经这样写道："我惊诧于曾潇然居然能在脑子里装下上千首唐诗宋词！"高中毕业前夕，女儿光荣地加入了中国共产党。2008 年"5·12"汶川大地震后不久，女儿如愿以偿考入大学。女儿虽然阴差阳错上了建筑大学的工程管理系而不是我所希望的大学中文系，但在文学上的爱好，给她的学习和工作带来了很多益处。在学校，她积极参加社会活动，演讲、写作、专业学习，都取得了可喜的成绩。

后浪前波，女儿的成才，成了我这十年最大的收获。

女儿生在大冬天的深夜，还没出生，我那已经 65 岁的母亲，就高兴得合不拢嘴。等女儿一降生，母亲就包裹好，从医院兴冲冲带回家。

可能因为妻子是护士，长期上夜班，女儿也就自然地开始了她独特的"夜班"——白天呼呼大睡，晚上却咿哩哇啦，精神得很。妻子坐月子，我白天要上几个班的语文课，母亲自然承担起照顾小孙女的重任。更头疼的是，妻子身体素弱，没有奶水，我们也不愿意让女儿吃奶粉，而是专门给女儿弄"三合浆"——用花生、黄豆、核桃磨浆。我那时刚刚参加工作不久，学校分给我一幢烂木楼上的一间几个平米的房子。我买来一个简易的小钢磨，用螺丝固定在一张圆凳上。有时候我磨，更多的时候是老妈磨。一圈一圈，一次一次，小钢磨吱呀吱呀，女儿的粮食"三合浆"就这样磨出来了。然后是煮沸，保暖。等女儿饿的时候，随时都能喝上不冷不烫的"三合浆"。

就这样，女儿满月了，女儿咿呀学语了，女儿蹒跚学步了，女儿上学了……每每看到小孙女的点滴进步，母亲的脸上都荡漾起一片灿烂的微笑。而我的母亲，也就由65岁，而75岁，而85岁，日渐衰老了。等女儿考上大学，母亲的身体也越来越差。女儿每次打电话，首先问候的，是她的老祖母；寒暑假，女儿每次回到家，必得首先跑去祖母的卧室看望她。每一次，女儿都拉着祖母的手，久久不愿意放下。如果祖母生病，女儿会放弃一切的休闲和娱乐，静静地陪伴。我因为忙于工作，在母亲的晚年，很少陪她说话，这成了我此生莫大的遗憾；而女儿在家的日子，或许，多多少少减轻了我内心的惭愧。

母亲最后的日子，已神志不清，但仍然紧紧拉着我和女儿的手。或许，母亲是要用无声的语言告诉我，好好照顾女儿，让她幸福、让她快乐？在母亲弥留的时候，女儿急匆匆从相馆取回祖母的大彩照。女儿刚到，我那87岁高龄的母亲即溘然长逝。

母亲逝世后，亲朋好友来吊唁的很多。当时，我的另外几个侄儿、侄女远在广州、深圳、浙江、江油、遂宁、威远，母亲的孙子辈就只有女儿一个人在家。那时，人来人往，千头万绪。等我的几个侄儿、侄女回到家，女儿又和她的哥哥、姐姐们为祖母守灵，给吊唁的亲朋叩头，按照分工的安排，做一点力所能及的事。一直到送祖母火化、下葬。我真的没想到，女儿竟表现出平时看不出的井井有条、规范有礼。

人世代谢，自然之理。但母亲的逝世，成了我这十年最大的遗憾；只有女儿的成长，让我内心稍安。

我的侄女曾瑛和我一样，是大学中文系毕业，而且和我师出同门，也擅长写作。我曾经开玩笑，如果曾潇然以后也从事写作，那我们一家以后很可能像"老苏、大苏、小苏"一样，也来个"老曾、大曾、小曾"。

高考那年，一直喜欢文学和英语的女儿，自己选择了工科的建筑大学工程管理系。身为语文教师，我其实非常希望女儿能填报中文系或者外语系。在女儿很小的时候，我就萌发了要把她培养成作家的想法。但现在女儿大了，她对自己的人生有自己的考虑。理智告诉我，"父亲的权威"在这里已经不起任何作用；在女儿的选择面前，我只能保持沉默，并言不由衷地投赞成票。等女儿拿到大学的录取通知，我告诫女儿，志愿既然是自己所选，那么，以后学习的困难，工作的艰辛，也得自己承担。看着我严肃的样子，女儿咬着嘴唇，没出声，但点了点头。我知道，在大学专业的选择上，我不能过多地干预她的选择。虽然我的心里充满失落，但看到女儿茁壮成长，我还是很欣慰的。

上大学后，女儿各方面表现突出，和老师、同学的关系处得也很不错。每次看到她的喜报，我的心里都充满无限的甜蜜。

女儿的几次大学实习，都是自己联系的。由于专业的要求，女儿去到建筑工地，大热天和工人一样上工、下工，走遍工地的每一个角落，熟悉工程的每一个环节。短短一个月，女儿白皙的皮肤，变成了褐色，似乎才从遥远的非洲回来。回到家，让疼爱她的老祖母眼泪直掉。而女儿总是对老祖母说："没什么，我喜欢我的专业，我一点也不觉得苦和累。"

等女儿大学毕业参加工作后，我们的生活又变得简单起来。因为，在我母亲逝世后，我们举家搬到成都，入住我们新买的电梯公寓。妻子在一家医院上班，我成了真正的专业作家。女儿所在的项目离我们的住家有点远。几乎每天，女儿都是很早就出门；晚上，接近8点才能回家。从前一家人围桌而坐、谈笑风生的情景，对我们而言，已经成了一种奢侈。女儿在她的QQ空间中写道："每天，窗外小鸟嘤嘤，一天心情大好。"

女儿的心态很平和，很健康，工作上很有上进心，也很能干，很快从公司几千人的海选中脱颖而出，成了春节联欢晚会的主持人；她还参加各种证书的考试，受到领导器重、同事的尊重。

今年大年三十的晚上，我和我的叔叔、婶娘、哥哥、姐姐、侄儿、侄女，一家三代围着电视机，看女儿参加主持的公司大型文艺晚会，大家都不由得感慨万端。

前两天，是父亲节。对这些洋节，我一贯没有放在心上，也几乎记不住。晚上，正当我在灯下赶写文章的时候，女儿轻手轻脚地走进我的卧室，将一束石斛兰送给了我。一支支石斛兰粗如中指，叶如竹叶花葶，从叶腋抽出，每葶有花七八朵，每花6瓣，四面散开，花瓣边的紫色和瓣心的白色相互映衬，在灯光下煞是好看。女儿还递给我一个红包，说："祝爸爸父亲节快乐！"然后羞涩地回她的卧室去了。

看到女儿沿着自己的人生轨迹正常前行，我觉得，我这半生的努力没有白费。岁月的风沙在我的额头刻上深深的印痕，可女儿的成长，带给我的却是无限的欢乐！

吾家有女，我心甚慰！

张运涵伯伯

　　我之所以走上文学道路，除了家庭环境的影响，朋友们的鼓励也是一个重要的原因。其中，忘年交张运涵先生，就是这众多的朋友之一。

　　张家是我家的世交，两家的交往自不必说。记得，我"始龀"的年龄，张伯伯正下放在苏家湾干鸭咀。张家的大宝哥（福平）、二宝哥（利平）和我们家住在一起。一次，大宝哥带我去看望张伯伯。十余里的山路，对我这个不知世事的小孩而言，无异于一片神奇。张伯伯看见我们，非常高兴；临走，他到地里摘了一个冬瓜，让大宝哥背回家。那个冬瓜足足有 40 斤，多年以后想起，让我对当时身处逆境的张伯伯都充满无比的敬意。听我的几个哥哥姐姐说，张伯伯文化虽然不高，但很爱动脑筋。那个时候，苏家湾还没有电灯，他曾经根据有限的材料，弄出一个手摇发电机，让串联的几个白炽灯发出耀眼的光芒。那一刻，所有的煤油灯都垂头丧气，黯然无光。

　　张伯伯不善饮酒，但喜欢喝两口。每次聚会，喝下一小盅酒，他就会满面通红，眼睛都红了。这个时候，他就会再一次说起他怎样参加童子军，差一点随远征军入缅抗战；怎样和冯焕章（玉祥）将军有过一段交往，留下美好的回忆。后来，由张伯伯口述，我加以记录、整理的形式，在《四川政协报》等报刊发表了《我和冯玉祥将军的一段交往》，并收入《内江文史资料选辑》第12辑中。我从小喜欢读书，张伯伯每一次都忘不了叮嘱我刻苦攻书，学好本领。张伯伯从来都是风趣、幽默的，说话睸眨鼓眼；特别是酒后，谈笑之间，辅之以拊掌拍桌，很有感染力。

受我大哥小骐的影响，我本来打小喜欢象棋，但上大学以后，不知怎么的，我迷上了围棋。那个时候，张伯伯已经平反、复职、退休，常住老家。听说我会下围棋，张伯伯很兴奋。他说，他小时候就会下，可惜几十年没有机会下了。于是，我拿来围棋，就在张伯伯住的店面下起来。一时间金角银边，争劫拼抢，天昏地暗，日月无光。在我和张伯伯的身后，围了一大圈人，有的人懂一点，更多的人不懂。但他们都在看一个18岁的小伙子和一个60多岁的老头落子如飞，时不时还要来两句风马牛不相及的评论。时至中午，侄儿平平来催几次，我才回去吃饭。从此，寒暑假回到老家，我几乎每天都去和张伯伯手谈几盘。也许，从前对张伯伯一直是仰视，自从下了围棋，我们之间完全成了真正平等的棋友了。

毕业以后，只要我回到老家，即使再忙，每次都少不了和张伯伯手谈几局。得知我一直忙于读书、写作，张伯伯除了鼓励，还给我提供了很多素材。我也知道了，他退休后，一直坚持写作，写了不少的东西：《紫禁城的末日》（八场历史题材话剧，近4万字，大约写作于1980年前后）、《回忆录》（自传，约3万字，写作年月不详，应该是退休以后）、《侠游暗影》（传奇，约10万字，写作年月不详），《旧末鸳鸣》（传奇，约5万字，完成于1984年5月）。可惜，张伯伯晚年淡泊名利，加之机缘不到，除了我们合作的那个"冯玉祥"，几乎没有发表过。

张伯伯于 1926 年 11 月 26 日（丙寅年十月二十二日）生，2005 年 5 月 25 日（乙酉年四月十八日）辰时病逝，享年 79 岁。屈指算来，张伯伯离开人世已经 5 年多了。今天，忽然回忆起他生病之前不久，曾两次来找我下棋；可惜，因为俗事缠身，我们最终没能再手谈一局。一想到此，我的内心就充满了一种难言的落寞与惆怅……

文学小妹李赛男

知道李赛男的大名很早，那是 20 多年前，从我的学生们之口；但结识李赛男却很晚，是 2005 年。记得那年的夏天，通过中国著名报告文学家向思宇先生和残联吴畏先生的引见，我才得以走近"久闻其名，不见其人"的文学青年李赛男。几年来，友谊日深，了解日深，才萌发了写一写她的念头。

赛男出生于 1975 年 10 月。出生的时候，因为母亲难产，医生接生了很长时间，这个小孩才落地。可是，由于窒息的时间过长，她已陷入休克状态。医生是敬业的，但限于当时的整体医疗水平，医生的技术并不能算是精湛的。医生采取了在她看来较好的、现在看来并不完善的急救措施，小孩终于有了呼吸。作为家中长女，父母给她取名"赛男"，不言而喻，这个名字，寄寓了父母对她最大的希望和最美好的祝愿。她的吃喝拉撒，她的一颦一笑，都让父母欣喜不已。

随着时间的推移，她开始学说话了，口齿伶俐，逗人喜欢；她应该学走路了，可是，随便家长怎样教，她就是不能迈开她的双腿。为此，父母带着她，上成都，下重庆，四处求医，走遍了川内各大医院。最后，他们得到的答复是冷冰冰的四个字："脑性瘫痪。"这个结论，虽然让父母非常沮丧，但他们没有绝望；他们怀着一线希望，到大医院恳求名医，给赛男做了几次手术。但术后情况很不妙，医生也没能够妙手回春，将赛男的腿疾治好。最后，医生不无遗憾地告诉赛男的父母："医学也有无能为力的时候，我们对此毫无办法。"就是从那一天起，赛男便正式地被宣判——在以后漫长的人生旅途中，她将终生丧失独立、自由行走的能力。

对父母而言，这无异于一个晴天霹雳！

赛男的腿不能行走，但决不能让她的心灵也不能翱翔！面对赛男的腿疾，父母暗下决心，一定要力所能及地给予赛男最好的关爱，女儿不仅应该如名字所愿，赛过男孩，更要让她战胜多舛的命运！

不管遭遇到再大的困难，赛男的父母还是按时将她送进了学校。从小学，到初中，到高中，学校的老师、同学，给予了赛男这个特殊的女孩儿特别的关照，给赛男留下了很多美好的回忆。说到资中一中三年的高中生活，赛男回忆说："记得高一那年，资中下大雪，同学们兴致勃勃地准备上重龙山观雪景、打雪仗。我那时多么渴望能和同学们一起到重龙山上去玩啊！但我自己知道，我不能和大家一道去了……"

就在赛男心情落寞的时候，语文老师袁廷鉴先生微笑着来到她的身旁，征询她的意见后，二话不说，背上她，学生们欢天喜地，师生直奔重龙山而去。山上，银装素裹，同学们尽情地蹦啊，跳啊。雪花飞舞，雪团飞掷，投身集体活动之中，赛男的情绪也被感染得特别地兴奋。多年以后，在重龙山上观雪景、打雪仗的那一幕，成了赛男记忆深处美好的镜头。

随着年龄的增加，赛男懂得了只有知识才是最有力的武器。她阅读了《钢铁是怎样炼成的》《假如给我三天光明》《轮椅上的梦》，保尔·柯察金、海伦·凯勒、海迪姐姐身残志坚的故事，时刻激励赛男要做一个坚强而上进的人。在学校，赛男是一个特殊的孩子，上学、放学、上楼、下楼、甚至如厕，都面临困难。但困难从来没有成为赛男求学的障碍。在亲人、同学、老师、朋友和社会各界人士的无私帮助之下，赛男顺利完成了高中学业。

但对赛男而言，她高中毕业的 1994 年的夏天堪称名副其实的"苦夏"，因为，残酷的现实粉碎了她的大学梦。

那个时代，对一个生活不能自理的学生，大学的门紧紧地关闭着。赛男这样的女孩儿，虽然成绩优异，但要想跨进高校的大门，无异于"蜀道之难，难于上青天"。也就是在那个最灰暗的夏天，一直生活在幸福之中的残疾女孩儿李赛男，第一次意识到她与别人的不同。好朋友们一个个纷纷踏进了大学校门，而她只能枯坐在家中，望着窗外那片窄窄的天，和偶尔飘下的一片枯黄的落叶。

"生活应该如何继续下去？难道我就这样注定要成为家庭和社会的负担吗？"无数次，赛男流着眼泪，扪心自问。

赛男虽然与高校无缘，赛男虽然只能在轮椅上度过她的一生，可是，庸庸碌碌、平平淡淡，并不是她的人生的终极目标。在苦闷的日子，赛男想起了高二时县残联吴畏老师的一次谈话。那次，同样身为残疾人的吴老师以自己为例，语重心长地告诉赛男："人生是短暂的，最重要的是要实现自己的价值。"在父母的耐心开导下，赛男慢慢走出了内心寂寞。她清醒地认识到：身体残疾了，但思想决不能残，志向决不能残！她下定决心，用自己艰辛的努力，证明残疾人也能为社会献出自己的光和热。

根据自己的身体条件，凭着从小对文学的热爱，赛男在家自学了大学汉语言文学的全部课程。遇到疑惑，就向人请教，需要书籍，就托人四处去买。一年后，赛男小心翼翼地尝试着，选择了写作的道路。接触网络之后，她开始在各大文学网站发表作品，并很快获得了认可，在知名文学网站"榕树下"担任了编辑职务。通过网络，赛男认识了许多志同道合的文友，得到了一些知名作家的指点。政府、残联、作协等各级部门领导的关怀与鼓励，让赛男更加地勤奋。这几年来，她的作品累计30万字，在网络发表小说、诗歌、散文200余篇，多次在网络征文中获得名次，《微米爱情》入选内江市作家作品集《沱风激扬》，散文《一封伟大的家书》入选畅销书《感悟母爱》，代表作品收入内江市部分作家合集《太阳鸟》，在各种报纸、杂志上发表作品数万字。2012年，《黄河》文学杂志第二期刊发了她的小说《幸福立等可取》，《骏马》文学杂志第四期发表了她的小说《青蛙叫什么》。

赛男充分感受到，世界为你关上一道门，就一定会为你打开一扇窗。

除了文学创作，赛男还发挥自身的特长，为亲戚朋友家的孩子辅导学习。

1997年，一位朋友将他的侄女送到赛男家，要赛男替她补习功课。抱着试一试的态度，赛男答应了。一个月下来，学习效果非常的好，从那以后，赛男的学生也就由一个变成了两个，三个，四个……文学圆了赛男的大学梦，家教则成了她回报亲朋、回报社会的途径。收入虽然菲薄，但从中获得的成就感却是无法用金钱来衡量的。10余年里，从未间断，赛男累计为超过一百个孩子补习过功课。家教的工作是常人难以知道的艰辛，对于赛男的身体，每天几个小时的连续性工作，她几乎难以支撑。但她一直咬牙坚持着。一次，赛男患上了肺炎，为了不耽误孩子们的学习进度，她手上挂着吊瓶，一边为他们讲课。看到赛男阿姨带病为大家辅导，孩子们好像突然长大了许多。那几天，他们的学习积极性比任何时候都还要高涨。有一个孩子对赛男说："你不光教我们知识，还教会了我们坚毅的品格。"

听闻学生稚嫩的话语，看到孩子们的笑脸，看到他们的点滴进步，赛男的内心不由得荡起了幸福的涟漪。

走进赛男的家，你会感觉赛男是很幸福的。父母双全，身体健康，让人羡慕；丈夫小刁，一表人才，理财治家，非常能干；儿子在二中上初中，成绩和表现都很不错。学生们呢，非常喜欢他们的"赛男阿姨"；辅导的时间，他们总是围着她问这问那，赛男都耐心细致地答疑解惑。而赛男自己，多年来一直默默耕耘在文学的百花园中，默默奉献在社会需要的家教事业中。苦，在其中；乐，也在其中。

法国浪漫主义大文学家雨果曾说，生活，就是知道自己的价值，就是知道自己所能做到的与自己所应该做到的。

我说，每一个人都是一颗星星，黑色的天幕上，都会有他应有的位置。只要找准自己的位置，他就会发出耀眼的光芒！

"纸片人"周波

在四川省内江市资中县偏僻的板栗垭乡金华村四组，有这样一位一级肢残青年，他的全身瘫痪得只有头部和右手食指能动，29岁的年龄，只有不到30斤的体重，体薄如纸，令人心酸。

但他却以不可思议的顽强精神和毅力，自学汉语拼音，自学上网，自学写作，取得了撼人心魄的成绩，仅仅一年，便实现了作家梦和网店梦。他就是有"纸片人"之称的周波。

一、决不屈从命运的安排

1986年阴历二月十五，周家的老二降生了。父母给儿子取名周波，希望他能在将来的人生之路上搏击风浪，创造自己的人生价值。

奶奶、父母、哥哥，周波生活在这样的家庭中，本应该是幸福的。可是，噩梦往往在你感觉最幸福之时突然降临。

大概在周波1岁多的时候，同龄的孩子开始走路了，周波还不会；同龄的孩子开始跑跳了，周波更不会。虽然，语言上他和其他的孩子没有两样。这时他的爸妈急了，说这孩子怎么还是站不起来呢？为此，板栗桠乡金华村这个普通农民家庭陷入了深深的苦恼之中。父亲周茂昌多次带周波到医院检查，可连跑了几家医院，都没能查出确切的病因。

那个时候，他们真是伤心绝望之极，一气之下把周波丢在了资中大桥上就走了。但是走了不到 100 米，他们听到他的哭声，不忍心又回来把他带了回家。因为家里穷，他还有一个哥哥在上学，所以他爸妈也就没有再带他去大医院检查了。——一直到 2013 年，内江惠康医院免费给周波进行检查，才初步诊断周波是先天性肌营养不良。先天性肌营养不良属常染色体隐性遗传，包括一类出生时或出生几个月内出现肌无力和肌张力低，可伴有不同程度中枢神经系统受累的一大组疾病。对这种罕见的病症，目前国际上还没有根治的特殊治疗方法。

这样一过就是六七年。跟周波同龄的孩子都上学了，他却还是一点儿都动不了，吃喝拉撒都还要人来照顾。那个时候，看见别人家的小孩子都可以去上学读书了，他却只能望洋兴叹，只能"羡慕嫉妒恨"。周波羡慕他们可以天天去学校读书！真的很希望自己可以跟他们一样能够去上学。这是他儿时最大的愿望与梦想！

周波说，他恨自己为什么不能去学校读书。由于不能行走、不能上学，缺乏与同龄孩子的交往和沟通，周波变得越来越自卑，不喜欢和人交流。

一晃就 10 岁了。那个时候，周波内心的自卑感越来越强，因为那时候他开始懂事了，人家的一句话、一个眼神，都能让他马上掉下眼泪、哭得撕心裂肺。只要邻居家里来了客人，他就会躲在房间里不愿意见到陌生人，害怕人家看他时那种异样的眼神，害怕听到各种各样的话语。他经常会为那些眼神那些话语哭得很伤心，但却不敢在家人面前哭，因为那样他们会伤心。那个时候他想死，可他手无缚鸡之力，想死都死不了，每天就只有偷偷地哭。

周波很小的时候，妈妈、奶奶相继去世，比周波大5岁的哥哥，也外出打工，后来落户湖南。家里只剩下父亲周茂昌和周波。家中经济条件很差，捉襟见肘，父子俩相依为命，勉强度日。每天，当父亲下地干活之后，周波只能呆坐在窗前，无神地望着窗外的世界。他好盼望好盼望能像同龄的孩子一样，到学校上学；他好盼望好盼望，能和别的孩子一道，蹦蹦跳跳，游戏玩耍。

周波想学点东西，想学习认字，可是，不能上学，又没有老师，怎么办呢？他想到了家里的黑白电视机，根据电视屏幕上的汉字和电视发出的声音，他开始学习说讲普通话。久而久之，他的普通话说得有模有样。

对一个身体健康的人而言，说话、走路、认字，简直是天经地义、简单至极的。可对周波这样的残疾人而言，这些再正常不过的小事，都成为了人生的梦想。

二、走进网络神奇的世界

有人说，知识是一个大圆圈，圈内已知的东西越多，圈外未知的东西也就越多。

认几个字，能听、说普通话，看得懂新闻……这些最简单的事情，花费了周波很大部分精力，随着"圆圈"的扩大，周波越来越不满足了——他渴望生活更加丰富多彩。

后来他又想试着去学习认字了，但认字很难，因为从未上过学。当年他们家买了一台14寸的电视机，他突然发现电视里面的人说话时，电视机下面会显示字。他灵机一动："这个不就是我很好的老师吗！"于是他就开始从电视上慢慢地学认字。

周波有了开小卖部的想法，父亲周茂昌和一些亲戚、朋友、邻居，教会了周波简单的加减法。他开始学算账了，慢慢地把加法减法学会了，却不知乘法是什么意思？他还闹个这样的一个笑话：人家问 3×3=？他却说 =6。后来才知道那是乘法，3×3=9。于是他又开始学乘法。

等一般的加减乘除学会了，周波便开起了小卖部，卖些烟、糖果、饼干等物品，为附近的村民提供一些简单的服务。为方便小卖部进货，家里安装了一部可以发短信的座机。

"座机给我提供了学习打字的机会。"周波回忆道。

那时，周波的身体状况还不是太糟糕。周波在座机上打字，主要是通过笔画写。他就开始在家里的座机上用 9 笔输入法跟朋友发短信、聊天、问好和进货，可刚开始打字少，错别字满天飞。后来，每天在座机上练习，速度也慢慢提升起来。

2008 年的一天，周波的表哥来家里玩，把手机给他玩了一下。周波问他表哥，电视上说发什么短信是什么意思？他表哥解释给他听，短信就是相当于写信。从那一刻起，周波就开始喜欢上了手机。后来，表哥送了一部手机给周波，并教会他简单的功能。听说手机可以上网，周波又在手机 QQ 上注册了 QQ 号，开始在网上聊天、看新闻、在 QQ 空间写日志。2008 年 12 月 15 日，周波写下了平生第一个网络日志。他自豪地写道："我今天开通了自己的 QQ 空间！周围的 GGMM 们都有自己的 QQ 空间了，不过，我相信我的空间将是独一无二的！"

2013 年 6 月 19 日，周波写下一个长篇日志《一位农村全残青年的追梦传奇》，叙述了自己身体的残疾带来生活的不变，追述了母亲和奶奶的逝世带来的爱的缺失，更表达了自己发奋努力、实现人生价值的愿望。

三、写作带来无比的快乐

在《一位农村全残青年的追梦传奇》中，周波表达了他渴望开网店和成为一名作家的梦想。在请网友修改发至网络论坛后，这篇文章引起各方的密切关注。

内江市残联理事长何思伟深入基层专题调研残疾人事业如何与全国全省全市同步全面进入小康社会，实地为贫困残疾人"量体裁衣"式"个性化服务"。他来到周波家，了解到周波通过电视、手机，以难以置信的学习精神和自学方式认字、学习，现在算账、上网、发短信、看小说的情况。周波这种积极生活、自强不息、奋发上进的精神令何理事长非常震撼。看到周波家境很困难，用的还是十多寸的陈旧黑白电视机看电视和学习，用的是破旧的手机上网，听说周波梦想有一台电脑，于是当场表态由市残联赠送一台电视机、一台电脑给他。

内江市残联给周波送去了电脑和电视机，内江联通罗总也被周波这种自强不息的精神震撼，也安排赠送给周波一款 1499 元的金立天鉴 gn600 智能手机，并为周波提供联通了 3g 高速网卡，另赠送了话费 1452 元。

为了能够用上电脑，周波开始学习拼音。在这之前，他还不知道什么是声母，什么是韵母，会的只是笔画。但他相信只要努力学习，肯定能够学会的。于是他就每天在手机上学拼音打字，希望学会以后再在电脑上拼音打字。他从没上过学，不认识拼音字母，也不会读音，怎么学呢？他就边看字典，边查百度，输入"怎么学拼音""什么是声母""什么叫韵母""声母、韵母的作用是什么"；不会拼"您好"，就百度一下："您好"怎么拼音？怎么读的……

就这样，他每天不停地学拼音，学打字。因为长年累月地靠在桌边坐着（身子瘫痪坐不稳），周波的屁股上长了疮，每到夏天就会复发。可能是因为天气热的原因，加上每天打字练拼音，运动量过大，旧伤又复发了。他不想辜负那些帮助他的爱心人士对他的希望，更不愿意放弃他自己的梦想，就这样强忍着伤口的疼痛学、练。

功夫不负有心人！一个月后，他终于学会了拼音打字，2013 年 8 月 1 日晚上 20 时 16 分，周波终于用唯一能活动的右手食指在内江联通送他的新手机上试着用拼音打好了一篇完整的日志——《我的中国梦：想在淘宝网站有一席之地》：

> 梦，常常出现在一个人脑海里。但每个人的立足点、着眼点不同，"中国梦"也因人而异。我，作为一名残疾人，我的中国梦是在淘宝网上开一家属于我自己的淘宝店，以"感恩的心"命名。

> 我希望我的淘宝店做起来后，收入的第一桶金，全部捐给中国红十字会，并把第一位到本店购物的买家给予"爱心大使"称号，享受VIP 特权。我希望在不久的将来别人说起周波，人们想到的是淘宝店店主，而不是住在四川某某偏远乡村的残疾青年周波！我希望网店有一定收益时，可以拿出百分之几来做公益，希望可以帮助那些需要帮助的人！因为我也是得到爱心人士的帮助，才有机会看到实现梦想的希望，所以把网店命名为"感恩的心"，可以时刻提醒我以"感恩的心"去对待每一位客户。

> 马云，我想大家都知道。阿里巴巴、淘宝网、支付宝、天猫、一

淘等大型网络自行交易平台的创始人，曾经也经历过两次高考落榜，卖过鲜花，卖过礼品；流浪歌手陈州，一个没有了双腿的残疾青年，却走遍了中国几十个城市，并攀登上了中国峨眉山、嵩山、华山、青城山、衡山等名山；盲人歌手萧煌奇……这些典型的追梦人，他们虽然有着自身的缺陷，但他们顽强拼搏、坚持不懈地努力，为了实现自己的理想，他们坚定不移……中国有很多这样的正能量，值得我们学习。就是说只要有梦想，只要有目标，就得为之付出努力！

人活着就不能安于现状！如果每个人都安于现状的话，那么社会将不会再有进步！如果人都没有了追求的话，活着还有什么意义?! 想着有一个馒头，有一碗稀饭，只要每天饿不死就行了，那试问这样的日子过起来还有意义吗？我觉得我们应该吃上了稀饭，就得为吃上干饭而努力；吃到干饭了，我们就应该想着要吃肉，吃鱼，甚至于更好的。

当然这只是个比喻。我的意思就是，只要活着，就要不断地追求，不停地学习。只有学习好了。才能够去实现你想要的梦想。有人就会说野心太大了，可我觉得有野心没什么不好啊！只要用在正道上，就是一种动力。总之人活着就是不能安于现状。也希望以后人们只要网购，就会想到"感恩的心"，而说起"感恩的心"，人们就会竖起大拇指。

马云曾说过，短暂的激情是不值钱的，只有持久的激情才是赚钱的。无论我们多么渺小，无论我们遇到多少困难，只要我们坚持梦想！

才短短一个月啊！学拼音，学电脑，学分段，学标点，学写作，可是他这篇稿件的表述水平和他的自学精神却令人难以置信！虽然还有少数错别字，还有些标点没打对，还有的段落划分不正确，但是对一个文盲，一个全身瘫痪、僵尸一样、全是骨头的"纸片人"来讲，无疑，是个令人赞叹的奇迹！

2013 年冬，四川电视台四套《黄金三十分》以专题报道的形式，报道了"纸片人"周波用嘴咬筷子打字、用唯一能动的右手食指移动鼠标，敲出了 6600 多字的演讲稿、自学传奇。

是的，周波创造了一个传奇！

2014 年 6 月 16 日，周波写下了《咬断筷子 20 根打出 30 篇习作》一文。他的坚强、坚韧，感动了更多的人。

周波的一些作品，除了在网络发出，还陆续见刊了：《我的经历与梦想》《我人生当中的第一桶金》等，被《温馨》杂志选发，《父爱如山》等文，被有关书籍选入，其作品还被国内一些知名网站转载。

2014 年 12 月 12 日，周波被资中县作家协会接纳为会员。加入作协，圆了周波的作家梦。当作协名誉主席铁波乐、主席范银芳将县作协会员证端端正正摆在周波面前的时候，"那一刻，我彻底蒙了"（周波：《我终于成为作家协会会员》）。

四、实现梦想热心于公益

周波如此地执着，感动了很多热心人。

在朋友们的帮助下，2014 年 10 月 23 日，周波在淘宝网的店铺"完美时尚购物中心"正式开张。网店主营男女装、鞋包和童装。

"我这个（网店）不是由我发货，是我加盟一个供货商，买家在我这里下单，我再将订单发给供货商，由浙江等地的供货商发货。"周波说，网店每件商品的利润一般只有 10 元到 15 元。网店上的公告显示：他在网店上承诺，凡在他店购买商品的顾客，他都以顾客名义抽出一元钱捐给慈善机构。"这也是我履行当初有这个梦想时的承诺。太多人帮助我，我也希望能为需要帮助的人尽一份力。"

周波说，他加入了内江一个民间志愿者团队，他希望自己在开网店谋生的同时，也能做公益。"比如说，有人需要帮助时，我可以在网店上发起公益活动，让大家来帮助需要帮助的人。"

据周波统计，从开始到 2015 年 6 月底，他的网店已成交了 70 多笔，总营业额达到了六七千元。对常人而言，这个数量是微不足道的；但对周波而言，这却是一个巨大的突破，是他利用网络、走向自食其力的第一步。

周波说："我坚信世上无难事，只要肯登攀，有志者事竟成。只要用心去做，努力去做，没有做不成功的事，没有创造不出的奇迹。我全身瘫痪不能动，只有用嘴咬筷子打字写作，才能发挥我的作用、回报社会；只有开网店创业，将网店做大做强，才能自己养活自己，才对得起党和政府及爱心人士，才能用自己的一点点绵薄之力去帮助需要帮助的人，才能继续追逐我的作家梦！"

周波是一个懂得感恩的人，他对经常关心、帮助他的人，总是念念不忘。和他接触的时间里，他多次说起周文宗叔叔，说起各级残联，说起作家协会、义工联的各位朋友。

目前，资中县电视台、资中县义工联的一些朋友，正积极主动地为周波联系，想让他代理资中的一些著名土产、特产的网络销售。

在开网店之前，周波曾经这样写道："如果有一天，我真能实现网店梦，第一位到我店里购买商品的顾客将享受终身 VIP 待遇，以后的每一位顾客只要到我这儿购买一件商品，我都以他们的名义拿出一元钱来做公益。这是我近一年多以来最大的一个心愿。"

五、尾声：虽九死而不悔

人们似乎每天在接受命运的安排，人们也每天在安排着自己的命运。而命运是一个伟大的雕塑家，它举起人生的斧凿，在人们身上敲敲打打。——命运之神偏爱的是那些经过她精雕细刻的人。

关于写作，关于网店，关于人生，关于奋斗，周波从没有过后悔。

2014年6月14日，在咬断的第二十根筷子、打出第三十篇习作之际，周波在QQ空间这样写道："可惜，世界上没有'后悔药'卖。也可以说，世界上没有十全十美的事情，它总是会在不经意间让你留下遗憾。所以，从现在起我要把咬断的每一根筷子都拍下来，不给自己留下更多遗憾。"

是啊，每个人的人生都是一部厚厚的大书，只要能平心静气地坐下来，翻开这部书，那就一定会有意外的惊喜。当我走进周波、接触周波、了解周波之后，我对此有了更深的体会。

周波全身残疾，但他没有把自己看作废人，而是勇敢地面对现实，勇敢地面对生活的挑战，努力创造着自己人生的价值。

虽然说周波的身体是残疾的，是柔弱的；但是，我们更有理由说，周波的心理是健全的，强大的！在多少四肢发达的人理所当然地享受低保的时候，周波这个全残人，却靠着自己那令人惊叹的韧劲，努力地创造着一个又一个人生的奇迹。

身体薄薄的"纸片人"，书写了一部厚重的《人生》。红尘喧嚣，潮起潮落。面对周波，身为健全人，我们会有怎样的感触呢？

风雨木王府

一

丽江位于有"彩云之南"雅称的云南省的西北部，金沙江的中游，属于世界屋脊青藏高原向云贵高原过渡之地，山川相间，河流交错，风景秀丽，物产丰饶。由于有美丽的金沙江穿境而过，故名丽江。

一些资料介绍说，丽江的自然景观美丽眩目。境内有北半球最南端的现代冰川——被誉为我国"冰川博物馆"及"植物王国"的玉龙雪山；有被称为"横断山植物基因库"的新主天然植物园和"杜鹃王国"老君山；有一天可见三次日出日落的"黎明丹霞"赤壁风光；有"环球第一树"美称的万朵山茶。

但说来真是惭愧，以前我执教中学的时候，经常将丽江和丽水弄错，以至于有时候在电话里让丽江或者丽水的朋友一头雾水，不知道我在问他们什么。现在我偶尔也纳闷：丽水在中国东南的浙江，丽江在中国西南的云南，为什么当初会将远隔千山万水的两个地方混为一谈呢？

后来到了报社，编辑、记者的职业，让我真正弄清了丽江和丽水二者的区别。并且从那时起，我就有个愿望——去丽江看看，去看看那神奇的东巴文化，去看看那被外国人、中国人吹得不亦乐乎的丽江古城。可是俗人俗事，冗务多多，一直未能成行。曾经有那么好几次，背包都准备好了，却因为临时的什么不痛不痒的会议或者从天而降的所谓工作，不得不中断行程。今年，恰逢女儿高考，高考甫毕，她就闹着非带她去远足不可。到哪里去呢？还没等我这个"一家之主"做出决定，从来很难意见统一的妻子和女儿，这次居然异口同声：丽江！

正中我的下怀！

就这样，我们飞到了丽江。

二

在我的记忆中，好像是孔老夫子曾经这样介绍识人的经验："始吾之于人也，听其言而信其行；今吾之于人也，听其言而观其行。"说白了，就是孔老先生年轻的时候，和我们一样，常常上当，别人说什么就信什么，从不会想到别人会欺骗自己；后来年岁渐长，吃的饭多了，吃的亏也多了，"吃一堑，长一智"，阅历自然丰富一些，再听别人的话，就首先抱一点怀疑的态度，不仅要听别人怎么说，更重要的是要看别人说了之后会怎么做。

我辈凡人，不能望"圣人"之项背，但"见贤思齐"，对老夫子的话，还是非常"心有戚戚"的。所以，虽然我向往丽江，渴望投入丽江的怀抱，但对丽江我就抱着那么丁点的怀疑——她果真就是别人笔下那么的漂亮吗？要知道，现在的中国处在一个市场经济的时代，商潮滚滚，"孔方兄"一路招摇，甚嚣于红尘之上，几乎是全社会"通吃"。在珠穆朗玛峰上都发现了人类对自然的污染痕迹的时代，丽江难道就是陶渊明理想的世外桃源，一点也没有纷纭的人世滋扰吗？因之，到丽江之前，我的心里其实并不抱有太大的奢望。

但到了丽江，我才知道我的想法有点陈旧，我才发现我用我们红尘中人的眼光去看丽江，确实是错了！

<h2 style="text-align:center">三</h2>

在丽江古城，我第一次震惊于那吱吱嘎嘎的转轮大水车！

在我的印象中，转轮水车似乎是湘西的专利。你想，在河道纵横的江南，出门是水，举步即船，田地与田地之间，高下相差不大，就是需要"提水"，有那"龙骨水车"就绰绰有余了。而湘西的山区，山间溪流奔涌，田地与田地之间，高下相差甚大，为了让低处的水能够灌溉高处的田地，就得使用那种转轮水车。沈从文先生在他的自传里，曾经用了很多笔墨，描述凤凰的转轮水车，给我留下了转轮水车湘西独有的印象。

我生于西蜀的盆地浅丘，我们这里的农村，从前流行的是龙骨水车。记忆中，每年的春二三月，插秧之前，农人就会将龙骨水车抬到田边地头架好；在天气凉爽的一早一晚，他们就会伏在那水车的横木上，臀部后翘，双脚交替，在水车的小小转轮把上使劲地蹬。在两人默契的配合下，下面一块田的水，就会通过"龙骨"里叶板的带动，提升到上面一块田里。

而转轮水车是一种利用水流自然的冲击力的水利设施，水车轮辐直径少则10米，多则20米，辐条尽头装有刮板，刮板间安装有等距斜挂的长方形水斗。水车立于河岸、溪边，旺水季节利用自然水流助推转动；枯水季节则以围堰分流聚水，通过小渠，河水自流助推。水流自然冲动车轮叶板，推动水车转动，水斗便舀满河水，将水提升10多20米，等转至最高处，自然倾入木槽，源源不断，流入园地。这种通过水车转动、自动提水灌溉农田的设施，无异于古代的"自来水工程"。虽然它的每一个"斗"容量有限，但因其昼夜旋转不停，一架水车一天的提水量还是相当惊人的。

顺着有大水车那条流水进入古城，我们立即感受到丽江的古老。

古城确实古，街道的路面全部由自然石块铺就，凹凸不平。是人的双足踩出来的，还是马帮留下的？那些岁月的年轮碾压的印痕，纯真得古朴、原始，让人的心都荡尽了尘垢。俗语云"山不转水转，水不转路转。"在古城，你可以充分感受到这一点。古城里没有山，但有路，有街，有水。路随水转，水傍人家，石携水流，水随石走。古城的老屋则因形就势，河直则直，河曲则曲。有的窗门正对着流水，走廊却建在流水之上。这里的房屋一律不高，这是因为丽江处在地震多发带的缘故。1996年遭受里氏7.0级地震，有些老屋受损，却墙倒而屋不塌，远远胜过新城那些西式洋房；而有的房舍倾斜得厉害，墙歪歪的，整个房子摇摇欲坠，令人心生恐惧；可仔细一看，却又是人为使然，不禁让人恍然大悟，啧啧称奇。丽江古城始建于宋、元，盛于明、清。古城深处面貌依然，斑驳沧桑；临街之地因为商业之故做了一番小小的修饰，但旧貌新颜，风骨仍在。古城水网密布，而主流只有三支，依水流而行，就能深入古城的腹心；假如不小心迷了路，那你不需担心，只要顺流而下，你就能去到你约定的地点，逆流而上，你就可回到出发之地。在古城，你是看不见垃圾桶的；只有那些人力车，沿街收集垃圾。如果需要清洁全城，那更方便——古城定时从上游高处统一放水，让清澈的流水，轻轻地漫过街道，将少许的灰尘、垃圾顺水冲下，统一收集。丽江古城干干净净，纤尘不染，就是因为丽江是一座"水洗"的城市！

四

古城的水极安静地徐徐流淌着，安静得如同那在家静坐的温柔敦厚的处子。那水沟沟岔岔，左拐右折，偶尔可见几条逆水而上的小鱼。固然没有莲叶，没有"鱼戏莲叶间"的趣味，但活泼的鱼儿们为静静的古城平添了几分灵动的色彩。有了水，当然不能没有桥；古城的桥形式多样，却都自自然然。拱形的，平直的，条石的，木板的，甚至只是几块石头的随意摆放。大诗人李太白追求的"天然去雕饰"，在这里体现得最为充分。你看，如果桥呈拱形，就一定会安有扶手，那扶手也是自然的石条随意搭建而成。有的有石花，有的有青苔，有的有清晰的纹理。真是形态不一，情趣盎然。

我们就随心所欲地随着小桥流水人家，漫步到木王府。谁知，刚进王府，就飘起了细雨。汉书下酒，雾里看花，今天就雨中欣赏欣赏这遐迩闻名的木王府吧！

子曰："必也正名乎！"严格地说，"木王府"其实不应该叫作"王府"，它只是纳西族土司木氏的"府衙"。史载，明洪武十四年，明军南下云南，木氏祖先阿甲阿得于次年率众归降，并跟随明军大战于缅甸。洪武十五年，阿甲阿得以古稀之年到南京朝见太祖朱元璋，太祖大喜，将"朱"字去掉一撇一横，赐阿甲阿得木姓，同时授予其"子孙世袭土官知府"。丽江古城、丽江军民府（木府），其建设别具一格，气势恢宏，是当时木氏家族政治、经济、权力的象征。而木府的首领，就是后来纳西人尊称的"木老爷"。木老爷某一天心血来潮，顺便也学学皇帝老儿，给治下的百姓起了个姓——在木上面添上一撇，在其右边再加上一个"口"，成为"和"，意谓头戴斗笠、身背箩筐的人。从此，纳西人当官的便都姓木，而百姓便都姓和。史载木增之时，丽江土司府势力膨胀，渗入到中甸、德钦和四川乡城、巴塘乃至西藏的盐井、芒康等地，是滇西北地区有较大影响的纳西族首领，民间称木增为"木天王"。《义敦县志》中写道：木天王死后，人民神之，凡所辖之地东由打箭炉（今康定），西至察木多（昌都），各寺院皆塑其像于正殿，名曰木王殿。

难怪，当年本来只称为木府，但民间一直称为木王府；升格以称，现在看来一点也不为过。

五

丽江木氏历代的土司，不乏杰出人才，有的武功盖世，有的擅长文学，他们大都勤政爱民，深受世人爱戴。徘徊于木王府，抚今追昔，我们不可能迈过前面提到的木增。

木增（1587—1646），字长卿，号华岳，又号生白，纳西族名阿宅阿寺，是木得（阿甲阿得）的十二世孙。十岁时父亲突然病死，木家的统治出现了危机。这时，年幼的木增表现出与他的年龄极不相称的胆识——在母亲罗氏的支持下，木增召集宗族会议，严正宣布："虽然连遭丧故，但朝廷法度，祖宗陈规俱在，谁敢图谋不轨，决不饶恕！"明万历二十六年（1598 年），十一岁的木增袭父职，成为第十九任土司。

木增自幼随军出征，有出众的政治、军事天才，任职后守土安民，平定叛乱，抵御外敌，战绩显著。在明末那风雨飘摇的时代，作为一个边地的土司，木增多次向朝廷贡献饷银，以助朝廷战事之需。木增还上书皇帝，建议朝廷选贤任能，轻徭薄赋，倡导儒学。1620 年，明朝皇帝赐木增以"忠义"，建牌坊于木府门前。

作为土司，木增自幼勤奋好学，博览群书，少年时就能吟诗作赋。木增的书法也很优秀，现存草书对联"僧在竹房半帘月，鹤栖松径满楼台"，"谈空客喜花含笑，说法僧闻鸟乱啼"，潇洒飘逸，功底深厚。

但我更欣赏木增对文化的态度、对文化人的态度。

木增知道提升自身素质的重要，更深知提升百姓素质的重要。身为"山高皇帝远"的土司，作为威震一方的诸侯，木增没有施行愚民政策。不仅如此，他还想方设法扩大对外的文化交流。现今时兴的什么"走出去"、"请进来"，其实在木增的时代就被运用得出神入化了。不信？请看——

木增在府内建了"万卷楼"，广泛收集百家经典。木增本人的汉文化造诣很深，他留下诗歌 1000 余首、词 30 余首、辞赋 20 余篇，还出版《云薖淡墨》《云薖集》《空翠居》《啸月函》《山中逸趣》《光碧楼诗抄》等文集。《云薖淡墨》曾收入清朝《四库全书》子部杂家类存目。木增的每一部文集，都请董其昌、周延儒、章吉甫等指点、校订和作序。要知道，董其昌等人是当时明王朝出类拔萃、大名鼎鼎的文化名人啊！

听说大旅行家、地理学家徐霞客来到云南，木增赶紧邀请徐霞客到丽江游玩。崇祯十二年（1639 年）正月二十五日，徐霞客进入丽江，在丽江停留半个月。木增待徐霞客为上宾，请他住到芝山的解脱林（现移黑龙潭公园），每日与他探讨诗文创作。木增还请徐霞客对子弟进行现场指导，并代为校订《云薖淡墨》。徐霞客离开丽江，前往大理、保山、腾冲等地探险，之后返回鸡足山，为木增撰写《鸡足山志》。徐霞客在鸡足山时，从家乡跟来的仆人偷走财物，逃之夭夭，徐霞客悲愤满腔，一病不起。木增寻访名医，为徐霞客精心诊治。后来，还选派纳西族壮士，以一乘竹轿，抬着徐霞客跨越险山恶水，历时150 余天，行程几千里，让徐霞客回到家乡。半年后，徐霞客在家病逝，叶落归根。一部《徐霞客游记》能流传于世，我们很难说这里面没有木增的功劳。

木增心胸开阔，对外来的文化兼收并蓄，先后皈依道、佛诸教。为了更好地弘扬纳西族、藏族的文化，1614年，木增亲自主持，开始刊印108卷包括1000多篇文献的藏文佛经大典《甘珠尔》。历时9年，终于完成，史称丽江版《甘珠尔》。现在拉萨大昭寺内还珍藏着当年木增赠送的《甘珠尔》朱印版108卷；每一卷都用绸缎包成一包，每两包装一木箱，木箱外面用金线缠绕，并用银锁锁好。这部《甘珠尔》，现在成了大昭寺的传寺、镇寺之宝。

丽江是一座没有城墙的古城；因为土司姓"木"，如果筑城，则是"木"外加"口"，成为"困"字，那当是很不吉利的。也许，正因为没有这个"口"，丽江也就少了些封闭。抗战时期，这里成为川、滇、藏的中心，盟军建有机场，丽江和西方文化实现了真正的"零接触"，成为一个国际性的城市。如今，在丽江古城溜达，你很可能邂逅一两个白发苍苍的纳西老人，在大方地用英语和那些"驴客"老外聊天呢！

六

虽然木王府是丽江古城文化的"大观园"，素有"丽江紫禁城"之称，但一般的游人总是在四方街上徘徊，而很少到木府流连。

木府占地3万平方米，其中轴线长就达369米，整个建筑群改官府坐北朝南为坐西朝东。其建筑包含了中原唐、宋、明建筑的风采，又保存了纳西族的风格。徐霞客到丽江，曾经大发其感叹："宫室之丽，拟于王者。"

看，那高高的木牌坊上大书"天雨流芳"四字；经请教别人，乃知这是纳西语"读书去"之谐音。从这一个小小的细节，我们可以窥见纳西民族对知识的推崇，也可以想见他们遨游知识之海的兰心与慧性。王府的石牌坊通体皆石，三层重檐，乃是国内石牌坊的精品；议事厅为土司商议公事之所，端庄宽敞，气势恢宏，充分展示了土司议政之殿的风范，也体现出其实用的功能；万卷楼则藏千卷东巴经、百卷大藏经、历代土司诗集，并众多名士书画，成为一座文化艺术的宝库；护法殿又称后议事厅，是土司议家事之殿；光碧楼、玉音楼、三清殿，无不是建筑上的奇观。玉沟纵横，活水长流，显见纳西传统文化之精神。木府，一座地方的土司府，充分体现了纳西民族广纳百川、胸怀世界多元文化的开放精神。

和全国其他地方一样，木府也饱经沧桑。在清末动乱的年月，其大部分建筑毁于兵燹，在"文化大革命"的时代，剩下的石牌坊也险遭一劫。而1996年的丽江大地震，再次给木王府以几乎灾难性的打击……唐代布衣诗人孟浩然曾经说："人事有代谢，往来成古今。江山留胜迹，我辈复登临。"现在，我们看见的，是木王府的富丽堂皇，光彩照人。可是，繁华消歇，很少有人透过她金碧辉煌的"相"，去寻觅她曾经的苦难与沧桑，去静心细想人生的无奈与世事的无常。

天色渐渐昏下来，雨还在下着。

不经意间，抬眼望去，只见游人如织，其声喧喧；他们撑起花伞，兴致勃勃地走过木府的大门，对木府只是匆匆地回眸一瞥。霏霏细雨中，不知从哪里传出的葫芦丝乐《月光下的凤尾竹》，如怨如慕，婉转悠扬；几个纳西民族女子，头戴斗笠，在清清的水边洗菜、浣衣……

前身合是采莲人

大文豪苏东坡在《前赤壁赋》中说："寄蜉蝣于天地，渺沧海之一粟。"蜉蝣之寿命极短，一粟则体积甚微。在天地之间，在大海之上，蜉蝣与粟米是多么的渺小，渺小得不能主宰自己的命运。

社会如同天地，人生恰似大海，暴风骤雨之下，波涛汹涌之中，一个人，总会时时、处处感到无能为力。

特别是一个女人，像陈圆圆那样的封建时代的弱女子。

一

陈圆圆出身于货郎之家，原姓邢，名沅，字圆圆，又字畹芳。母亲早亡，育于姨父家，故改姓陈。本江苏武进（今常州）人，后居苏州桃花坞。

坞乃四面高、中间凹下的地方。以桃花名坞，可见其地春天桃花之盛。晚唐诗人杜荀鹤曾作《桃花河》诗，南宋诗人范成大《阊门泛槎》诗有"桃坞论今昔"之句，可见桃花坞唐宋盛况之一斑。宋末元初，曾在桃花坞庆里居住的徐大焯，在《烬余录》中详细描述了桃花坞的范围："入阊门河而东，循能仁寺、章家河而北，过石塘桥出齐门，古皆称桃花河。河西北，皆桃坞地，广袤所至，赅大云乡全境。"

明末清初的时候，陈圆圆就在这遐迩闻名的桃花坞，展示着自己的风采。

时逢江南年谷不登，重利轻义的姨父将陈圆圆卖给苏州梨园。陈圆圆自幼冰雪聪明，艳惊乡里。初登歌台，扮演《西厢记》中的红娘，人丽如花，似云出岫，莺声呖呖，六马仰秣，台下看客皆凝神屏气，入迷着魔。邹枢在《十美词纪》中称赞陈圆圆"演《西厢》，扮贴旦、红娘脚色，体态倾靡，说白便巧，曲尽萧寺当年情绪"。陈圆圆容辞闲雅，额秀颐丰，色艺双绝，有名士大家风度，每一登场演出，明艳出众，独冠当时，名动江左，观者为之魂断。

陈圆圆长得好看，那自不必说；她还擅长表演，则很可能是被卖到梨园后才学的。不然，出身于货郎之家，被姨父、姨妈代养的圆圆，贫困穷苦之家境，也无从学得骄人的技艺。但不管怎么说，圆圆红了，圆圆火了。

中国古代很讲究谶纬，凡事讲个预兆，即从某一件事，可以预示某人未来的人生。古代的所谓十大名妓，大凡如此。比如薛涛。

薛涛八岁那年，其父薛郧在庭院梧桐树下歇凉，忽有所悟，吟诵道："庭除一古桐，耸干入云中。"薛涛头都没抬，随口续上了两句："枝迎南北鸟，叶送往来风。"她天分之高，让父亲高兴；但其诗作的内容，又让父亲忧虑。"枝迎南北鸟，叶送往来风"，对梧桐树而言，根本不是什么问题；但对一个人、特别是一个女人而言，那样的话，似乎预示着不好的命运。

所以，在我看来，圆圆之被卖，其实就是一个很不祥的预兆，预示着圆圆以后人生的坎坷。

总之，陈圆圆这个"声甲天下之声，色甲天下之色"（清陆次云《陈圆圆传》）的女孩，从此迭经坎坷，饱经创伤，并与神州同沉浮。个人的命运，关乎天下之命运。也许，这是很多人始料未及的吧？

二

明末清初，在中国历史长河中，应该属于最为动荡的时段之一。秦末、汉末、晋末、隋末、宋末、明末，哪个朝代的季世不是这样？国家板荡，生灵涂炭，自朝廷而下至于庶民，皆如风中之尘、水上之萍，不知道过了今天，还有没有明天。所谓"神仙打仗，凡人遭殃"是也。

陈圆圆作为梨园女妓，难以摆脱以色事人的命运。但就算是入了梨园，陈圆圆似乎也有可能赎身从良。

圆圆曾属意于吴江邹枢。邹枢《十美词纪》记曰："常在予家演剧，流连不去。"但最终竹篮打水。江阴贡修龄之子贡若甫曾以重金赎陈圆圆为妾，然圆圆不为正妻所容。贡若甫的父亲贡修龄，在见到圆圆后，惊曰："此贵人！"于是"纵之去，不责赎金。"（李介立《天香阁随笔》）

圆圆还与冒襄有过一段情缘。崇祯十四年（1641年）春，冒襄省亲衡岳，道经苏州，经友人引荐，得会陈圆圆，并订后会之期。当年八月，冒襄移舟苏州再会圆圆，时圆圆遭豪家劫夺，幸脱身虎口，遂有许嫁冒襄之意。圆圆还冒兵火之险，至冒襄家所栖舟，拜见冒襄之母。圆圆与冒襄二人温情缱绻，流连多日，申以盟誓。此后冒襄因丧乱屡失约期，陈圆圆不幸为外戚田弘遇劫夺入京。最终，陈圆圆与号称"四公子"之一的如皋才子冒辟疆，失之交臂。

后来，圆圆被田弘遇当"礼品"赠送吴三桂；李自成攻占北京，圆圆又为其大将刘宗敏所夺；再后来，在爱妾被占、家人被囚的情况之下，吴三桂仰天长啸："大丈夫不能保一女子，何面目见人耶！"（清人刘健《庭闻录》）引领清兵攻进北京，吴三桂在兵火中找到了陈圆圆。从此，圆圆一直跟随吴三桂辗转征战。吴三桂平定云南后，圆圆进入了吴三桂的平西王府，一度"宠冠后宫"（《十美词纪》）。

多年以后，同样饱经风霜的冒辟疆，在《影梅庵忆语》中，还痴痴地回忆："妇人以资质为主，色次之，碌碌双鬟，难其选也。慧心纨质，淡秀天然，平生所见，则独有圆圆尔。"

人生天地之间，有时候有太多的无奈。正如《古诗十九首》所言："人生寄一世，奄忽若飙尘。"陈圆圆仅仅是风中的一朵蒲公英，随风而飏，如何能把握自己的命运？《太平广记》谓曰"宁做太平犬，不做乱世人"，不是没有道理的。

三

甲午年正月，我和内子张炳华到昆明，看望小姨父潘卫藩、小姨妈李素梅老人。两位老人特意带我们到昆明城东北郊鸣凤山，参观太和宫金殿、吴三桂与陈圆圆展馆。

"展馆"二字，比较考究。记得《淮南子·本经训》载曰："昔者仓颉作书，而天雨粟，鬼夜哭。"仓颉发明的文字，在这里再一次表现出它特殊的含义：不叫"陈列馆"，不叫"展览馆"，那些都带点褒义。因为，吴三桂以明臣而一降大顺，再降清朝，三反清而自立。大明之平西伯，不足以慰其心；大清之平西王，不足以填其欲。当初打着"复君父之仇"的幌子，降清击李，引狼入室。在"溥天之下，莫非王土；率土之滨，莫非王臣"的大一统局面渐趋稳定之时，居然妄想像明代的沐英一样，世世代代做"云南王"。因此，面对康熙皇帝撤藩之举，又以"兴明讨虏"为幌子，起兵造反，最后兵败，饮恨而亡。由此观之，所谓"冲冠一怒为红颜"云者，那是骗人的鬼话。这样的"三姓家奴"，再怎么也不能叫个"事迹陈列馆"或者"事迹展览馆"。但吴三桂罪在天下，陈圆圆却是无罪的。自从吴梅村《圆圆曲》一出，陈圆圆之名，更是天下皆知。所以，名曰"展馆"，不褒不贬，似乎是比较恰当的。

太和宫内有一座价比金身的铜殿，称为金殿，传说是平西王吴三桂给陈圆圆晚年清修的。传说是否属实，无论从正史还是野史都已无从考证，但仰望大梁，"大清康熙十年，岁次辛亥，大吕月十有六日之吉，平西亲王吴三桂敬筑"的大字映入眼帘，一丝感动还是悄然涌上我的心头。

盖棺论定，不管吴三桂政治上如何，他军事上才能卓著，情感上敢爱敢恨，这是不争的事实。从这个角度而言，吴三桂不失为封建社会中出类拔萃的男子汉。陈圆圆之所以跟了他而能有始有终，这显然是一个重要的原因。皇帝如唐玄宗，悍将如吴三桂，他们和我们常人一样，渴求刻骨铭心的爱情。比翼鸟、连理枝之喻，那是有普遍意义的。

四

作为大清平西王，维护一个良好的形象是重要的。但在以男人为尊的那个时代，他不可能公开为爱妾大兴土木，从大老远的东川运送 250 吨精铜到昆明来，总得找一个堂而皇之的借口；而当时"苦海无边，回头是岸"的思想帮他找到了正当的理由，于是修建了太和宫，修建了金殿。

要知道，此前的 1659 年正月，吴三桂配合清军"兵不血刃"杀入昆明后，紧接着就率领清军向滇西进兵，经 2 年征战，至 1661 年，镇压了李定国的大西农民军、摧毁了南明永历小王朝，并把永历帝及其子绞杀于昆明金蝉寺。

据刘健《庭闻录》记载，吴三桂统治云南期间，"平西官庄棋布，管庄员役，尽属豺狼，杀人夺货，全无畏忌……"张九钺《游铜瓦寺记》也说，由于吴三桂"诛求杀戮，草菅人命，惧天降罚，乃遁于佛屠老子之教，斩山以为窟，筑金以为象。"这两段历史记载从正面明确地说明了吴三桂建金殿的目的：赎罪，向云南人表明其从良的心理，维护其统治的合法性。传说陈圆圆晚年出家当了女道士（或说做了尼姑），金殿、太和宫又为道教建筑，吴三桂变着法子修个道观供陈圆圆修炼，也未尝不可。

不过，圆圆对吴三桂反清，是很不赞同的。也许，这是陈圆圆看透红尘以后修得的睿智。

吴三桂独霸云南后，也做了一些好事，如疏挖了由小西门到近华浦入滇池的河道，将滇池四周的粮草由水路运进城里。但他基于野心，迫于境遇，穷奢侈欲，歌舞征逐，也加重了百姓的负担。构建园林安阜园，"采买吴伶之年十五者，共四十人为一队"（《甲申朝事小纪》），"园囿声伎之盛，僭侈逾禁中"（王澐《漫游纪略》）。陈圆圆因年老色衰，加之与吴三桂正妻不谐，且吴三桂另有宠姬数人，于是日渐失宠，遂辞宫入道，"布衣蔬食，礼佛以毕此生"（《天香阁随笔》）。吴三桂最终走向灭亡，一代红妆陈圆圆，豪华落尽，归于寂寞，反得善终。

《史记·吕不韦列传》曰："以色事人者，色衰而爱弛。"求什么天长地久，只要曾经拥有。封建社会的两性之爱，对女人而言，本身就很少公平。何况吴三桂这样的乱世枭雄。

有人曾经这样说：陈圆圆虽远不如梁红玉英姿飒爽，但她以她的美貌倾倒了吴三桂，倾倒了刘宗敏，倾倒了大顺王朝，也倾倒了许多年后的无数的男人。

但我不禁想问：作为男人，你自己不"倒"，她"倾"又有何用？——何况，圆圆并没有主动去"倾"过谁人。

庄子曰："鲁酒薄而邯郸围，圣人生而大盗起。"陈圆圆们，仅仅是封建男权社会的一个道具，用之则行，舍之则藏。男人无用，破国亡家，"十四万人齐解甲，更无一个是男儿"，男人们却异口同声地将"倾国倾城"的责任，一股脑儿推给女人，这样合适否？

走笔至此，我忽然忆起唐人卢注的一首诗《西施》：

> 惆怅兴亡系绮罗，世人犹自选青娥。
>
> 越王解破夫差国，一个西施已是多。

诚然，当初即便李自成不敌悍满，但吴三桂若不投降多尔衮，满人最少要晚几年、几十年才能入关；不过，话说回来，假如当初世上本就没有陈圆圆，明朝的灭亡，李自成的败走，吴三桂的穷凶极恶，清朝的入主中原，肯定丝毫不会改变。历史的规律，存在着一定的必然。这种必然，不会因某一个人的出现或消失，而发生太大的改变。

展馆之中，当年吴三桂用过的大刀，已经锈迹斑斑；修建太和宫时留下的七星宝剑，也已失去了光彩。不过，被列为中国十大美女之一的陈圆圆，却在历史的天幕上有如绚烂的点缀。陈圆圆那凄婉的人生、坎坷的境遇，以及她同吴三桂那段缠绵悱恻的爱情，却始终吸引着众多的眼球，任由后人评说。

也许，如果有来生，即使还做女人，陈圆圆一定会选择去做遗世独立的北方女子，或者做低头浣纱的江南佳丽。还是吴梅村的《圆圆曲》说得好：前身合是采莲人，门前一片横塘水……

曾姓沉重的脚步

我们虽然身在路上，但我们心向远方。走过千山万水，我们的脚步依然踉踉跄跄……

——作者题记

一

最早关于家族的记忆，大约在我七八岁的时候，来源于伯祖父东垣公对我的训示。

东垣公子女在外地，晚年独居，特别喜欢我们这些侄孙。饭罢，雷打不掉，叼一杆叶子烟，一边吧嗒吧嗒，一边对我们诉说家族的历史。那时候除了到租售小人书的叔祖父繁光公那儿，免费地阅读几本小人书，几乎没有什么"高雅"一点的娱乐，于是乎，东垣公的"家族历史"便成为了我们的精神食粮。

从他那里，我知道了苏家湾曾家曾经有过一段辉煌。据说什么什么公，曾经文才甚好，什么什么公写得一手好字。讲那么多，也记不住名字，因为我太小，也不太识字。但每次训示的结末，必然是：弟弟，你好好读书，以后超过他们。

顺便说一句，在家里弟兄姊妹中，我是老幺，在我们街上当时那一批孩子中我的年龄最小，所以，不仅家里叫我"弟弟"——阿哥阿姐叫，阿爸阿妈也叫，阿婆也叫——全街上都叫我"弟弟"。以至于多年后我到报社任职，和同事走在县城的大街上，偶尔还能听见叫我"弟弟"的人。叫我者可能年龄和我相仿佛，更多的是七老八十、白发苍苍的长者。同事往往很惊讶：你才二十多岁，怎么那样高龄的人会叫你"弟弟"？难不成你的辈分很高吗？

对此，我一律不予解释，悬念留给他们。多年后，每年一次的报社同仁聚会，有的同事居然还会"朝花夕拾"，"旧事重提"。我仍然一律不予解释。"弟弟"的称号，对我而言，既亲切无比，也"唯我独称"。

但话说回来，我们曾家从哪里来？这个首要的问题，东垣公是没有讲清楚的。毕竟，他的文化知识差一些。大学四年，我也查阅了一些姓氏方面的资料，对曾姓有一些了解。但对我们本支的繁衍、迁徙，仍然不甚了了。为我解开这个谜底的，是叔祖父繁耆公。

二

繁耆公因为中年后不住苏家湾，所以我参加工作、踏上教坛后才认识。记忆中，繁耆公那时年近八十。

1988年刚毕业那阵，学校将我们一批青年教师当作中学生，先是集中住宿在一间四十平方米的房子里。后来得知，那幢房子是解放前县男中的旧物，因为全是石头建筑，美称石头房子。如果不毁于中国特色的"拆"字，那么现在应该成为革命遗址了。——要知道，县男中是本县地下党的重要根据地，也是我阿爸祥钟公曾经读书、并由此参加革命工作的地方。这所学校，在当地是著名的"高等学府"，教师水平高，教学质量高，地理位置高，简称"三高"。我没机缘在此读书，却能在此教书，那是何等地荣幸。

不过，七八个人同住一室，虽然房租很便宜，一个月只有六毛钱；毕竟那么多人沙丁鱼似地挤在一起，没有任何娱乐，更没有电视机，还是令人黯然神伤。有时候，几个过气的"天之骄子"不得不心里打鼓：是因为我们几个分配工作的时候，没有托人到学校"打点"，还是因为到校报到之后，我们没有买点什么"刀头"去给校长拜门？——总之，晚上，在一盏昏黄的白炽灯下，在各自那一尺二宽的烂钢丝床上，几个刚刚毕业的小青年——两个西师地理系，一个西师生物系，一个川师数学系，一个内江师专艺术系，一个南师化学系，加上我这个南师中文系的——我们免不了这样天马行空地乱猜乱想。

不久，将近一年吧，因为种种机缘，我们这几个住在石头房子的时代的囚徒，终于"扬眉吐气"地搬了出来。我搬到了离石头房子直线距离30米的一幢"别墅"。

说是"别墅"，那是因为：此幢房子规格极高，独门独户，而且全是木头建成。——我没有仔细考证，但凭我的直觉，"木头房子"的年代似乎比石头房子更为古老。而且，壁陡陡的十二级楼梯，仅能容身，可谓一夫当关，万夫莫开，连小偷也望而生畏，免了我进出开门关门之烦。我和内江师专那个师兄有幸住在了楼上，化学系那个曹师兄住在楼下。有一次，我的两个最得意的弟子周君和黄君，"你不让我，我不让你"地"拾级而上"，不料"咚"的一声，将一块木地板踏掉楼下，将我曹师兄的女朋友蒋女士头上撞出一个大包。蒋女士花容失色，曹师兄怒气冲天，我的两个弟子吓得浑身瑟缩，无助地望着我。我只得赔礼道歉，好不容易才让我的师兄消解了怒气。后来，黄君考入清华，本硕博连读，然后留学英国，又回到清华执教，再后退出清华，自创一家跨国投资银行。他的本业"核动力"专业，现在恐怕生疏了很多吧？周君则考入华西，本硕连读，毕业后辗转到了北京协和，到重症监护室，也就是所谓ICU，担任了主任。多年后回忆起这一段"英雄成长史"，我们师生不禁相视莞尔。

三

话扯远了。

话说我搬到"木楼别墅"之后，同住县城的叔祖父繁耆公开始到我的别墅做客。

顺便说一句，为了"显摆"自己肚里有点文才，年轻气盛的本人居然给那样一幢常在风中跳时尚摇摆舞的木楼取名曰"览星楼"。记得李太白有一首《夜宿山寺》诗："危楼高百尺，手可摘星辰。不敢高声语，恐惊天上人。"诚然，我的别墅是一幢"危楼"，但真话不能说，说了领导不高兴；领导不高兴，后果很严重。别墅楼高二层，距离百尺相差太远，所谓"摘星辰"也就成了一句自欺欺人的阿Q式空话；但"摘星"不行，"览星"总是可以的吧，而且不收一分钱览星费用。推开潘金莲那样的女儿窗，无月而晴朗的夜空，闪烁的星光便能静静地入户。于是乎，就在遐想中进入梦乡。凡此境界，谁人能及？因为上述种种，在下为我的别墅取名"览星楼"。此后，在人生的大海里载浮载沉，搬家无数，丢东西无数，唯独"览星楼"的美号却保留至今，想来也真真令人欣慰——览星楼头，断鸿声里，西蜀才子。即使人到中年，万事皆休，但每每想起，也心里美美。

所以，除了在览星楼读书，生活，打谱，写字，我还在此接待学生、同学、朋友、亲人。繁耆公那时就是我览星楼的常客。

繁耆公似乎上过私塾，而且喜欢"考人"。周末的时候，我正当窗读书，或者习字，只听得繁耆公一声高呼"弟弟——"，我忙伸头出窗，长应一声，马上跑到楼梯口，肃立恭迎。不到一分钟，繁耆公慢慢悠悠上来了。

于是问好，于是落座，于是泡茶，于是闲聊。

繁耆公打开蓝色的袄皮，翻开带来的那六大本发黄的《武城曾氏重修族谱》，缓缓地说，曾家源于武城，大多以曾参为第一世祖。我们曾家与孔、颜、孟三家的字派是相通的，天下孔、颜、曾、孟是一家，其辈分字派都是希、言、公、彦、承，宏、闻、贞、尚、衍，兴、毓、传、纪、广，昭、宪、庆、繁、祥，令、德、维、垂、佑，钦、绍、念、显、扬……是康熙皇帝当年封泰山、祭孔子而专门为"四大家族"定下的。至于苏家湾一支，是从广东嘉应州迁来的。我们的老祖纪扬公（振扬）乾隆年间从广东来四川经商，看到苏家湾一湾河水，山清水秀，决定到此定居。于是回到嘉应老家，将其父传山公（亮山）、三叔传河公和纪扬公长子一起接到资中，定居于苏家湾。到资后，纪扬公又生三子，合为四子，即广全、广金、广焕、广宝。四公都在资中、特别是苏家湾繁衍、生活。到庆字辈，兄弟、堂兄弟，达94人之多。临解放，苏家湾街上百分之九十五都姓曾，外姓人谓之"曾半城"。

说到这些的时候，繁耆公是非常自豪的。

繁耆公青年时代，因生活所迫，到沱江边锤鹅卵石谋生，结果因为事故，渺其左目。为我解说家族往事的时候，二目青眼白眼分明，虽略令我生怖，但多一次两次，也就习惯成自然了。见我在读书、习字，繁耆公往往奋袖出臂，捉笔示范。他的字有颜欧之味，很是受看。写毕一幅，喝茶闲聊，他会冷不丁随口吟诵几句古文。兴之所至，或者是"蓼蓼者莪，匪莪伊蒿；哀哀父母，生我劬劳"，或者"初，郑武公娶于申，曰武姜"，或者"先帝创业未半，而中道崩殂"，或者"君不见走马川行雪海边，平沙莽莽黄入天"。天幸，在果城南充求学那几年，我背诵得还比较多，没有落下什么账，他老人家随口吟诵出来的句子，我基本上都能接下去，直至终篇。看我很听他的话，接得也很流畅，繁耆公轻抚两鬓，微微点头，似是嘉许我大学四年没有白读。

可惜，不两年，繁耆公去了新疆二叔那儿，最后，竟老在天山，葬在异乡。不过，我对家谱的兴趣，倒由他老人家激发，一直保持到现在。如今，六大本嘉庆十一年出版、民国增补的《武城曾氏重修族谱》，传到了我手里，静静地摆在我的案上。看着上面那些用蝇头小楷添加的内容，抚摸那些熟悉的字迹，我总会想起繁耆公当年对我那不倦的教诲，我的思绪更会穿越历史的风沙，想到先人们辗转迁徙那沉重的步履。

四

阅读一部《史记》，感觉每一个姓氏都有其清晰的来源，溯而上之，似乎都能和三皇五帝扯上点关系。曾姓也一样。

曾姓出自于夏王朝之姒姓，为大禹之裔。少康封其幼子于鄫，传至春秋时期，鄫国为莒国所灭，去鄫之邑边以曾为氏，为曾氏得姓之始。鄫太子巫之玄孙曾参，与其父皙公同为孔门七十二贤人。参公传孔子之孙孔伋，伋传孟子，儒家始大。所以参公是儒家发展史上非常重要的人物。

西汉居摄三年（8年），王莽篡权称帝，改国号为始建国。始建国二年（10

年），曾参的第十五世孙曾据原为谏议大夫，封关内侯。他遵祖训"爱国忠君，驱邪匡正"，辞官归隐，率族人千余人从山东南迁至江西庐陵。是为曾姓历史上第一次大规模的迁徙。

唐圣历中（699年），江西庐陵曾丞的次子曾旧迁居江西永丰县云盖乡望仙里。其后裔于唐光启元年（885年）随王潮、王审知之军入闽。是为曾姓历史上的第二次著名的迁徙。

我们这一支，就是从闽地（福建）迁徙广东嘉应（今梅州），再从嘉应迁徙到四川的。

翻开家谱，那一串串不言不语的数字，却让我热血沸腾：

长乐县→嘉应州（150里）→平远县（150里）→金门岭（150里，江西界）→会昌县（150里，水程）→赣州府（240里）→大和县（160里）→吉安府（140里，起旱）→分宜县（180里）→沅州府（80里）→平乡县（100里，水程）→湘潭（240里）→长沙（120里）→严江（180里）→常德府（180里，起旱）→慈利县（280里）→永定县（180里）→来凤县（360里）→黔江县（180里，四川界）→玉山镇（180里）→彭水县（300里，水程）→羊角嘴（300里）→涪川（300里，出大河，上水）→长寿县（100里）→重庆府（300里，起旱）→永川县（150里）→荣昌县（120里）→隆昌县（120里）→内江县（120里）→资州（今四川资中，90里）。

一共是5300里啊！

对当代人而言，高速公路，高速铁路，轮船，飞机，这些都是出远门不可或缺的交通工具。当代人食有鱼肉，出有车船，飞机也是家常便饭，随时都可以来一场说走就走的旅行，而且朝发夕至，太方便了。可是，在康熙、雍正、乾隆年间，先人们却只能用脚步丈量着大地，一步一步，由闽入粤，由粤入赣，由赣入湘，由湘入鄂，由鄂入川。5300里的水旱长程，扶老携幼，肩挑手提，水路旱路，安顿老小，起早摸黑，赶路不停。多少人殚精竭虑，多少人倒在路上，多少人埋骨他乡。可是，在安土重迁的旧时代，他们毅然决然，离乡背井，来到当时战乱之后，满目疮痍的四川。

五

记得上初中时，有一篇课文《母亲的回忆》，后来改名叫"回忆我的母亲"，作者朱德元帅。文章第二段，作者即道："我家是佃农，祖籍广东韶关，客籍人，在'湖广填四川'时迁移四川仪陇县马鞍场。"那时，对所谓"客籍人"不甚了了。现在，在了解家族的迁徙史之后，再来看"客籍人"三个字，真可谓字字惊心。直到这个时候，我才终于明白，我也是"客籍人"的一分子。

如今，在我看来，"客籍人"这三个字的背后，是数不清的流离失所，是说不完的家国之痛，是道不尽的筚路蓝缕。几千里的艰难长征，几十人、甚至更多人的跋山涉水，初到异乡的遭人白眼，客家人与本地人的矛盾冲突……一切的辛酸，都在"客籍人"三字的背后隐藏着，不能对人言、也无法对人言。于是抱团取火，于是聚族而居，顽强地保留着祖先的语言，艰难地维系着家族的发展。

苏家湾曾家因为住在水旱交通都极其便利的街上，傍江而居，上成都，下重庆，既有著名的"东大路"驿道，也有水源丰沛的沱江舟楫之利，所以先人们开客栈，开染坊，开烧坊，开漏棚，因为勤劳、善良、善于经营，经济很快发达起来。资中、内江得名"甜城"，就系我曾家从原籍传入甘蔗的功劳。但我们这一支，也渐渐地开化起来。特别是经过新中国成立后几十年的改造，那浓重的客家方言，已经被"改造"得体无完肤。记得小时候，偶尔听到琦安叔讴两句"广东话"，我们几个小 P 孩儿都眼睛鼓起，惊诧莫名了。

2013 年 11 月，我应邀到广东采访雅居乐公司的副总。到广州，游中山，停东莞，歇深圳。其间，也接触了好几个来自梅州的曾氏宗亲。才开始，好客的主人总怕我不习惯广东的生活，每餐必给我上一碟辣椒；每每和人交流，必有人给我翻译为四川话。但后来，他们惊奇地发现，不要辣椒，我也吃得津津有味；不要翻译，只要他们语速稍慢，我一样听得懂他们表达的意思。也不知怎么回事，在广东的十多天，我真如同回到阔别多年的故乡，一切都是那么地亲切，自然，轻松，习惯。

也许，从入川始祖传山公开始，虽然间隔八代，但从康熙丙申年（1716年）到现在，整整三百年，从本质上而言我仍然是一个"客籍人"？

或许，在我的骨子里，至今，"客籍人"的血液仍然在激情地奔涌？

唉，凡是割得断的，都只是可视的、外在的、短暂的东西；只有割不断的，才是一种不可视的、深入骨髓的亲情、乡情、文化和血脉。

六

记得那年春节，我们家一行人上苏家湾人形山祭祖，我们专门去拜谒了传山公（亮山）的墓。传山公墓在半山腰，草比人高，一块石碑仆在地上，依稀可辨"亮山曾公之墓"几个大字。再往上面一点，还有两官大坟，坟势雄壮，古碑长满秋苔，碑文可读。五兄幼骐说，左边一官是我们的七代祖金玉公（广金）的坟、右边一官是他的三弟焕玉公（广焕）的坟。兄弟二人，生则同劳，殁则同伴，永远享受着后人的馨香。

上次回乡，我和五兄特意去了一下苏家湾曾氏宗祠。四合院的建筑基本保存完好，厢房依旧，但门窗破旧，院子里长满了秋苔。五兄出生在宗祠，小时也在此住了几年，他对宗祠的一切，都还保持着儿时的记忆。我出生在外，对此是一片茫然。

五兄说，现在只有六户外姓人住在这里，曾氏本家反而没有一人。闻之怆然。先人开基置业，曾经何等辉煌；而今寥落，令人感慨万千。

"人事有代谢，往来成古今。江山留胜迹，我辈复登临。"和我们相比，还是古人想得开一些。也许，自古及今，我们都奔波在路上，但向往着远方。山环水绕，前路茫茫，虽然沉重，但客家人的脚步，不激不厉，风规自远，即使踉踉跄跄，也没有什么力量能阻止我们前行……

谒骆状元坟

一

太阳慢慢悠悠地坠向西边的山头，一丝微风拂过，半人高的枯草在秋风中瑟瑟地抖动，发出轻微的沙沙声。晚霞映红了半个天空，远处的公路上，稀疏的行人和车辆由远而近，又由近而远，变得越来越小，越来越模糊，最终消失在视野中……

这是 2015 年的深秋，古城资中城北七公里。

不知道是第几次来拜谒状元坟。站在这个名叫"桂花梁子"的小山包上，轻抚"状元骆成骧之墓"七个已经风化的楷字，再瞥一眼山下那简陋破败、没有状元后裔居住的老屋，我不禁潸然泪下。

太白有谓："宇宙者，万物之逆旅也；光阴者，百代之过客也。"可是，百年、仅仅百年，难道世事的沧桑就湮没了历史的辉煌？一个曾经让四川人扬眉吐气的"破天荒"式的人物，难道就这样孤寂地长眠在这衰草连天的荒郊野外？

"寒意谁怜增范叔，春心何忍问陶潜。"隔着时空，我的耳畔忽然响起一个苍老的声音。

哦，那是令人惆怅的《辛亥守岁》，那是骆状元抑扬顿挫的资中乡音……

二

在科举时代，"高中状元"，"大魁天下"，无疑是读书人的最高理想。

试想，殿试完毕，有小金榜呈于皇上，以供御览；有大金榜张挂京城，宣告天下，真可谓"十年寒窗无人问，一举成名天下知"。人们将金榜题名时与久旱逢甘霖、他乡遇故知、洞房花烛夜并称为人生四大快事，不是没有道理的。田况《儒林公议》记载北宋名臣尹洙的话："状元登第，虽将兵数十万，恢复幽、蓟，凯歌劳还，献捷太庙，其荣亦不及矣！"

不过，"科名以人重，人不以科名重"。状元、会元、解元，虽三年内必有一人，其名虽美，为士农工商所欣羡；但一隔数年，当年的"名人"，还有多少被人们记得？就算是状元，如果没有功业垂史、没有文章传世，自然也不能享名久远。自唐第一位状元孙伏伽起，到清代最后一位状元刘春霖，中国历史上共产生状元726名，如此众多的状元，其政绩、品行各不相同，于是乎有的彪炳青史，有的则湮没无闻。

同为我资中老乡的南宋状元赵逵，虽然有"小东坡"的雅号，但检遍《全宋诗》《全宋词》《全宋文》，仅仅找到他留下的《芝草诗》残余七字——皇心未敢宴安图。幸耶？非幸耶？

三

资中建县于汉武帝建元六年，即公元前 135 年，当时的县治在今资阳城郊的资溪中游。资溪大约就是现在的九曲河。《蜀中名胜记》曰："城西二里资溪，萦纡九曲，合流雁江。"

四川的著名大河沱江，自金堂而下，简阳、资阳、资中。沱江资阳段因为大雁甚多，得了个别名"雁江"；资中段因为苌弘碧血化珠的缘故，美称"珠江"。

资中、资阳原本一家，南北朝时候分治，但文化血脉上始终一致。据说上古帝尧的第九子名资，曾经分封于此，并建立了一个资国。这是《资中县志》和《资阳县志》都有记载的所谓"大事"。我对此颇感疑惑，因为并无正史记载，更无实物佐证。不过，这一带自古以来文风鼎盛，这倒是不争的事实。汉代王褒，以辞赋闻名天下，与司马相如、扬雄齐名；唐代著名的《易》学家李鼎祚，至今还是中国《易经》研究的一座未能逾越的高峰。

骆成骧一家，属于浙江骆氏，大概是大唐诗人骆宾王的后裔。骆成骧对此也引以为荣，在《将归成都留赠董冰谷》中说："我诗临海无宗派。""临海"即骆宾王，他于公元 680 年、唐高宗调露二年担任临海丞。在《赠骆柳州懋勋》中，骆成骧更是表现出一种超越时空的宗亲观："惆怅吾宗兄弟少，会稽一脉属昆仑。"

改朝换代之际，天下大乱，骆家由浙江一迁至湖北，再迁至贵州，三迁至四川资州。骆家初到资州的时候，落户在舒家桥的骆家沟。过了几代，才移居到五公里外的七里沟，也就是现在的资中县双龙镇状元村。

我对历史上那个自高自大、不听忠言的亡国之君隋炀帝，向来不太感冒，但我对记载其生平的《隋书·炀帝纪》中他的一句话却过目难忘："方今宇宙平一，文轨攸同。十步之内，必有芳草；四海之中，岂无奇秀！"

骆成骧，就是资中这片神奇的土地所出产的"芳草"和"奇秀"。

四

关于骆成骧中状元，川内流传着颇多具有神秘色彩的传说。

一种说法如《聂荣臻回忆录》所言，满人忌讳川人入皇宫，几代皇帝都不肯点川人中状元；还扬言川人中状元，除非是"铁树开花马生角"。而骆成骧中状元，恰恰是应了"马生角（各）"的说法；因为，在川话中，"角"读音"各"，"马"加上"各"，就是一个"骆"字。一次骆成骧乘船渡沱江，无意间将草帽挂在船锚上，艄公远远看去，说是铁质的船锚开成了一大朵花。于是乎信息就此传开，说是骆成骧中状元早有征兆。

其实，这些都能合理地解释。

史载，顺治二年十一月，清廷以驻防西安内大臣何洛会为定西大将军，会同固山额真巴颜、李国翰等，进兵四川，"征剿"成都的张献忠大西政权。三年正月，清廷又增派靖远大将军肃亲王豪格入川。时大西军尚有部众数十万，进行了极为惨烈的抵抗。在张献忠阵亡、大西政权灭亡之后，张的部下孙可望、李定国等收集余部，由顺庆（今四川南充）南奔，后于川、滇、黔地区坚持抗清十余年。

由于战乱，当时整个四川人口极度稀少，而虎族趁机扩张。费密在《荒山》中称："（成都城内）虎出为害，渡水登楼，州县皆虎，凡五六年乃定。"四川临时省会设阆中十余年，四川巡抚、监察御史均驻节阆中，并在此举行了四科乡试。也因为如此，才有后来大规模移民，也就是那著名的"湖广填四川"。

满人忌讳川人入皇宫，不欲川人当太大的官，大约是因为清兵在剿灭占据四川、国号"大西"的张献忠政权时付出的代价太惨痛，给整个清朝留下了难以磨灭的民族印象。

五

在攀登科举峰巅之路上，骆状元其实可圈可点的甚多。

他10岁时随父骆文廷到成都，就读于锦江书院；17岁应资州州试，文如宿构，得到房师、后来的"戊戌六君子"之一的杨锐推荐，并获知州高培谷青睐，考中第一名"案首"；18岁从四川历史上"睁眼看世界"第一人宋育仁，学于资州艺风书院；19岁以岁试第一，选送成都尊经书院，从经学大师王闿运学经学，前后达10年；28岁参加恩科乡试，中第三名举人；30岁会试得中，赓即参加殿试。

须知，那一科，有大名鼎鼎的康有为、梁启超师徒参加会试，也有后来成为中国近现代教育重要奠基人和改革者、中国现代美术教育先驱、中国现代高等师范教育开拓者、世界级艺术大师张大千之师的李瑞清（1867—1920）。结果，梁启超会试落第，殿试前名气甚大、呼声甚高的康有为，仅仅获得第四十六名，成为二甲进士；李瑞清获得二甲第十五名；而事前默默无闻的骆成骧，却被光绪帝钦点状元，一举成名。

六

在成材的路上，一个人不仅仅需要勤修内功，还得靠人提携，还得靠天降运气。所谓"卫青不败由天幸，李广无功缘数奇"是也。

实际上，人们似乎每天在接受命运的安排，人们每天都在安排着自己的命运。而命运是一个伟大的雕塑家，它举起人生的斧凿，在人们身上敲敲打打。——命运之神偏爱的是那些经过她精雕细刻的人。以此而言，1895年绝对是备受生活磨砺、穷苦出身的骆成骧的幸运之年！这一年，参加会试的骆成骧，得到了命运之神的垂青！

"相国"翁同龢在乙未四月廿四日（西历1895年5月18日）的日记中这样写道："正看折，发下殿试前十卷，展封则第三改第一，第十改第二，上所特拔也。阅后仍封，随请批折并递。先召读卷官入，次召第二起，时已递名单。旋引见，十本毕，始见军机，奏事讫，谕：今年有试策不拘旧式者，写、作均好，故拔之。……一甲：骆成骧（川），喻长霖（浙，南学生），王龙文（湖南）。传胪：萧荣爵（湖南，复试第一）。"

"不拘旧式者，写、作均好，故拔之"云，应该是指骆成骧的殿试卷。"写、作均好"，骆成骧的卷子，不仅形式美——书法漂亮，而且文章好——内容充实，确有见地。难怪读卷官评为第三，而光绪帝拔置第一。真可谓"英雄所见略同"。而光绪皇帝自己改动了试卷名次，还特意给大臣解释。"天语温温"，如在目前。

在殿试策开篇，骆公即以二句总领："臣闻殷忧所以启圣，故盛世不妨有水旱之灾；直言所以竭忠，故诤臣不避斧钺之罪。"然后引《左传》、贾谊《新书》中的材料加以证明，并指出大汉王朝之所以持续四百年，与贾谊、董仲舒辈"破除忌讳，指斥得失，见闻所及，靡敢隐饰"密切相关。暗示下面作者也将直言指斥，破除忌讳。接着，骆公又引《范蠡辞楚王》之句"主忧臣劳，君辱臣死"，并称"此即臣发愤忘死之日也，何敢拘牵常格，而不为我陛下陈之"。要知道，当时大清内忧外患，国弱民穷兵疲，江山风雨飘摇。白居易在《与元九书》中说："感人心才，莫先乎情。"细品骆成骧极富感情之句，年轻而又欲有所为的光绪皇帝，心潮起伏，抚案动容。

然后，骆公针对光绪帝制策中之治兵、会计、节俭、农事诸大政，引经据典，一一道来。每一部分均对历史上的成功经验与失败的教训作深刻反思，针对严峻的现实，就自己平时对国计民生之思索，提出自己的设想，并鼓动光绪皇帝"断而行之，怀必行之志，操必行之法，悬必行之赏"，则兵强，国富，民裕，大清将"转祸为福，转败为功"，步入"中兴"之期。

虽然只有1704字，但骆成骧的殿试卷如行云流水，一气呵成，直指时弊，胆气过人。骆公批评官僚机构庞大臃肿，贪污成风，提出整军练军、惩治贪官、厉行节俭、兴修水利等四项自强之计。此外，还提出皇帝必须亲政，拥有了权力，才能"转祸为福，转败为功"，这也迎合了光绪不愿意当傀儡，要变法图强的心意。

就是在120年后的今天，四川大学仍然将骆成骧的殿试卷奉为学习古文的典范。

君不见，当年蒲松龄16岁时中秀才，可谓风华正茂；但此后在乡试中却屡战屡败。一直坚持"科场鏖战"到72岁时，还在顶风冒雪赶考，总算博得个"岁贡"的功名。蒲松龄获得"岁贡"之余，悲喜交加，作《蒙朋赐贺》诗一首："落拓功名五十秋，不成一事雪盈头。腐儒也得宾朋贺，归对妻孥梦也羞。"

而骆成骧能成为状元，也就是攀上了封建时代读书人梦寐以求的科举顶峰。

1895 年乙未春夏之交，"骆成骧"三个字飞快地传遍了神州，巴蜀大地也受到空前的感染；因为，自明朝正德六年辛未科（1511 年）著名学者、四川人杨慎（字用修，号升庵）摘取状元桂冠以来，时隔 384 年，骆成骧为四川人再次蟾宫折桂，全川人士莫不引为荣耀。

七

入仕以后，骆成骧出任过贵州乡试主考，广西乡试主考，京师大学堂提调，桂林法政学堂监督，山西提学使，四川第一个民选议长。前后参与、主持京师大学堂和四川大学的创建，担任四川高等学堂（现四川大学前身）校长。

骆成骧虽然主要从事文化、教育事业，但在历史的肯綮，他都敢于出头，勇于担当。

戊戌变法中，骆成骧上折直言，请求变法；辛亥鼎革之极，他在山西提学使任上，甘冒风险，枪林弹雨中祭奠殉职的山西巡抚陆钟琦；英国侵我西藏之时，骆成骧投笔而起，随尹昌衡西征，度过短暂的军旅生涯；袁世凯称帝前夕，骆成骧拍案而起，怒斥袁使，表现出崇高的气节。

尤为难能可贵的是，骆成骧不是一个固步自封的人，在知识的追求上，他一直是与时俱进的智者。

1906 年，光绪三十二年丙午，骆成骧以 41 岁的盛壮之年，以状元之高第，在仕途看好的当口，毫无二话，奉命赴日本留学，并考察宪政，体现了传统知识分子忠君爱国的高尚情怀。

请看看与骆成骧同时代的留日名单吧：

夏同和，1898 年光绪戊戌科状元；

杨兆麟，1903 年光绪癸卯科探花；

刘春霖，1904 年光绪甲辰科状元；

商衍鎏，1904 年光绪甲辰科探花；

……

当时，1903 年癸卯科进士 33 人、1904 年甲辰科进士 73 人等，均留学日本法政大学法政速成科。大清留学日本的法政速成科前后办班五期，共有约两千名中国留学生在此就读，这当中包括陈天华、宋教仁、张知本、汪精卫、胡汉民、朱执信、古应芬、陈国祥等重要历史人物，同时也包括骆成骧、夏同和、刘春霖三个状元。

我不知道晚清国势衰微的时代，骆成骧他们那批读书人瘦弱的双肩，为什么能担当起历史的重任。也许，他们当时所想的就是，国家的需要就是自己义无反顾的选择。

现在，抚摸这发黄的书页，一个一个朗读先贤的名字，我的心中总是引起无限的感慨。

八

时代的大幕总有缓缓落下的时候，人生的岁月总有黄叶飘飞的秋天。1926年，骆成骧病逝于成都文庙西街寓所，时年 61 岁。

人生无常，世态炎凉，逝世前，骆成骧已贫困潦倒，沦为川内闻名的"穷状元"，辞世后竟无以为殓。最后，由四川当局资助，其子才得以办理丧事。大清将近300年，骆成骧是四川唯一的状元。治丧时，年逾七旬的方旭哀婉痛悼："提学一官同，我闻三晋云山，人思教泽歌芹泮；状元千古绝，留得半塘秋水，楼对清漪似桂湖。"和骆成骧同为成都"五老七贤"的方旭原籍安徽桐城，清末任过四川提学使，也就是后来的教育厅长。方旭联中将骆成骧与明代四川新都状元杨升庵并提，流露出深深的感伤。

2015年，为骆成骧诞辰150周年、中状元120周年的纪念。可惜，仅仅四川大学举行了一场学术报告，《成都日报》举行了一个小型的活动。在骆状元的故里资中，除了县政协史委印刷了一本小册子，居然没有一场正式的、官方的活动，哪怕是一个茶话、一个座谈，来纪念骆成骧这位刻苦自励、勇于担当、与时俱进、贡献卓著的爱国状元。这些年来，"有关方面"一面高喊旅游兴县，群情振奋，声震屋瓦；一面主动放弃爱国爱乡的极好的教材，装聋作哑，视而不见。这就是现实，这就是令人扼腕的现实！

"百年期半欲何望，千首诗成转自伤。"这是骆成骧《五十生日》中的诗句吧？反复吟诵状元公的诗作，一股莫名的惆怅，涌上我的心头。

晚霞渐渐消散，天色渐渐暗下来，半人高的枯草还在风中沙沙作响。此时的状元坟，湮没在一蓬秋草之中，显得更加地孤寂。我酹酒三杯，献上水果数枚，含泪走下桂花梁子。从骆状元的老屋前经过的时候，只见简陋破败的老屋前，两只大白鹅在摇摇摆摆地伸颈而歌，一个十来岁的小女孩儿坐一只小板凳，趴在一个方凳上，专注地写着作业，全然忘记了周围的一切……

仰望金庸

一

五千年的文明史，让中国文化源远流长，如同一条永远不老的长河；它将那些闪烁的群星，撒给那惯看秋月春风的白发苍苍的江岸渔樵。其间，有屈原长剑陆离、怀沙自沉的决绝，有贾谊多才遭忌、壮志难酬的哀婉，有李白朝辞白帝、直挂云帆的轻快，有苏轼铜琶铁板、大江东去的情怀……

仰望星空，正是这一串串绚烂多彩的名字，装点着天上那斑斓的街市，让中华文明的天空群星荟萃，熠熠生辉。

"江山代有才人出，各领风骚数百年。"作为武侠小说的创作大家，无疑，金庸是堪称国宝的一代圣手。

二

众所周知，文学是文化极其重要的一部分，也是文化传播的最重要的载体。而文学的功用，不外乎揭示社会之问题，娱乐读者之精神，洗涤大众之心灵。

君不见乎？"秦皇汉武，略输文采；唐宗宋祖，稍逊风骚"，如果缺了文治，纵是至高无上的千古帝王，也将被人诟病。相对于宇宙的无穷和历史的久远，个体的生命总是"渺沧海之一粟"。一个人的年寿或长或短，总有倏然而止的那一天；一个人的荣乐或宠或辱，也不过是昙花一现。

对作家而言，让自己的作品更广泛地流传，让更多的读者阅读、喜欢，才是作家最大的追求。此曹丕《典论·论文》所谓"盖文章，经国之大业，不朽之盛世"是也。

穿越历史的风沙，我们看见在那稻米流脂、仓廪丰实的盛唐时代，王昌龄、高适、王之涣对酒放歌，旗亭画壁。诗人与歌妓，诗歌与美酒，歌唱与奏乐，谈笑与致礼，经纬交织成一幅和谐、雅致的市井风俗图。千年以降，开元诗人们那种放达争衡、知己相契的流风余韵，至今传为美谈。

南宋叶梦得在《避暑录话》中，曾经这样评价北宋词坛大家柳永的词："凡有井水处，皆能歌柳词。"有井水处，必有人家；有人家处，则皆吟唱柳郎中之词。这是何等地荣耀，何等地光彩！如今，金庸的武侠小说，不仅风靡中国，而且风靡世界，亦可谓"凡有华人处，世人皆读金庸"。那个曾经三落三起、日理万机、坦言"我读的书并不多"的一代伟人邓小平，就曾笑谓金庸曰："你的小说我是读了的。"

金庸的作品，除了人物与情节，还加入诗、词、曲、赋、绘画、音乐、雕塑、书法、棋艺等元素，精彩纷呈，散发着独特而迷人的魅力。

三

初识金庸，是三十年前我高中毕业那年。记得高考结束以后，等录取通知书之际，百无聊赖之中，我的四哥亚骐给我一套《笑傲江湖》，让我读书消日，以度无聊。

初不经意，随便翻翻；可一读之后，却似刘阮入天台山，流连忘返了。

于是乎，那年的整个暑天，我都独坐窗前，"飞雪连天射白鹿，笑书神侠倚碧鸳"，读完了能找到的金庸的全部作品。

任何小说的精髓都在于感动。读杜拉斯的《情人》，你也许会浑身颤抖，热泪盈眶；读福克纳的《喧嚣与骚动》，你也许会如遇锤击，心灵震撼。而读金庸的小说，没有"也许"，你的情感必将被作家漾起涟漪，你也必将与书中的人物同喜同悲。

在那个炎热的夏天，我感觉自己的内心变得无比地强大。也许，在"武"与"侠"的世界里，我的精神已然如庄子笔下的大鹏，双翼垂空，扶摇直上，旁若无人，逍遥自适。因为，精彩的作品，总能让你最灰暗和最绝望的日子也生出亮色。

从此，我成了一个铁杆的"金粉"。三十年来，翻来覆去，反复品味，不知道将金庸的小说读了多少遍。

四

金庸先生很会编织故事。

不必说《碧血剑》中的袁承志如何从一心为父报仇，变为树义旗、助闯王、抗满洲。欲报杀父之仇、却遭亡国之危的一代少侠，在明末清初天下板荡、神州陆沉的当口，毅然选择以拯救天下苍生为己任。他那悲天悯人的情怀，随着故事情节的发展一步步呈现在我们的面前。年纪轻轻被推举为武林盟主，一身绝世武功，历尽千难万苦，却不能救黎民苍生于水火。壮志难酬，满腔悲愤，最终不得不远赴海外。读之令人黯然神伤！

也不必说《连城诀》中那个淳朴懵懂的乡下少年狄云，随师父、师妹进城为师伯贺寿，却遭到天大的冤枉。狄云遭师伯一门之陷害，被打入死牢。经历种种不白之冤，却也因祸得福，练成绝世武功。情深义重的义兄惨遭毒死，心爱的师妹嫁作仇人之妇，敬重的师父居然为了宝藏弑师杀徒……狄云终于幡然醒悟：这一切的一切，其罪魁祸首，并非连城剑谱中隐藏的巨大宝藏，而是人们心中的贪欲。贪欲如虎似狼，驱使人们产生强烈的占有冲动，"一叶障目，不见泰山"，人们都成了贪欲的俘虏。让人悲愤莫名的故事，让我们感动不已。而那隐藏在诸般恶行中的人性的光辉，却自始至终给人以巨大的希望。

单说《侠客行》吧。自小不知父母为谁、被人作践、唤作"狗杂种"的少年石破天，因外出寻母，意外得到玄铁令，糊里糊涂地学会武功，糊里糊涂地被人当成长乐帮帮主，又糊里糊涂地代接赏善惩恶令，前往传说中人人谈虎色变、神秘莫测的侠客岛。要知道，那时到侠客岛"喝腊八粥"，和当今大陆"纪委请喝茶"一样，令人望而生畏。而石破天去侠客岛，经历一番奇遇，大璞藏大玉，大拙蕴大巧，大愚成大智，一个鼻涕横流的无名小孩，终于成就了一代大侠的勋业。真可谓"石破天惊逗秋雨"。

……

金庸小说的情节肺肝巧曲，蹊径萦迂，煞是引人入胜。最令我佩服的是，金庸先生往往将书中人物放在大的时代背景之下，让他们卷入"英雄造时势"

之中，大开大合，推波助澜，从而"时势造英雄"，尽情地展现各色人等人性之中最真、最善、最美与最假、最恶、最丑的一面。

五

在金庸的所有小说中，我最喜欢令狐冲这个人物。

《射雕英雄传》弘扬的是改朝换代之际积极入世的儒家精神，《天龙八部》讲述的是贪、嗔、痴这些人性欲望的"三不善根"所造成的尘世之苦，《鹿鼎记》表达的是社会下层人的喜怒哀乐和他们的酸甜苦辣，回归大众，深接地气，时不时令人啼笑皆非。

而《笑傲江湖》却既表现理想主义，又表现悲观主义，在这二者之间，主人公令狐冲身上体现的是如庄子一般的逍遥无依和佛门莲花般的纯洁不染。在对令狐冲追求个性解放与人格独立的叙说中，人性刻画可谓一唱三叹，余音绕梁。

家家都有本难念的经，英雄也有一根自己心底最柔弱的神经。自从被逐出师门、成为"华山弃徒"，令狐冲的心便被割得鲜血淋漓。在见证荒谬污浊的人事时，他以裸露的心去承受一切；对于深爱的人，他舍得付出一切，即使付出生命，也在所不惜；而在遭背叛之后，他纵然痛苦万分，却能将痛苦埋葬，绝尘而去。看穿、看透、看轻之后，令狐冲深深地明白，一切都是过眼烟云，血雨腥风终成往事。笑傲江湖，风轻云淡；笑对人生，春暖花开。

如果评比金庸小说中最寂寞的男人，那么，在我看来，夺冠的绝对不是智勇双全却备受误解、在"生我之邦"与"养我之邦"之间痛苦抉择、最终以自我牺牲来化解仇恨的萧峰；也不是空怀绝世武功、却只能远走荒凉冰火岛的张无忌；而是迭经磨难、大落大起、大喜大悲、"最终抱得美人归"的令狐冲。

请看——

令狐冲出身名门正派的华山派、并为大弟子，这是何等高贵；

令狐冲心性自由，不受羁勒，喜结左道人士，由此而被逐出师门，这是何等地委屈；

令狐冲遭到所谓"正宗门派"、武林人士的唾弃，流落江湖，无依无靠，这是何等地悲怆；

令狐冲依然故我，率性而为，只因正义良知自在心中，这是何等傲然；

令狐冲与群豪痛饮五霸冈，助任我行复位任恒山掌门，覆灭左冷禅、岳不群之阴谋，率众攻打少林寺，犯险义救仪琳，这是何等地豪气干云；

令狐冲结识魔教圣姑任盈盈，几经生死患难，终成知心情侣，笑傲江湖，这是何等地散淡逍遥！

六

在当今世界，金庸具有汉语写作的符号学意义。可以毫不夸张地说，金庸已经和他小说中的主人公一道，成为中华文化、中国文学的一道亮丽的风景。

今夜群星闪烁，星光灿烂。

而金庸这颗星，我们的确"需仰视才见"（鲁迅语）。

后 记

　　这个集子，收入四辑作品，它们依次是《历史余晖》《山水记忆》《性灵乐章》《人物剪影》。

　　我大学念的是中文系，但兴趣偏重于历史，特别是古代史；又因为这部作品偏重于通过对历史人物和历史事件的解剖，来表达我对历史的一些浅见，而这些作品似乎总散发出一阵沧桑和苍凉；于是，以其中写李白的一个作品的名字，命曰《热闹的孤独》。

　　湖上飘着一片红叶，红叶上坐着一个秋天。

　　不知道这是谁的诗句，20多年来总令我心驰神往。

　　我时常天真地想，假如能把那片红叶无限放大，变成一叶扁舟的模样，我宁愿做一个躺在红叶上读书的散人——既欣赏人生的春天，也笑傲人生的秋天。

曾令琪

2017 年 4 月 14 日，成都览星楼